2024

铸牢中华民族共同体意识

中国少数民族文学之星丛书

女人树

石庆慧

——

著

作家出版社

编委会名单

以民族的情意，打造文学的星辰

——"中国少数民族文学之星"丛书总序

邱华栋　彭学明

"铸牢中华民族共同体意识——中国少数民族文学之星"丛书是中国作家协会少数民族文学发展工程的项目之一，于 2018 年开始实施，由中国作家协会创作联络部具体组织落实。出版这套丛书的初衷，是在少数民族文学创作领域贯彻落实习近平文化思想，不断夯实铸牢中华民族共同体意识的文学责任，培养少数民族文学中青年作家，打造少数民族文学精品，为那些已经在少数民族文学界和全国文学界成绩斐然、广有影响的少数民族中青年作家再助一力，再送一程，从而把少数民族文学最优秀的中青年作家集结在一起，以最整齐的队伍、最有力的步伐、最亮丽的身影，走向文学的新高地，迈向文学的高峰，让少数民族文学的星空星光灿烂，少数民族文学的长河奔流不息。以文学的初心，繁荣民族的事业；以民族的情意，打造文学的星辰。

入选"中国少数民族文学之星"丛书的作家，必须是年龄在 50 岁以下的、在少数民族文学界和全国文学界广有影响的少数民族作家。不管是否出版过文学书籍，只要其作品经过本人申请申报、各团体会员单位推荐报送、专家评审论证和中国作协书记处审批而入选的，中国作协将在出版前为其召开改稿会，请专家为其作品望闻问切，以修改作品存在的不足，减少作品出版后无法弥补的遗憾。待其作品修改好后，由中国作协统一安排出版，并进行广泛的宣传推广。

中国是一个多民族的大家庭。每一个民族都沐浴着党的民族政策的光辉、感受着党的民族政策的温暖，都在党的民族政策关怀下，蓬勃发展，欣欣向荣。在这个伟大的新时代，我们正创造着中华民族的新辉煌。每一个民族的发展与巨变，每一个民族的气象与品质，都给我们提供了生生不息的创作源泉。我们每一个民族作家，都应该以一种民族自豪感，去拥抱我们的民族；以一种民族责任感，为我们的民族奉献。用崇高的文学理想，去书写民族的幸福与荣光、讴歌民族的伟大与高尚；以文学的民族情怀，去观照民族的人心与人生、传递民族的精神与力量。

我们期待每一位少数民族作家，都能够到火热的生活中去，到广大的人民中去，立心，扎根，有为，为初心千回百转，为文学千锤百炼，写出拿得出、立得住、走得远、留得下的文学精品。不负时代。不负民族。不负使命。

目 录

〰

女人树香

一

男人鼾声响了一阵，树香就蹑手蹑脚地爬起来。她想收拾几件换洗的衣物，又怕把男人给惊动了。她想再吻一吻儿子，儿子被男人的手压着，她不敢去掀那只手。要在以往，她肯定会掀开。掀开那只手，男人就是醒了，也只会随手给她一耳光，或是一脚将她踢下床。

不要造次，什么东西都别拿，爬起来就出门。

她想起春桃的叮嘱，看着儿子熟睡的小可爱模样，别过脸去抹眼泪。

你离开了，待他长大，说不定你们还有相认的一天。你要是被打死了，阴阳两隔，那才真是永远无缘再见。

别犹豫，狠狠心就过去了，啊。

狠狠心。狠狠心。我似乎能感觉到树香在心里这般默念着，她任凭眼泪流淌，趁着月光轻手轻脚地走向门边。门"吱呀"一声，吓了她一跳。男人若醒来，就说去解手。她这样安抚自己，心跳稍微缓和了些。走过后阳沟，来到屋山头，一个陌生女人果然在那等着她了。

月光好得很，像撒了一地的碎银子。

要是能捡起来，该多好啊。

每遇到月光明亮的夜晚，树香总这样想。捡起来，缝一套盛装，在出嫁的时候穿，也许她的命就不会这样苦了。可惜月光不是银子，可惜她的父母早亡，跟着哥嫂，能够长大成人，就很不错了。她盼着能嫁个好郎君，有自己的家，靠自己的双手把生活过得火热。

她不知道哥嫂要把她嫁给谁。她只知反抗不得，一切听天由命。她很早就开始积攒碎布、丝线，出嫁前，为自己绣了一条百布拼接的花罗裙。

有人说，这姑娘真是手巧啊，如果缝上吊珠或羽毛，那真是最美的罗裙了。

谁说不是呢，可惜了，有银饰相配才称得上盛装，没有银饰，不过就是叫花子的补疤衣。

嫂子牵着她走向郎家时，她听到有人这样议论。"叫花子的补疤衣——"那人的尾音拖得长长的，落在树香心里，顿时便升起一种不祥之感，她后悔怎么不挑选一些好看的鸡毛鸭毛缝上去。

别人缝的都是又长又轻的鸟羽，·我哪好意思去捡鸡毛鸭毛来缝，其实后来缝鸡毛鸭毛的大有人在，只怪那时太年轻，十七八岁，脸面薄得像纸。讲到这里时，树香如是说。

她家穷，郎家更穷。跟父母哥兄分家后，就一个火塘架着个鼎罐，一张床一铺卷儿。然而树香欢喜。丈夫虽有耳疾，要大声大气地说话才能听见，但他身强力壮，人也勤快，他们分了自己的山，自己的田，自己的地，要不了几年，还了债务，相信日子就能越过越甜润。

可是，日子还没给她多少盼头，厄运就来了。男人去拖木头挣钱，因为耳背，听不见喊，被一棵不按原定方向倒下的大树给压得脑浆开了花。死状惨烈，又是夏天，没怎么交涉便就地火化了。主家说倒霉得很，要知道他有耳疾断不会请他，只肯赔了很少的钱，刚够还他们结婚欠下的债务。

葬了男人，她就成了闻名十里八乡克夫的扫把星，被公婆赶出了家门。无路可去的树香回到哥嫂家，她原来的房间已腾给两个侄儿住。她在堂屋打地铺滚了一阵子，就跟着一个说媒的女人来到了第二任丈夫的家。

第二任丈夫倒是没什么残疾，不过从小好吃懒做，因而老大了也娶不上媳妇。他父母要他出去打工，好拐个媳妇回家。他说出去打工就是去给人家当用人做奴隶，放着自在日子不过，谁要去受那份罪。父母喊他去干活，他又说活这东西越做越多，少做一点又不会死人，他想做时自然会去做。父母劝不了他去打工，又喊不动他做农活，开始还为他娶媳妇的事心急如焚，四处东访西问，张罗了几年都没张罗成。后来过了适婚年龄，眼看娶媳妇的事变得越来越难，老两口怒其不争，心灰意冷，索性眼不见心不烦，将老屋丢给他，都住到大儿子新屋带孙崽去了。没有了父母的管束，他更是每日睡到日晒三竿，肚子饿了才起床到村子周边转悠，看到谁家地里黄瓜、茄子正好，就顺两个回家。家门口的草长得没脚了，也懒得弯腰拔一拔。

树香来了，没有怨言。她先是拔了门口的杂草，然后就扛着锄头下地。男人跟在她后头，看着她窈窕的身段，很是得意。他们出双入对，将荒下的活一点点捡拾起来，那幢位于村庄高处的老房子又如常地升起了袅袅炊烟，重新沾染了人间的烟火气。

这一切让村里其他光棍眼红得紧。

有人说，简直是鲜花插在牛粪上，想不到懒人吉安竟然还有这等福分。

他那叫久等得贤妻，懒人自有懒人福，唉，谁叫咱没这福分呢。

也有人说风凉话：知道她为什么会嫁给吉安吗，我听说她是扫把星，刚出嫁几天就把第一个丈夫给克死了。

是了是了，我也听说，那男人身强力壮的，好端端就突然横死，那死得叫一个惨。

别看她长得秀气，低眉顺眼的，这种女人最是克夫。送你你敢要吗？

……

这些话入了吉安耳朵，吉安就渐渐变了。他先是以怕被克死为由，再也不肯出门干活。后来他又听说只要他足够强势，能把女人训得服服帖帖的，就是再厉害的扫把星也克不了他。打那以后，吉安就开始迷上了殴打老婆。

打牌手气差，心情不好，回家打老婆；听到别人讲他闲话，又不敢跟人家理论，回家打老婆；老婆出门干活回来晚了，边打边骂，说天黑都不晓得回家，是不是想在外面勾引野男人。村里修建自来水，凡参与投工投劳的家庭，就可把水接到家里去。树香一同去挖沟，挖到一半被吉安知道，跑到现场将树香打了一顿，又逼着树香将挖好的沟填埋掉。有人看不下去，劝他，说自来水是多大的实惠呀，怎么不接？他说接了自来水，那还要老婆做什么，娶老婆不就是娶来挑水洗衣煮饭服侍咱的吗？没酒喝了要打，喝醉酒了也要打，就连吃菜吃到了辣的辣椒，也会一耳光朝老婆甩去，说种的辣椒那么辣，是想害死我呀。反正他有的是理由打你，你若跟他争吵，跟他对干，他就往死里打。他们的第一个孩子就被他打得流产了，第二个孩子是公公婆婆轮流到家里守着才平安来到这个世上的。孩子出生没多久，公婆相继去世，吉安殴打树香就更欢了。

　　村里的女人同情树香，劝树香离了算了。树香看着地里自己种出来的庄稼，摇摇头。离了，她又能去哪呢。她没上过学，大字不识一个，汉话也讲不利索，在这里挨着，好歹有一份可供她劳作的田土，有一个可供她躲雨的屋檐。

　　也有人劝吉安，说你这样打老婆，就不怕把老婆打跑了？吉安得意得很，他说不是没跑么，以前没孩子都没跑，现在孩子就是她的紧箍咒，打死她都不会跑的。

　　树香身上旧伤未愈又添新伤，就没一个时候是好的。但她仍旧任劳任怨，耕田种地，抚养孩子。孩子长到五岁，树香感觉身体越来越吃劲，人也渐渐懒了，便丢荒了一些远坡的田土。树香一懒，他们家的生活就变得窘迫起来，有时甚至吃了上顿没下顿。不够吃的，树香让吉安想办法。吉安就唆使他们五岁的孩子去偷。从不反抗的树香为此跟吉安大闹了一场，被吉安两手举起像扔石头一样从堂屋扔下屋坎。树香在床上躺了七天。不能动弹的日子，树香有了死的想法。

　　都想过死了，怎么就不晓得逃呀。

　　寨上的春桃说她娘家有个房族兄弟，因为腿部残疾一直没娶上媳妇，他有三个姐姐都已经出嫁，家里田地多，父母在寨上开着一间小卖部，不愁吃不愁穿，你若愿意，我们就约定月圆之夜，让他姐姐来把你领去。

　　树香跟着陌生女人在水一样的月光里走着，心里有种湿漉漉的感觉。她们没有进寨，怕人看见，而是从吉安家的屋后头直接翻坡，绕道而行。从高高的坡坎下来，她们身上的衣裳都被露水打湿了，冷风吹来，凉飕飕的。她们将去往邻县一个叫作宁寨的地方，还得赶一天一夜的路程，而等待树香的又会是什么样的命运呢，树香依旧茫然无知。

二

前往宁寨的那天，我的心也湿漉漉的。母亲多病，孩子还小，我本不太情愿，但想到能够再一次深入乡村，以工作的名义抛开家庭的烦琐、孩子的缠绕，以独立的个体前去体验生活，我内心深处又有些抑制不住地向往。只是刚到宁寨，我就遇到了一个棘手的问题。

今年是黎城脱贫攻坚的大考之年，首先要解决的问题便是消除视觉贫困。而我负责的网格里，还存在一栋被鉴定为 C 级的危房，房子朽烂的程度简直无法用语言描述。那本是一栋五排三间的干栏式建筑，占地颇宽，初建之时，应该很气派。而现在框架虽在，但边上两间以及堂屋以后部分都只剩下歪歪斜斜的空架子了，屋顶有几处残留着些瓦片和一些要掉不掉的椽子、檩条，主柱、方楞全都霉黑腐烂，有的柱底已经完全腐烂悬空。真担心哪个酒鬼不看路，莽莽撞撞地冲上去，就把房子给撞倒了；或是一阵风吹来，就将那些瓦片、木板给吹落，砸伤过路的行人。

这么烂的房子看得人心里纠结，我问怎么不直接拆了。有人回说拆不得啊，你没见中间有一间两层是装得好好的么，拆了，里面的光棍汉怎么办？

住人的那间板壁还保留着较新的颜色，应该是近年修整过。如果只上传照片，不来实地查看，这房子倒是不错的。但这木楼是卯榫结构，两边的框架不能像裁剪照片一样剔掉，它们就像醉酒的汉子，相互拉扯，也会一起倾倒。

我查了光棍汉的信息，五十六岁，未婚，三级肢体残疾。我去走访过几回，都是铁将军把门，只从门缝里隐约看到冰箱、洗衣机、煤气灶等置于厨房的用具。现代家具挺全，这个光棍汉的日子过得不算邋遢，为何房子烂到这种地步却不整顿？村里的人丢给我一句谚语，说是"共屋屋漏，共牛牛瘦"。我不解何意，多方了解才知道这栋房子是光棍汉的老父亲留给他们六兄弟的共同财产。光棍汉是老幺，其他几兄弟早就各迁他处，有的枝叶都开散到重孙辈了。因为父辈大多都已去世，侄儿辈们关于屋基的归属一直商谈不妥，谁也不肯相让，就弄成了今天这种局面。

这大概不单是我网格最严重的问题，也是全村最棘手的一个问题了。我拟了一个书面报告，向镇政府请求解决的办法。镇领导亦表示无可奈何。因为这一户2015年已经实施过危改，不能再重复享受。老旧房整治是先建后补，每户资金不能超过5000元，咨询他是否要申报，他说反正他一分钱都拿不出，所以年初申报的老旧住房整治的指标，也没有他。之前帮扶他的干部已经调走，如今这个问题抛给了我，我又该怎么办呢？

不管怎样，先与户主见上面再说。我得知道他是拿不出钱，还是有钱不肯拿出来。我多次打他电话都没打通，邻居说他在高弄茶场做事，山上没有信号，一般晚上十点才回到家，第二天早上六点多又出门了。我一个女生，不好在深夜贸然造访一个光棍汉，便把电话留在他门上，要他哪天休息就到村委会来。

在等待他到来的日子里，我先走访其他几户共房户，同时，向人们抛出一个疑问。我说，他既然常年在茶场做事，怎么会没有一点积蓄呢？被问的人讪笑起来，说，这就要看小老板生意是怎么做的了。他因为腿部残疾，干不了活，在茶场负责值守和计工时，像个小包工头，因而被村里人戏称为小老板。

小老板还做什么生意？

自然是亏本生意。

明知亏本还做?

那你去问小老板啊。

回答的人笑,周边的人也跟着哄笑,想再问,却没人肯说了,弄得我莫名其妙。

共房的其他几户都已迁居到寨子的不同角落,开辟了新的屋基,都住了几十年或十几年了。经交流,他们对共有的那点屋基并不抱什么希望,只要有谁补一点钱,出让不成问题,或是说话好听一些,赠送也是可能的。问题之所以一直解决不下,主要是因为他们的这个满叔不争气,做下了让他们在村里人面前抬不起头的事,他们才不屑帮他。

我想问究竟什么事,又怕触到他们的伤痛,他们既无人肯说,我也就只能避而不谈。

在求告县脱贫攻坚住房保障局和我所在的单位,都没有更好的解决办法后,我终于想到了一个计策。我拟了几个方案,一是小老板住到镇上的养老院去,旧房由村委拆除,而他的山林田产则收归村集体所有;二是共房的其他几户有义务将毁烂的部分拆除,否则出现安全事故将由他们承担,小老板住的部分则申报老旧房整治指标用柱头支撑起来;三是如果柱头支撑不了,必须重建,小老板没有继承人,哪个侄儿帮他把房子建起来,将来他百年之后,他的房产和山林田土即由谁来继承。村干部们很支持我的方案,以村委的名义将相关人等召集到村委会来商谈。那晚,我也终于见到了一直让我吃闭门羹的传说中的小老板。

他似乎刚在河里洗了脚,卷着裤管,头上戴着一只探照灯式的电筒,一颠一簸地朝村委会走来。格子有领的 T 恤掖在裤腰里,皮带有些松垮,但他毕竟系着皮带,不像许多村民只是用了一根裤绳。头发稀疏,又有些长,不过显然刚用梳子蘸水梳过,都比较规整地贴在脑袋上。他见了人,就咧嘴笑起来,脸上、额上荡起深沟似的皱纹,眼睛也眯成一条缝。

嗯，人看起来挺精神也挺乐观，不是那种愁苦深重的可怜相。

我把手伸出去，说，你就是万年海吧？我是新来的驻村干部，负责你家所在的片区。他将手在衣服上擦了擦，不好意思地笑着跟我相握。

会议进行得不太顺利。他们家族间因为一些事情争吵起来。

什么血浓于水，你不是骨头硬吗？去养人家一屋子的崽女，自己却过得跟个叫花子样！

钱花光，人家一家又团聚了，你捞了什么好？

现在想起我们这些侄儿来啦，当初劝你，怎就一个字不听？

……

从杂乱的争吵中，我大约听懂了事情的根源，也解开了这些天绕着我的谜团。

原来这些年他虽然没结婚，却跟寨上另一个男人共妻共了好些年。女人公开地跟他同吃住，同劳动，却没有跟原来的丈夫离婚。不仅没离，那女人的丈夫还带着两个孩子天天到他家一同吃饭，到了晚上，女人留宿他家，她丈夫就带着孩子回自己家住。

这个事情超出了我的想象，我不知道如何调解。人员本来就很晚才召集齐，空争论了半宿，也没得出个结论，太晚了，只好让大家先散，改天再议。

躺在床上，我久久难眠。听说过偷情的，也听说过两个女人以姐妹相称共侍一夫的，但真没听说两个男人共一个妻子，还能常年在同一张桌子上吃饭。我暗想，那个女人的丈夫该是怎样没有骨气、涎皮赖脸的人，才能做到这一步？那个女人又该是有多不要脸，才能无视村里人的冷眼与笑话？这个事件不禁勾起了我的好奇，我有点想去访访那家人了。

那家人在二网格，是跟我同时被派来任网格员的同事杨浩的帮扶户。他听我说起这个事情后很平静，对我的疑惑也没有发表看法，只淡淡地说："你想去走访好呀，晚饭后我带你去。"

是两间两层的小房子。进门处有一张长条凳，几个十来岁的孩子在看电视。往里，有一个火坑，一个男人正蹲在边上架着锅炒菜。火光将屋子映得红红的，虽然天气渐热，不再需要烤火，但这画面看上去充满了人间烟火味，挺温馨的。

我环顾了一下四周，两间房门用那种老式的门扣锁着，板壁间贴满了奖状，奖状都是一个叫吴美欢的女学生的。另一面是孩子们正在看着的三十多英寸的液晶彩电，紧挨着电视机旁立着一台看上去很新的美的冰箱。这两件家具总算让这间古旧的小房子看上去有了点现代的气息。屋子虽小，不过收拾得挺干净，没有一般农户家的乱堆乱放。男人看上去瘦瘦小小的，穿一件旧的白衬衫，看着还算清爽，只是他背上驮着一个很大的包，弓得很。

我问他，今晚煮什么菜，他说就磕钵辣椒，等孩子他妈从坡上割韭菜来煮汤。

辣椒炒好了，他起身去拿擂辣钵。只是，他起身和蹲着差别并不大，他的两条腿完全是扭曲的，大小也不一样，有一只脚似乎完全使不上劲。背上又驮着个大包，直不了身，只能半蹲着，靠身子一摇一摆慢慢挪动。他的形象让我想起卡西莫多，但又比卡西莫多瘦小太多，缺乏力量。

我有些难过了，掂量着有些话该不该问。杨浩却仿佛视若无睹，像走访一般贫困户似的跟他攀谈起来。问他买得米了没，买了多少。原来上次杨浩到他家，他家快断粮了，杨浩就把身上的钱都掏给了他，要他拿去买米。他说买了三十斤，村上已经通知他县里把救济粮分下来了，过几天就能领。我插问他每年粮食缺口量大不大。他说领了救济粮也就不怎么缺了，有时亲戚会送一点，偶尔又买一点。杨浩接着问他身体怎么变成这样的？他说十二岁的时候得脑膜炎，医治不及时就成这样了。上过学没？生病前读到五年级，生病后就没再去学校。家里的活都是你老婆在做吗，你能做什么？都靠我老婆，我只会煮饭和管管孩子。平时有些什么消遣打发时间？看电视啊，以前也爱去看别人打牌下棋。光看你不打吗？我偶尔也打点。那你老婆有没有骂你？她不爱骂人，只不过不给我钱去打。他有些不好意思地笑起来。

我们有一搭没一搭地闲聊着，快到八点了，女人还没有回来。其他的孩子都已各自回家，他家的孩子可能饿了，自己舀了一碗饭，拈了些辣椒到碗里就准备吃。我实在看不下去，让孩子等一等，跑到街上去买了一板鸡蛋和一挂肉。街上灯火通明。这个 2016 年才修建了通村公路的山寨，以前仿若世外桃源一般的存在，这些年却迅速拔起了不少砖房，小学就建在村子里，有三百来个学生，很是热闹，因而街上的商铺琳琅满目，什么都有卖的，跟小镇一样。

鸡蛋和肉买来了，他马上煮了四个荷包蛋，让孩子先吃，他要等孩子他妈回来了再吃。那孩子十岁，在村里上三年级，他开始拈了两个鸡蛋到碗里，想了想，又放了一个回去，然后就着一只鸡蛋吃了两碗饭。又过了一会儿，女人还是没回来，男人又切下一点肉来煮，说孩子他妈辛苦得很，煮点肉等她，让她高兴高兴。

快九点了。我是想等见了他女人再回去的，但坐得太久了，又是第一次上人家家，有点不好意思，准备起身告辞。刚离座，他女人回来了。

女人边取下斗笠，解了瓢篓，边招呼我们再坐一坐。她个子单薄，瘦削得有些让人担忧，下半身全湿透了。这个女人，我是见过的，她在山上跟村里的合作社种植天麻，我之前参与项目验收时在坡上跟施工队的一起吃过饭。整个中午，她和我们一起洗菜、摆碗、吃饭、收拾碗筷，没听她说过话，但我记得她。她将头发绾在脑后，瘦瘦的，黑黑的，五官却长得好，秀气耐看，穿着破旧，却不邋遢。我当时多看了她几眼，以为她是不会说客话而不爱开口，也就没有跟她聊天。

　　早上下了些小雨，山上草木深，她那湿裤子肯定沤了一天了，我们让她赶紧换了衣服吃饭，便不再逗留，告辞出来。走下她家屋坎，她又拿着一抱草叶追出来。她说她在山上采了些老鸹果叶，泡茶很好喝的。我想礼尚往来，她既这般热情，就接过了她送来的那一抱中药名为透骨香的天然好茶叶。

三

　　来到第三任丈夫家的那天，树香揭在被子里哭了一夜。一路上，她就在想，他残疾，不就是腿脚不太方便吗，是走路一跛一跛干不了重活，还是需要拄着拐杖才能挪步？她想，大不了将来门外的活都由她来干，他把家料理好就成了。她完全想不到他居然那么瘦小，背上还驮着个大大的包，整个人完全是贴在地上的。可是，这又能怨谁呢？怪只怪她自己来之前没问清楚。这就是命，这就是她树香的命啊！

　　哭了一夜，想了一夜，树香第二天就下地干活了。她让婆婆带她去认他们家的地，他们家的田，还有他们家的山。认完之后，她就把她当成这些土地的主人了。她没日没夜地在山上劳作，用疲惫麻痹自己，以忘掉过往的种种，忘掉躺在她身边之人的容貌，忘掉命运对她的不公。

　　公公和婆婆都已年近七十，说是经营一家店面，其实是住在街边的本家兄弟看他们老的老、残的残，干不了农活，借了一间屋子给他们摆卖点日常生活用品。那时，宁寨还没通公路，距镇上三十里，货物是月寨的女婿挑来的。公公守店，男人计账。那时人们生活都不富裕，需求少，宁寨街上也不止他一家店面，只当解了两个闲人的无聊，赚点油盐钱。婆婆侍弄菜园子，养一头猪。树香则像这家的顶梁柱似的，拿牛下田，挑粪上山，烧坡植树，夜里抢田水。公婆和男人对她都十分满意，邻居们也很是夸赞，但树香的日子并不好过。当她单独在哪一片坡哪一片岭时，总冷不丁会冒出一个人影来吓她一跳。那些人影对她挤眉弄眼的，朝她邪笑。

妹子，你这朵鲜花怎么就插在那坨牛粪上了，真可惜呀，哥都替你心疼。

妹子，来，让哥抱一下嘛。

别躲呀，那个小矮矬哪能满足你，要不来尝尝哥的味道，包你尝了再舍不得丢。

……

树香怕得要死，这些腌臜话她又不能学给人听，只能尽量埋头做事，低头不理。然而，随着时日的推进，一些人越来越得寸进尺，而她除了躲，除了跑，便只能哑巴吃黄连。这样的事，她能向谁诉说呢。回到家还得装作什么事也没发生，以免这个脆弱而敏感的家庭起疑。可她千防万防，也总有疏漏的时候。

那天，她和东林家媳妇美桃约着去归几岭种豆。两家的地相隔不远，两个女人一边挖地、培垄，一边话着家常。美桃是春桃的妹妹，知道树香的过往，现又跟树香是邻居也是亲戚。她很同情树香的遭遇，平日对树香也比较关照。树香来到宁寨，无亲无故，美桃主动亲近，她也就跟美桃结成了姊妹。

这是树香的幸福时光，她喜欢这样的时刻。她曾向美桃打听那些调戏过她的男人，她甚至想把自己的烦恼通通向美桃倾倒出来，只是好几次话到嘴边她又给咽回去了。不过，以一个女人的敏感，她想美桃肯定是有所察觉的，所以去哪里，她一邀美桃，美桃总是爽快地答应她。她打心里感激着美桃待她的好。

美桃家的地块小，很快就种好了，她想去德贯冲看看苞谷和辣椒。树香环顾四周，整个山岭一览无余，除了她俩，一个鬼影都没有，只有初夏的风轻轻地吹，一些小小的虫鸣衬着周遭的寂静。树香说，你先去吧，我种完这点就回家。

谁知美桃刚从岭脚消失，三喜那个二流子就不知从哪个草蓬子给钻出来了。

三喜说，树香，我来帮你。

说着就要抢过树香的锄头。树香将锄头拐过一边，说不要。三喜就势一扑，将树香抱住，嘴里边叽咕着边凑向树香的脸要啃树香。

树香妹子，你长得可真好看，我都想死你了。

树香挣扎着，要用锄头挖他。三喜力道大得很，树香根本动弹不得，他们滚到了地上。

要不要大声呼救呢？这个山岭无遮无拦的，大声喊，美桃肯定能听见，那她的名声也就败了。人活一张脸，树活一张皮。她的日子已经过成这般，再败了名声，她还有何脸面在这世上抬头做人？忍气吞声依了这个痞子？有一必有二，以后他纠缠不休又怎么办？树香一边挣扎，一边思想着，最后，她决定以死逼迫三喜放弃。

你若强逼我，我就死给你看！你也知道，我命苦，贱命一条，我讲到做到！

树香咬牙切齿地拿眼睛剜着三喜。三喜被树香发怒而绝望的眼神吓住了，慢慢松开了她。

树香正要骨碌爬起来时，美桃就在岭下喊了起来，你们，你们，你们干什么？

美桃一边喊，一边往岭上跑。

三喜哧溜一下就跑得不见了踪影。

树香爬起来，满身的土，衣服被扯开了，头发乱糟糟的。她想扑到美桃怀里大哭一场。美桃却嫌恶地避开了。

美桃说，树香，你就这样受不得寂寞啊，你才嫁过来多久？我才离开这一小会儿，就跟男人偷上了。偷就偷，还回回拿我当什么挡箭牌。有本事偷腥，别没脸承受啊！

树香那天不知道自己是如何回到家的。回到家后，她被公公爹关起门来揍了一顿。树香心灰意冷，她想，这就是她的命吧，不管她如何挣扎，不管她逃到哪里，都是绝境，老天这是要逼她去死啊。可是，她做错了什么，老天爷为什么要这样待她？树香想，等夜深人静，大家都睡着后，她就喝一罐农药下去，双眼一闭，两腿一伸，从此就与这世间再无任何瓜葛吧。

然而，那个被愧疚折磨一生的婆婆寸步不离地守着她，把她又给暖化了。婆婆一把鼻涕一把泪地讲述了他儿子显良小时候的乖巧、聪明，讲述那场可怕的病魔是如何将一个可爱的孩子揉捏成今天这副样子，诉说她当时作为一个母亲的无知与无助，以及后来漫长岁月里的愧疚与悔恨，又讲述显良一直以来对生活如何地自卑与灰心，以及自从娶了她之后，显良慢慢发生的变化。

婆婆说，树香啊，我的好儿媳，是我们家对不起你，你就当可怜一个犯错的母亲的怜子之心，好吗？算我求你了，妈给你下跪。

说着，老太太"嗵"的一声就跪在了她的床前，老太太哭得伤心，身体支撑不起，就歪下去了。树香从来只有被人看贱的，哪里受过这样的大礼，她不顾疼痛，不顾自己的哀伤，赶紧爬起来，也跪下去，扶住婆婆，跟老人抱作一团，哭作一团。

哭了一阵，老人为她揩了眼泪。老人说，不管日子多艰难，我们都要向前看，咱好好过日子，行不？以后你去哪，要是害怕，就让妈陪着，妈拄着拐杖也跟你去。等你给我们显良生了一男半女，也就不会再遭闲话了。以后要真遇到待你好的，你想跟他好就跟他好，我们不拦你。妈只求你，你就是跟了别人，也别丢下显良爷崽不管，行不？就算他们是妈托付给你的包袱。

树香从小没有母亲，来到这个家，这个老人给了她从未享过的母爱，不看别的，光看这个老太太的面，她也是舍不得丢下他们的。树香将头埋进老太太的怀里，嘤嘤地哭着，乖乖地点了点头。

从那以后，每晚老太太就守在门外听他的儿子行事，等儿子行完事了才去另一个屋子睡觉。没多久，树香真就怀上了。她生了个女儿，一家人高兴得不得了，老太太早养了许多鸡，一天一只用颤巍巍的老手杀了炖给树香吃。月子出来，树香白胖了许多，脸上也渐渐有了笑容。树香看着怀里的婴孩，这个小姑娘生得健康、讨喜。树香满心欢喜。她想，她又有盼头了，就像太阳躲在云层里，又慢慢地探出来，照到了她家的屋檐。

四

从显良家出来，我心情异常沉重，并为之前自己的种种猜测感到羞愧。不可否认，去访他们一家，我刚开始是有些猎奇心理的。在都市桃色新闻泛滥的年月，以为那不过是一桩新奇的乡村版的桃色事件，而现实却如一根鱼刺突然卡到我的喉咙里，让我浑身不自在。

宁寨就像一条搁在山谷里的船，两边青山高耸，一条公路自下而上，将寨子分为两半。还记得初入宁寨时，一路上烟雨迷蒙，四周的山腾着阵阵白雾，暗绿铺底，新绿翻涌，仿佛一幅幅浓墨重彩的山水画。新修的水泥路随着一条溪流在大山峡谷间蜿蜒盘旋，时而两山倾轧而来，有一夫当关万夫莫开之气势，时而瀑布哗然，田野阡陌纵横。山谷两边浓密的阔叶林一蓬蓬一簇簇，大球大球的映山蓝掩映其间，盎然恣肆。我被这些蓬勃的生命感动着，一度以为是误入了现代的桃花源。

然而，到宁寨转一圈下来，我很快便意识到，人居环境的纯美，往往是以物质生活的贫穷与落后为代价的。在宁寨，不同程度残疾的人特别多，而这些残疾并不是先天性的，他们往往是生了重病得不到及时医治，或是摔伤后不够重视，只胡乱用些草药让伤口强行愈合，而留下的后遗症。吴显良如此。万年海也如此。还有许多的人，因为贫穷、闭塞，他们成了被时代、被命运捉弄的人。

扶贫任务深重，我们不得不将一个又一个摊在面前的困难逐一破解，思考着如何尽自己最大的力量，去解除他们的困境，去帮助他们获取长效发展的动力。

还是先从万年海家的拆旧工作说起吧。

随着脱贫攻坚工作的推进，全县拆旧工作如火如荼地进行着，每天都要晒图、上报进度，镇里也组建了督查队，要求限定期限完成整改。作为宁寨脱贫攻坚驻村工作队的指挥长，我既要考虑全村的工作进度，更不能让自己负责的网格拖后腿。经过反复统计、宣传、动员，大部分村民已自行将自家的废弃猪牛圈、旱厕等拆除，剩余因缺乏劳力无法拆除，或抱着侥幸心理不愿拆除的部分，我们组织由驻村干部和村组干部组成的拆旧工作组，以排山倒海的气势大干了几天，在督查日期临近之时，终于基本完成了任务。现在，只有万年海家的 C 级危房仍旧保持着原样。

这个难题，究竟该如何破解？

这期间，我多次找过万年海，问他今后的打算。万年海表示，其一，他不会离开宁寨；其二，毁烂部分与他无关；其三，他现在是真没钱，他住的部分有些漏雨，等茶场老板开了工资，他只需将瓦片和檩条更换，房子仍旧可以继续居住。而其他的几户共房户虽同意将毁烂部分拆除，只是拆了之后，万年海的房子还立不立得住，他们不管。

都是各顾各的，达不成协商的办法。我只好又一次向镇政府求助，或者说施压。镇领导终于答应尽快会议研究给出解决方案。我知道，说是尽快，但若不逼一逼，又不知拖到猴年马月。我决定借着拆旧的这股风，乘胜追击，先把毁烂部分拆掉。如果万年海住的部分实在立不住，也必须得拆，那我就只好先个人垫资了。

我做好了忍痛割爱的打算，跟几户共房户和万年海商定拆房的日期，同时让万年海做好搬家的准备。那日，天公不作美，人员聚齐的时候就开始下起了淅淅沥沥的小雨。我本想改天，他们却觉得难得丢下活路聚集，戴了斗笠、披了胶布就爬到房梁上去了。万年海只戴了顶斗笠，也爬到屋顶上去，他的几个侄儿在拆房，他就拣下那些完好的瓦片和檩条去补自己的房顶。看他小心翼翼地在房顶上慢慢挪移，我就替他捏着一把汗。我让人把他叫下来，他却不肯，还不时回头朝我笑笑，挥一挥手，意思是让我别担心。

地上的烂木料越堆越高，雨依旧吧嗒吧嗒地下着。万年海颤颤巍巍地揭下一行瓦片，拿着锤子敲敲打打，又颤颤巍巍地一瓦一瓦补上。腰部上的衣服湿透了，贴在他身上，显得他又瘦又小。不知怎的，我竟感觉有那么几分悲壮，眼里都涌出了泪水。可我立刻想到了我自身的职责，万一出现安全事故，事情就非同小可了。

我马上跟宁寨的镇领导打电话，向他汇报眼下的情况。他说镇指挥中心正在开会研究全镇突出问题的解决办法。我便在微信上将这边的情况通过视频和图片实时传递给他。房子拆到只剩下主柱的时候，万年海的几个侄儿停下来，说是不敢往下拆了，再拆，满叔的房子就跟着倒了。我问他们先用柱子将万年海的房子撑起来行不行，他们说那得打桩，四周都用柱子撑一圈。四周撑一圈，不更直接表明这房子是危房么？还是解除不了危房的既视感，看来必须全拆了。我将图片和情况说明发出去。领导终于打来电话，说是经研究，决定从全镇老旧房整治资金中整合 15000 元给万年海户拆旧重建。

我把万年海从房顶上叫下来，要他不要再补瓦了。15000 元，买个旧房架立新屋，加上他自己的一些木料，完全够了。几个侄儿也很振奋，立刻帮他搬家，万年海立在邻居的屋檐下抽烟歇息，笑得眼睛眯成了一条缝。

活路是万年海的两个会木工的侄儿做的，资金也由他们先行垫付。拆了房子的万年海也暂时住到了侄儿家，他与侄儿们关系仿佛突然间就变好了，融洽得很像一家人了。我每天转一圈，都要去催催进度。大约两个月时间，一栋两间两层的木房子就装好了，房架、楼板虽是旧的，但重新推磨过，新崭崭的，装上玻璃窗，贴上红对联，在屋边一棵高大的柿子树和门前小溪的映衬下，成了一道美丽的风景线。

万年海家的问题解决了。每遇到他，驻村干部们总忍不住要打趣问一句：房子搞得这样好，什么时候找个老伴暖被窝哩？

岂止是找老伴，我们海哥这样能干，完全还可以再生两个娃。

这个时候，万年海就会笑得满脸褶皱，眼睛眯成一条缝，注视着远方，仿佛在憧憬着什么，也跟着玩笑道：难多哦领导哟，那么多年轻的后生都寻不到媳妇，我就更不中用了，政府什么时候能拉一车救济的媳妇来就好了。

大家伙就跟着哄笑。

这边笑得开心，显良那边两口子却闹上了。其实杨浩也给显良争取了老旧房整治的指标，为他家瓦屋捡了漏，做了修补，又在房屋边上装了一间厨房和洗澡房。灶不能包含在老旧房整治的项目内，我个人出资1500元给他们打了一个三孔的节柴灶。条件改善了，显良却依旧患得患失，总担心树香有一天会离开他离开那个家。杨浩上他们家去的时候，常常听到两口子在争吵。

村里搞卫生比赛，我们不能丢了杨主任的脸，家里窄是窄了点，只要收拾得干净整洁，杨主任讲了，一样可以拿奖的。

我们家什么状况你没晓得么，去争那个脸面搞哪样？

可以争为哪样不争，又不是什么丢脸的事。

丢脸的事你做得还少？你就是样样都想跟人家比，烧火塘坑的家庭，却偏要借钱买什么冰箱。

我跟人家比，我有什么可以跟人家比的？你现在嫌我丢脸了，嫌我丢脸你自己咋个不硬气点？

我晓得你跟了我你不甘心，你巴不得我早点死，好带着两个孩子去跟了人家。

你讲话要有良心，我为这个家累死累活，只怕比你死得还早。

树香伤心地哭起来，显良默默地吸着没有过滤嘴的烟。杨浩走进去，看到树香面前堆着一大堆破旧的衣物，看样子她是准备整理出来拿去烧掉。杨浩像突然闯进屋，不晓得他们在争吵似的，翻了翻那些衣物，说，这是哪个年代的存货了，早就该烧了嘛。树香就抹了眼泪，抱着那些衣物出门去了。

显良说，那些都是他姐姐们以前整理来送给他的，现在用不上，不代表以后用不上。万一哪天脱了贫，政府再也不管不问，他能依傍的还不是他的这些老亲老戚。

　　杨浩问，你的姐姐们多久来看你一回？

　　显良说，她们老了，有的走不动了，有的要看孙崽，几年没来过了。

　　那你觉得还能依傍她们什么？

　　显良默不作声，脸上布满愁容。

<h2 style="text-align:center">五</h2>

　　宁寨处于山窝，没通公路之前，去往哪里都靠脚力，极少有人进来，也很少有人出去。外面的天地发生着翻天覆地的变化，宁寨却依然静悄悄地过着刀耕火种般的生活。树香生了孩子，一家子日子虽然艰难，却也平静地一天天地往前挪移。

　　可是，好景不长。先是多病的婆婆积劳成疾，去世了。婆婆病倒前，常对树香念叨，要她等间隔期满了，再给老吴家生个儿子。婆婆说，有儿才有后，不要让他们老吴家在我们这两代尽了气数啊。婆婆要走的时候，已经不能说话，她紧紧地拉着树香的手，眼睛睁了闭，闭了睁，似乎想努力向树香传达什么。别人不懂，树香又怎会不明白呢。

　　而接下来的两年，一些外出打工的年轻人不甘寂寞，回乡来号召村里修路。没有挖机，没有铲车，除炸药是政府提供的，其他全靠村民自己投工投劳。按片区分了任务，每家每天必须出一个劳力上工，出不了劳力的出钱也行。树香家没钱，劳力也只有她一个。除了农忙时节，她天天出工，无人替换一下。好在农事还有公公爹帮衬，才不至于让家里断了口粮。然而，一条人工开挖的毛路修好后，公公和显良却失业了。有了路，一些人家买了拖拉机或是马车，拖柴、运货、拉粮食就方便了许多。从镇上运往村里的物品越来越丰富，显良他们靠脚力的小店自然就被淘汰了，堂伯家也把门店收了回去，改成了一个大店铺。

失业后的公公没多久便倒床不起，咽了气。家里没有了老人的帮衬，所有的担子都落在了树香肩头。日子变得愈加艰难了，还要不要再生一个孩子呢？丈夫显良又变得不那么爱说话了，他总是担忧树香哪一天出了门，就再也不回来似的，树香去哪个坡头忙活，他就带着女儿去归来的路口守候。夜里躺下，树香总是想起婆婆临终前的那个眼神，总感觉婆婆在天上看着她呢，眼睛闭上了，也要拼命睁开来看着她。她咬咬牙，想，生吧，不管日子有多难，一匹草叶自有一滴露水养活，现在年成这样好，生下来总不至于饿死。像为着某种使命，女儿五岁时，树香去取了环，他们随后又生了个儿子。

孩子们渐渐长大，种田只能解决口腹问题。可孩子们不仅要吃饭，还要穿衣、上学，尤其他们的女儿是个争气的好孩子，学习成绩一直都很好，从进校的第一年，年年拿奖状。树香想供她读高中、上大学，跳出农门，将来做一个体面的人，再也不要像她这般命苦。

除了家里的活，树香便想着打些零工，哪里有挣钱的活，她都跟着去做。高弄山有老板来投资栽茶，从挖垄、栽茶到薅茶，从这个坡头开荒到那个坡头，只要她没有累得躺下起不来，她就会每天披星戴月地出工。

村里很多人都到茶场打零工，一伙一伙的，好像回到了集体抢工分的年代。虽然辛苦，但人多凑在一块，却也自有乐趣。先是休息时相互打趣、笑声不断，渐渐混熟后，就不断有歌声飘起来了。

> 姊妹们哪姊妹们，来到世间苦得很
> 来到世间苦得很嘞，再苦再累也要把歌学
> 我想邀你们唱一唱，我们也来闹花坪

我们也来花园闹，唱点山歌得开心
你们莫要哄我不会唱，我晓得你们都是唱歌精

我的姊妹啊我的亲，你说的话句句合我心
因为平时各忙各哦，才没得时间把那歌来学
现在忙中偷点闲嘞，我们都来闹呀闹花坪
现在苦中作点乐呀，谢谢那姊妹好歌声
感谢姊妹来邀请啰，只怕我口齿拙笨唱不成
我粗言糙语接一句，歌声不好害羞人
姊妹们有歌多唱点，多唱那几首闹山坡

先是女人们试探性地唱，然后便越唱越热闹，男人也掺和进来，情歌对唱就更有趣了。别看万年海脚跛人丑，唱山歌却是个好手。唱着唱着，他竟成了主角。

他唱：灯盏无油挂壁头，我郎无妻到处游；今日来到花园里，唱首山歌逗一逗；唱首山歌把妹逗，看妹抬头不抬头；牛不抬头为打架，妹不抬头为哪苑？

有人调戏他：跛脚老万真是狂，也敢开腔把歌唱；你就是把好歌唱尽啰，也没有哪个妹妹跟你来搭腔；你逗完这个妹妹又望那个良，望得妹妹们心里慌；老万啊老万，不承想你还是个花心郎。

他大方回唱：世上花好也要蝶来恋，世间娇羞也要有郎逗；蝶不恋花蝶不美，郎不多情枉来人间行；花园本是人多才热闹，瞻前顾后就没好玩；我脚跛人丑心地善，识人识面要识心；大家都来把歌唱，听歌听声莫听音。

树香也觉得山歌唱得好玩，她在心里默诵了些词，却不敢开口唱

出来。她觉得歌声是属于那些光照下的人们的。这些年，阳光很少照耀到她，她整个人都变得灰暗了。她灰暗地躲在人们中间劳作，在别人嬉笑快活的时候，她仍旧忙着采猪菜、寻药材，每次都不会空手而归。别人成群结队回家了，她还得岔进自家的地头去忙碌一番。一天，天断黑了，山野已恢复寂静，她正急忙地捆绑她寻到的几根野生淮山，准备回家。背后飘来了两句山歌：

　　　　天黑林幽妹莫怕，山高路陡你慢慢走；
　　　　豺狼虎豹别担心，还有跛脚哥哥在后头。

　　树香听出是万年海，赶紧担起挑儿头也不回地走了。
　　夜里，树香失眠了。她虽然不与万年海搭腔，心里却是暖暖的。这段时间，每天晚归，都有一束光在她后面亮着，那束光既不靠近她，也不远离，像一轮月亮，静静地陪伴，让她安心。她之前不知道是谁，她想可能也是一个晚归的人，或许，也同她一样，是一个苦命的人。有时，她故意慢慢吞吞地挨时间，想等那束光靠近，而那束光却好像怕惊扰她似的，移向别处，似乎去忙着自己的事，与她无关。一两次她不当回事，时间久了，对那束光，她竟生出些许依恋来。
　　居然是万年海。是啊，除了万年海，还能有谁。万年海真是个好人。他还是个开朗乐观的人。树香想起白日里万年海唱的那些山歌，想起万年海总是咧着嘴笑的模样。真不知羞，都四十岁的人了。树香埋怨自己。然而埋怨归埋怨，一些念头却偏像那着了火的枞木，拍打一下，看似熄了，一静下来，火苗就又蹿了出来。她想到这么多年，她几乎都没享过男人的温存。第一个丈夫倒是给过她激情，让她品尝了做女人的好，可没几天，那好就变成了厄运。第二个丈夫总是粗暴地待她，让她长期处于恐惧之中。到了这里，显良是对她好的，得了好吃的自己不吃，哪怕从孩子们嘴里抠下来也要给她留一份。可是显良的好，唉，怎么说呢，他的好是那么无力。对，显良的好就是一种无力的感觉，像他的身体，像他的……除了为生养孩子，他们努力地在一起，其余日子，都是分开睡的。而在她面前，显良也总像个做错事的孩子样，低声下气的，做什么事都怕把她惹恼似的小心翼翼。那哪是她男人，分明是个孩子啊。这些年，她当家长当得太累也太委屈了，身体疲累了没有个肩膀靠一靠，心里的苦闷也从不知向谁去诉说。她多想有个港湾让她歇一歇啊。

姑娘要到镇上去读五年级了。村里的小学只到四年级，五年级之后就要到镇上去读。虽然都是义务教育，不需要向学校交什么钱，但吃菜、穿衣、每周往返的路费总是要花钱的。还有姑娘渐渐大了，要买些零碎，出门怎么也得给几个钱让她带着。开销一下子加大。而找人犁耙田也越来越困难了。这些年，树香都是跟有劳力的人家换活路。但活路一年比一年不好换。这年成，条件越来越好，只要有力气，人勤快，出门就能找着挣钱的门路，谁会愿意去为别人白花力气。

过了清明，树香就上人屋里去说情，希望能换个活路。她先是去了堂叔家。堂叔说，我老了，不中用喽，孩子们都不让我下田了，说是要请人来犁耙。她又去找鳏夫柱头。柱头说今年请他的人特别多，他自家的田只怕都要排到立夏去了，他倒是想换，就怕错过节气，误了她家收成。树香只好又朝着美桃家去。那件事后，她跟美桃就生分了，但后来有事求到她家，美桃男人一声不吭就爽快答应，美桃不好说什么，两家关系又缓和了些。美桃男人帮过树香几回，树香知道美桃不高兴，不到万不得已，她不想来劳烦他们。没遇着美桃男人。美桃说他男人刚在城里寻到了一份好活计，不好请假，他们家的田都是下定金请人来犁耙的。

树香走向自家的耕田，沮丧得很。她想，要是有头牛，她就自己下田了。可自从公公爹去世后，为了不绊手绊脚，她没再养过牛。而随着山地耕田机逐渐推广后，养牛不划算，村里的人们也纷纷将牛卖了，就算是有人养牛，也是养来吃肉的，下不了田。几百户人家的村庄统共也找不出几头耕牛来，农忙时节借牛，怕是比借人还难些。可面对那些机器，她真是毫无办法啊，别说搬不动，就是有人帮忙抬了去，她也不会操作，操作不当，还容易受伤，她要受了伤，这个家就更没指望了。每到犁耙田的农耕时节，几乎都能把树香愁个半死。

唉！树香不自觉地叹息着。

田无水来犁无牛，无人帮衬妹心忧。

忧思忧虑催人老，不如唱支山歌解忧愁。

万年海从高弄山上一颠一跛地下来，看到树香坐在田埂上叹息，嘴里哼起了山歌。

山歌正唱在树香心坎上，泪水在她眼眶里打转。只是眼下她正愁苦，又哪有心思接腔呢。

万年海在路边上站了一会儿，好像怕树香听不清他的说话声，又像为表达诚意般，从路坎上走下来，站在树香家田的另一道埂上，说，实在不行，就请人吧，你要是手头紧，我先借给你。

万年海说完，又一颠一跛地走了。树香望着他离去的背影，说不清心里是什么感觉。她觉得很想哭一场。是那种强撑多年，委屈终被人瞧见后，眼泪忍不住地掉落。她虽眼里流着泪，心里却又泛起一丝甜味。这还是第一次有人主动提出要借钱给她啊。借钱还钱对树香而言有如家常便饭。很多家庭只要见到树香上门，都是能避则避，避不了的提心吊胆，总怕她开口说话，说着说着就讲到借钱的事上去。这么多年，尤其公婆去世之后，几乎就没有人跟她套过近乎，一些左邻右舍和有点亲戚关系的人平日里都很少与她搭腔，生怕惹麻烦上身。她早已习惯了这世间的冷漠。如今，万年海却仿佛这冷漠的世间照向她的一缕光亮。

又一次到茶场做工的时候，他有时会留她在他值守的棚子里吃上一口热乎的饭菜，她也会为他做些缝补或打扫的女人干的活，没多久，他们很自然地生活到了一起。

树香说，我不能抛了他们爷崽来跟你，我要走了，他们就活不成了。

万年海咧着嘴笑，伸出粗壮的双手捉过树香的手用力地握了握，说，你肩上的担子我和你一起扛，反正都过了大半辈子了，能陪伴一天是一天，大不了我老了之后，做个五保户。

六

显良家最大的开支是美欢在县城读高中。虽然我们到宁寨驻村已经大半年，跟显良树香他们一家也混得很熟了，但却一直没有见到过美欢。暑假，我们组织村里返乡的大学生和高中生为志愿者，让他们参与到脱贫攻坚的工作中来，在政策宣传、环境整治、家庭卫生评比等方面取得了很好的效果。美欢却没有回来，说是在城里找了份临时工，挣些生活费。杨浩曾问她的联系方式，想跟她做些交流，显良说她没配手机。我本想将我去年淘汰下来的旧手机送她，显良说不是有没有手机的问题，是她根本不想用手机。

还真是个不一样的女孩。看着她满屋的奖状，我们全是由衷的钦佩与怜惜。这么勤奋好学而又自律的孩子，杨浩便时刻想着如何能够帮助她。

一次，联系帮扶的县领导带着几个企业老板到宁寨巡查，除了村委呈报几个需要帮助解决的问题外，我们特意将其中一家老板带到贫困户吴显良家中，向他讲述吴美欢励志求学的故事。那老板看着吴显良家矮小、简陋的屋子贴满的奖状，又看到蹲在地上直不起身的吴显良，当即就从包里掏出500块钱送给吴显良，又一口应承他们公司可以资助吴美欢的学业。老板们离开后，许多承诺都落空了，但美欢的事，在我们穷追不舍的对接下，没多久竟给办成了。

那日，美欢穿一身洗得发白的校服出现在政教处门口，见满座的陌生人，拘谨地捏着衣角，不敢进来。长长的头发用一根胶圈随意地束在脑后，身高中等，有些偏瘦，肤色比较黑，整个人看上去有些黯淡，就像一颗还被托叶紧紧包裹着的花骨朵儿，只是在托叶裹不住的顶部，露出了一点惹眼的粉红，而那点粉红便是她眼里不自觉流露出来的、属于一个高中生的青春之光。

班主任杨老师走过去拉住她，笑着说道：美欢，你遇到好心人了。这是黎城兴建公司吴总，他们了解到你的家庭情况和你的成绩后，愿意资助你直到大学毕业，你尽可以放开顾虑，努力考你想考的大学了。

美欢低着头，表情依旧拘谨，看不出有多激动或多欢喜，她朝着杨老师介绍的吴总深深鞠了一躬，嘴角动了动，似乎是说了声谢谢，音量太低，大家几乎都没听清。好在刚才她鞠的那一躬，已被扛着相机早就做好准备的兴建公司的宣传员，以及我们这些早就将手机调成拍照模式等着她出现的人抓拍了下来，还算让人满意，她没有被要求重复做那个动作。

资助协议签订好之后，在场的人一起合了张影就散了。我和杨浩追出去叫住美欢，自我介绍说我们是驻宁寨的网格员，问她国庆节是否回家，如回去，可以打电话给我们，我们的车子可以顺带载她。她木愣了一会儿，在听说我们是驻宁寨的网格员后，不自觉地往后退了几步，与我们保持着距离，似乎对我们的自来熟和热情有点不知所措。杨浩将写有我们电话号码的字条递给她，她机械地接过去，又是一句让人听不清的谢谢之后，埋着头走了。

随着国庆日期的临近，我们一切的节假日均被取消。办理好资助事项，在家陪了孩子一个晚上，第二天，我们便跟着那些放假的学生浩浩荡荡地返回乡村去。直到出发前，美欢也没有联系过我们。我想，也许她是羞涩，不好意思给我们添麻烦，也许昨天放晚学后她便有车回村里了。能感觉出这女孩有些内向，我倒希望能够跟她成为朋友，扶贫先扶志嘛，她是那个家庭的希望，从她入手，效果肯定会更好。

回到村委会，立刻投入各种材料、APP 录入等紧张的工作之中。晚上，有村民邀去吃烧鱼。这段时间，是宁寨秋收放田吃烧鱼的季节，而我们网格员和一对一帮扶干部也正好利用这个契机，买菜或买礼物到农户家吃连心饭，几乎每天都有安排，热闹得很。晚饭后，杨浩邀我一起去显良家看美欢有没有回来，他也想找个时间，由他做东，邀我们大伙到显良家去跟他们吃餐连心饭，也让显良家热闹热闹。到了显良家，他们两口子和儿子正在厨房围桌吃饭。桌凳和碗柜，是村里为补齐短板给他们配送的。桌上摆着两个炒菜和一道汤，一荤两素，荤的是一条鱼。总之，比上次看到的景象好了太多，已经很像一个平常之家了。只是，美欢却不在。

见我们来，树香夫妇立刻站起来，热情地邀我们入桌，嘴里说着千恩万谢的话。我们辞谢着，说是刚吃好出来，要他们别管，继续吃饭，我们只是想过来看看美欢到家了没。

我们拿着凳子在一边落座之后，他们一家也重新围桌坐下。然而问到美欢，气氛却突然安静了，仿佛空气凝固了一样。

过了一会儿，显良才说，美欢只有过年才会回来。

暑假不回是找了临时工，几天的假也不回家看看？

可能是作业多，想留在学校看看书吧。

树香没有说话，小男孩也只顾着吃饭。我本想多问几个问题，比如学校放假，老师同学都走光了，她一个人不怕孤单吗？放假了学校食堂不开伙，她怎么解决吃饭问题？国庆正是宁寨忙秋收的时节，怎么不喊她回来帮帮她妈妈？杨浩扯了扯我，示意我别说了，我也就不好多问，等杨浩跟他们商定好吃连心饭的日期后，我们就起身告辞了。

夜晚躺下后，我越想越觉得事有蹊跷。聊起这个事的时候，显良和树香的氛围怎么会是那样的呢，太不对劲了。还有，美欢受资助的反应也不大对劲。受了资助于她而言这是何等大的好事，在她面上怎么就没有多少体现呢？一个花季少女竟可以做到这样内敛吗？不对，听到我们是驻宁寨的网格员时，她似乎在下意识地回避，这又是什么情况，问题出在哪呢？

后来，我问杨浩。

杨浩说，这你还想不到吗？

想到什么？

树香和万年海为什么会分开？

不是说万年海的积蓄花光了，帮不了树香了吗？

那只不过是最无关紧要的原因。

你觉得还有什么原因？

你想，一个十几岁的女孩，每天跟着父亲和弟弟上母亲的情人家去吃饭，而且一吃就是好几年。那时弟弟还小，可能不懂什么，但她已经是一个花季少女了，你觉得这样的事会对这女孩子有什么影响？

是啊，我虽然没经历那样的童年，但少女时期的羞涩、敏感与脆弱，我却是懂得的。如果那个女孩就是我，我有着这样的童年，又会怎么样呢？

<h1 style="text-align:center">七</h1>

每去茶场上工，树香回家一次比一次晚，流言就渐渐传播开来。显良每天下午都会带着儿子到村头去等她。她八点进屋，就八点才烧火煮饭，她九点进屋就九点才烧火煮饭。吃了饭，显良就到另一个屋蒙头睡下。树香打水给孩子洗漱，又打水给自己洗漱，很晚了，才躺下，疲惫不堪，搂着孩子却怎么也睡不着。她翻身，床吱呀一声，那边屋也不时传来床吱呀吱呀的响声。可是，他们谁也不说话，好像害怕一开口，什么东西就碎了，这个家就会变成一阵烟雾，突然消失，抓也抓不住。仿佛只要不说话，只要忍着，只要坚持，这个家就还能保持原样。

可是，隐忍的过程，就仿佛是在吹气球。一切似乎不动声色，其实气球已在不断变大、膨胀，不停止，不改变，持续下去，气球终有一天会膨胀到"啪"的一声突然爆破。一天，吃罢晚饭，显良说，这瓶百草枯，我喝了算了，不牵绊你。树香一把夺过那瓶药，跑进自己屋子，又跑上楼，她慌乱地、疯了一样地在屋子里转来转去，碰得那些坛坛罐罐丁零当啷地响。她要把药藏起来，可是藏哪里呢？屋子的地儿实在太小了，她只好跑出屋去。无处可藏，她在屋外走来走去，最后把它们全倒在了屋坎上的菜地角。

就是这。树香曾指给我看。几年过去，周边长了些稀稀疏疏的毛草，那个地方却依旧秃秃的，像块疤痕。

树香倒完了药，回转屋，把瓶子丢进火坑，火苗吱吱的，蹿出难闻的气味。我仿佛看见树香咔了咔嗓子，脖子也艰难地伸缩着，像被主人捏着脖子往外吐鱼的鸬鹚，仿佛那些话都是她拼了命才挤出来的。她说，别犯傻啊，你和崽是娘托付给我的，除非我死，我是不会丢下你们不管的。她顿了顿，接着又说，海哥是个好人，他是在帮我们啊，你就把他看作兄长，行吗？只要能把日子过下去，管人家怎么嚼舌根子。

显良没说话，却仿佛长期紧绷的神经终于松懈，他疲软地靠在树香的腿上，呜呜地哭起来，背上的包一起一落的，那么无助而又无力，像个可怜的孩子。树香慢慢伸出手去，抚了抚那个起伏不定的大包，抚不平，她就搂着，眼泪也吧嗒吧嗒地往下掉。

夫妻俩哭完之后，天就亮堂了。树香跟万年海一起上山，干活挣钱。不上坡的日子，她有时料理完这边屋又去料理那边屋，两头都是家，两头都顾着。开始是在这边屋煮好了饭菜才又去那边屋煮，后来嫌麻烦，终究煮到了一个锅里，显良和孩子有的是时间，就由他们跑来跑去。

那时，美欢在镇上读五年级，周末才回家。她每次回到家，总是要掀开锅盖，先盛上一碗饭来吃。每个周五，父亲都会在锅里给她留一口饭，留一碗酸菜汤或是一钵辣椒。如果没有饭菜，也会在锅里放上一个蒸熟的玉米棒子，烧好的红薯、土豆之类。也不知是哪一天，她回到家，再掀开锅盖，锅里空空的，只有一层铁红的锈迹，翻碗柜，也没有可吃的东西，到处是老鼠爬过留下的屎尿味。家里似乎几天没开过火了。美欢不知道发生了什么事，心里满是委屈。显良递给她两块钱，说饿了吧，到街上去买点吃的。

美欢捏着两块钱，走过一个又一个小卖部，却不知道买什么。虽然她到镇上读书快半年了，母亲每周也会给她点零用钱，但她得把那点有限的零用钱积攒起来，买一些学习用具，或是缴纳某些活动经费。她吃饭都是在学校食堂，她没有吃零食的习惯，更没有买过零食。钱对她来说十分珍贵，父亲是怎么回事，都到家了，还让她去外面买东西吃，这也太奢侈了吧。

到了吃晚饭时间，父亲领着她和弟弟到万年海家去，母亲在摆饭，很丰盛，有肉有鸡蛋，她以为是万伯伯家请客。万伯伯也是满脸笑容，和蔼可亲地给她和弟弟拣菜，她吃得很受用。吃完饭，他们还在万伯伯家看了一会儿电视。那年，她家还没有电视。

后来，总在万伯伯家吃饭，她觉出了不对劲。每从万伯伯家出来，别人看她的眼光也不一样。有人问她，你管万年海叫什么？是不是叫后爸呀？哦，不对，爸爸还在，怎么能叫后爸呢。叫大爹对不对，万年海是你大爹吧？你大爹有没有给你买新衣？你大爹每星期拿多少钱给你？她被这些问题困扰着，感觉受到了莫大的羞辱。她不愿意再到万伯伯家去了，她甚至都不想回到宁寨。

到了周末，其他同学都早早地整理好行李，同村的也早就约好了结伴而行，只待下课铃声敲响，老师喊一声下课，就飞跑出教室，去路边招手拦车。美欢不想回家，也没有心情收拾行李，放学了，她懒洋洋地在学校转悠。食堂的门紧闭，老师们也在准备回家。老师们大多数都把家安在了城里，每到周末就会回到城里跟家人团聚。还有些老师是镇上的或者附近村落的，他们更不会在学校里多作逗留，早骑着摩托车一溜烟没了踪影。周末的校园是寂寞的，寂寞得连一口吃食都没有。她去学校门口买了两袋方便面，想回宿舍蒙头睡觉。才躺下，宿舍管理员就来叫她起床，让她回家去。她说她不想回家，管理员阿姨说那不行，周末宿舍是要锁上的，不能住在里面。她只好背着书包出来，沿着公路晃荡。她就那样晃啊晃啊，毫无目的地晃，天黑的时候，居然晃到了宁寨。是啊，不回宁寨，她又能去哪呢。回到家，空无一人，坑冷锅冷，仿佛四周都冒着冷气。她的肚子咕噜咕噜地抗议，她却不想理会，上了楼，来到自己的屋子倒头睡去。

树香来寻她，叫她去吃饭。她把身子弓得像只虾，面向着板壁，懒懒地回一声，不去。树香说，那我去打过来给你吃。她骨碌爬起来，大吼道：不要！不吃！树香吓了一跳，愣住了，细声细气地问她是不是在学校受了什么委屈。在学校能受什么委屈，在家才会受委屈！她大声吼着，哭起来，说，我的委屈都是你造成的，你造成的，你不晓得吗？树香看着女儿，不知道说什么好，眼泪也只是往外涌。美欢哭了一阵，哭累了，抱住树香说，妈，别去万伯伯家了好不好？我不读书了，以后我不花钱了，我去打工，去挣钱养家，你回来，别去万伯伯家了。

树香揩了眼泪，抚着美欢的头，说，书是一定要读的，我做的一切，都是为了能够让你们姐弟好好读书，以后不准有不想读书的念头，听见没？只要能盘你读书，别人怎么戳我脊梁骨都不要紧。你一定要把书读出来，不要像妈这辈子这般命苦。我们现在苦就苦一阵子，只要你肯努力，不会永远苦下去的。你要是受不得人闲话，不想回来，周末你就去同学家、老师家，去住旅店也行。妈多苦点多累点，只要你争气。妈要你争气，知道不哇！

美欢呜咽着，默不作声，脑子里却翻江倒海，一幕幕都是她在学校里的镜头。在学校里，她成绩好，老师们都喜欢她，同学们也都尊重她，只有在那里，她才感觉到为人的自在与信心，她不敢想离开了学校，她将会掉入一个什么样的暗无天日的深渊里。她常常在梦里感觉到那个深渊的存在，那个深渊就像一个黑洞，打着旋涡，深不见底，吱吱地冒着冷气，阴森而又恐怖，仿佛她一不留神，就会被吸进去，她总是挣扎着醒来。醒来的她仍旧满心惊悸，只有看书，拼命地读书，仿佛才能透过重重迷雾，看到一丝遥远的亮光。

她没想过要真的辍学，母亲的话无疑给了她某些坚定的理由，让她又鼓足了勇气，她感觉到自己的目标更明确了，同时也感觉到自己肩上沉甸甸的压力。

<h1 style="text-align:center">八</h1>

扶贫大考越来越近，杨浩在计算吴显良家收入的时候，又犯难了。他怎么计算他们家的收入，都没法算到达标。今年树香没再去茶场做工，而宁寨村级合作社的天麻项目也已经接近尾声，活路不多，树香前前后后，统共出了40多天的工，一天100元，工资性收入也就4000多元。稻谷收千把斤，折算下来也就千把块钱。再然后就是低保，树香因为没有户口，录不进贫困户系统，享受不了低保，三个人的低保一年8000多元，总的加起来，也就13000多元，人均达不到县里要求的4000元以上。今年对他家的帮扶虽然挺多的，但也只是减轻了他家的一些开支，不能算到纯收入里。

树香是从邻县嫁过来的，虽然结过几次婚，但一次都没有领证，为了不让那个恶人找上门来，她和那边完全断了联系，她现在也不知道自己的户口在哪。我们在我县的公安系统上根本就没法查到她的户口信息。又委托邻县的朋友帮忙查询，因为不清楚她户口上用的具体是哪几个字，同名同姓的人又多，无异于大海捞针。我们只好联系她老家的乡镇，在她以前待过的村逐个筛查，几经周折，最后查到她第二任丈夫的那个村，有个已被宣告死亡、注销户籍的杨树香，1972年生人，与她最为接近。我和杨浩前去对接，想帮她把户口迁到宁寨来。

好在全国都在开展脱贫攻坚工作，我们过去，直接跟驻村干部联系，靠他们帮忙，很顺利就把事情办妥了。同时还了解到他第二任丈夫吉安和那孩子的近况。吉安现在也是重点扶贫对象，靠吃低保维持生活。听驻村干部们侃，他依旧是个难缠的讨嫌的主。村里安装太阳能路灯的时候，考虑到他家位居高处，路不好走，要在他家门口安装一盏路灯。他不同意，说是用他家一家的电，好了大家，他坚决不干。工作人员解释说这路灯耗的是太阳能，不用他家的电，他不相信，说不是偷他家的电才怪。不管村干们如何做工作，他就是死活不同意，最终没有安成。现在，他身体不好，经常生病，仰靠村干部和帮扶干部照顾。但一有人问他，国家政策好不好，帮扶干部好不好，他只会说不好，接着跟你满腹牢骚，数落他女人狠心，崽都可以不要，也不晓得死到哪里去了。据说他把树香打跑之后，人一下子变蔫了，之前盛气凌人的锐气消失殆尽，他没再去打牌，整天坐在门口东张西望，盼着树香有一天能够突然出现，孩子饿了，他就领着孩子出去蹭饭，惹得全寨的人，尤其他哥嫂对他厌恶至极。他等了五年，仍旧没有树香一点消息，一气之下就去派出所给树香申报了死亡。那孩子跟着他，过着饱一餐饿一顿的生活，也学着他手脚不干净，既可怜又遭恨，勉强读完小学就出去打工了，有时给他父亲寄点生活费，有时一两年也不联系。前阵子村委收到广州某派出所寄来的一封信，说那孩子因盗窃罪被关进了看守所。

　　从高垴村出来，公路一路下旋，望着窗外连绵起伏的崇山峻岭，我想象着树香当年逃离时的情景，同为女人，同为母亲，我不禁为她感到无比的心酸。不知当她晓得那孩子的近况后，心里又会是一番什么滋味。我思考着回去要不要告诉她，杨浩说，最好什么也别说，只当我们没有去过高垴。回到宁寨，树香好几次拦住我，跟我聊天，甚至不惜揭开她过去的伤疤，但每要聊到那孩子的时候，又不自觉地迈过去了。好像希望我能告诉她什么，又害怕我会告诉她什么。我像什么也不知道般劝她别总想着过去，现在的两个孩子这样乖巧优秀，要把眼下的日子过好。

给树香重新上了户口后，又帮显良和树香把结婚证给办了，他们家低保救助也增加到了每月 1000 元。

将结婚证递给显良时，我们问他，这下该安心了吧？

他接过证书，抚了抚，"扑通"一声，就给我们跪下了。我们将他扶起来。他收好证书，脸上却是难言的苦笑。其实我们心里清楚，他的自卑与不自信已经根深蒂固，哪里是一本证书就能消除的。

除了有针对性的扶贫，我们也考虑着如何能让他们获得长效发展的动力。第一书记先前引进了一家布绒玩具厂，村里有十多个妇女在那里做工，还有些老人将一些简单的活路领回家里去做，每天能挣十来块钱。能挣一点是一点，关键是有事情做，人才不会那么空虚和无聊。杨浩曾鼓励吴显良也去领些活儿来做，吴显良却觉得那是女人们干的活，怎么也不肯。后来，我们发现村里有藤编的传统，经过考察，去请了老师来讲课，教授他们现代藤编技巧，待他们学会技能之后，再帮他们慢慢打开市场。这正适合吴显良们这样的残疾和老弱男子，杨浩就极力鼓动吴显良去学。

腿站不起来，手是灵活的嘛，只有参与劳动，你才能慢慢自信起来。

吴显良成了编织队中的一员。

我买了吴显良编的第一只篮子，装上干花，挂于客厅。篮子虽然丑了点，粗糙了点，但与干花配起来还蛮有艺术气息的。我拍照发了朋友圈，很多人点赞，还纷纷问我，哪里买到的纯手工藤编。

我将这些拿给吴显良看。吴显良不好意思地笑着，他说，还是你们文化人会弄，这么丑的篮子，竟被你打扮得这么好看。

我说，不是我把它打扮得好看，是因为纯手工有温度，现在人们都喜欢有温度的东西。

吴显良看着自己越编越好的作品，终于把嘴咧开，欢欢实实地笑了起来。

俗话说，叫花子都有年三十。寒假，美欢也许实在是无处可去，终于回来了。起初，她除了做做家务，便总是躲在自己的阁楼里，大门不出，二门不迈，以书为伴。我和杨浩常去看她，她不得不像个小主人似的招呼我们。开始是我和杨浩一唱一和地和她聊起校园生活，聊青春，聊当下的扶贫工作，她没有言语，只静静地听着，但我们知道，她的心在渐渐地松动。熟悉之后，我们便动员她参加一些志愿者活动，在我们特别忙碌的时候来帮帮忙。她撇不开情面，试着跟其他的志愿者串巷入户，没有人再提及以往的事，而我们驻村网格员似乎压根不知道以前的事，她慢慢融入了她的伙伴之中。我知道这是一个艰难的过程，但我相信终有一天，她会挺直了腰板，像山里飞出去的金凤凰，风光地回到宁寨。

美欢回来前，树香已跟着村里的队伍南下去砍甘蔗了。刚到宁寨时，就听村干部介绍，说宁寨人的主要收入除那些长期外出务工的之外，就是11月至次年4月这段农闲时间，劳动力大批量地去往广西、广东、海南砍甘蔗。他们成群结队出去，以承包的方式揽活，一般一人能挣一两万元，运气好时，干活狠的挣个四五万元也不成问题。所以，我们初入农户家做调查时，总会问一句，冬季去砍甘蔗吗？如果家里有人去砍甘蔗，那这个家庭的收入我们便心中有数了。今年借脱贫攻坚之风，我们联系镇劳动事务办，以组织劳力输出的方式，请了车子批量地把他们送往沿海的各大农场。

树香今年是第一次去。孩子小时她脱不开身，后来是显良不安心，总担心她去了就不会再回来。为了那个家，她很少走出宁寨，最多到过镇上，美欢在县城读书，她都还从未去过。今年他们领了证，显良也有了自己的事做，美欢回家也可以帮着做家务，她也就可以安心地迈出这个家，去往更广阔的天地，挥洒她的汗水，给她的家庭挣下更有力的保障了。

出发的那天，树香早早起来，包了糯米饭和酸菜，用一根山茶油树挑起简单的行囊来跟大家会合。上车落座后，大家要她把那根油树木棒扔了，她却舍不得。我跟她接过来，我说，我替你保管着。她递给我，不好意思地笑了笑，最后，终于朝车窗挥了挥手，忐忑而又兴奋的心绪堆满了她的脸上。

我抚摸着手里的木棒，是一截手腕般粗的油树做成的挑扛，已被打磨得溜圆光滑，却仍散发着树木本身的淡淡的清香。这种油树在我们这里的山上到处都是，小时候上山砍柴遇到这种树是既喜欢又害怕。喜欢是因为大人叮嘱，说油树是好柴；害怕是因为这种柴太坚硬，难得砍断。这是一种野生的山茶油树，生长在土壤特别薄的贫瘠之地，却特别坚实而有韧性，可以随着环境长得弯弯拐拐，一年四季，只要有适合的条件，就会开着小小的白色的花朵，结出一颗颗硬硬的果实，果实成熟炸裂后，可以捡来榨出最醇香而清亮的山茶油。也有长得高大少结果的，人们便喜欢砍来做刀把、锄头把、挑扛等，坚硬扎实，一辈子都用不烂。

想到这些，看着树香们远去，我忽然有种热泪盈眶的冲动。

原载《民族文学》2021 年第 12 期

美丽人生

欢迎光临美丽人生！

一只脚刚跨过门槛，一群声音就齐整整地围堵过来，吓得清丽差点把脚缩回去，却已有人前来招呼，您是洗头还是染烫？

清丽是毫无目的地走到这来的，她也不知道为何就跨进了这道门槛，大概是被广告牌上那几颗亮闪闪的大字所吸引吧。

嗯。美丽人生。这有点像她当初步入婚姻殿堂的感觉。

被吸引，头却是蒙的，有点糊里糊涂。

可进都进来了，人家也来问话了，怎好立刻转身。那么，做什么呢？清丽下意识地摸了摸束在身后的长发。她是个有些散漫的人，总是喜欢用一块手帕或一个胶圈将头发随意束在脑后，不做事时，头发散开，任风吹拂，很是惬意。当初，她在桥上看柳，一群学生风一样跑过，也不知是谁蹭掉了她束发的手帕。长发散落，随风飞扬，仿佛一曲天籁掠过古梦的边缘，比沿溪两岸柔曼的柳枝更加迷人。他是这么描述的。还抄了几句诗送她，"野有蔓草，零露溥兮。有美一人，清扬婉兮。邂逅相遇，适我愿兮"。那一幕她本没什么印象，更不知道远处的高楼里藏着偷窥者。可后来在他一遍又一遍的描述中，她便深深地栽进了卞之琳的《断章》里。他说，看到她长发飞起来的那一刻，他便知道她就是他此生要寻的人。现在她却常常想，她真的装饰过他的梦吗？

我先看看。清丽叽咕了一句。对方却不管那么多，热情得有些过分，噼里啪啦口齿清晰地向清丽介绍着他们店里的各项服务。清丽装出很认真在听的样子，环顾四周，只感觉到处是宽大的镜面映着明晃晃的灯光，让人眼花缭乱。店里一片忙碌景象，各种声音嘤嘤嗡嗡，她有些控制不住地走神，更不知道自己要干什么了。清丽还是第一次走进这样的地方。美发店，在清丽的观念里不是什么好去处，书中写到这样的地方，往往是挂羊头卖狗肉。清丽很清楚这里显然不是那种地方，她知道这是一家正规的美发店，不仅正规，还高档，大概是这座小城里最好的美发店了吧，如果不是最好，恐怕也不敢取这样一个名字，还在门头上挂着那么大的牌子。美容美发早已成为当今的一种时尚和潮流，但让清丽想不到的是，在她们这样的小县城居然也有了这么豪华高档的店，看来是她太 out 了。

洗头。清丽为了结束服务员的喋喋不休，也为了不让对方看出自己因陌生而生出的胆怯，干脆地甩出一个词。她想，全当体验了，洗一次头总不至于多高的费用。

您在我们店里购有专用的洗发水吗？没有。那您想洗哪个价位的？清丽完全没想到洗个头发也这么复杂，她不好意思选最低的那个价位，怕人家看出她是无意进错了地方，她选了中间的，六十八元。洗一次头竟然要六十八元，够她买一瓶洗发水在家洗半年的了。她有些心疼，感觉不值，倒不是花不起这个钱，而是没有这种花钱的意识。

"不趁年轻扮靓自己，等老了买貂皮穿又有什么意思。"学校里人多，年轻女教师争相夺艳，这样的话几乎成了年轻女老师的口头禅。清丽却显得有些不合群，仿佛还遗落在一个遥远的旧时代。她信奉清水出芙蓉，天然去雕饰，随随便便的穿搭，不艳，不引人注目，却耐看，越看越有味，如她的名字般，有着一副天生丽质难自弃的孤傲与清高。明面上追捧她的人不多，但谁知道暗地里有多少人偷偷欣赏着她呢。曾有人给学校年轻女教师做了个丽人榜排名，起初清丽的排名是靠后的，但不知怎么传来传去，清丽竟排到了第一。

清丽由那个服务员领着进了里间，里间摆放着一排洗头床，有不少人在洗头，清丽很是难为情，不敢拿眼睛乱瞟，直愣愣地由服务员示意着在一张空床上躺下，就赶紧拉过毛毯搭在身上。然而，被招呼来给她洗头的却是个男孩子。清丽问，洗头的不该是女生吗？男女生都有，您放心，我们这里都是通过培训成熟才上工的，当然，如果您有指定的服务员，并且愿意等候，我们也可以给您安排。进门就接待她的女服务员热情周到极好耐心，始终一副顾客就是上帝的神态。清丽不是爱刁难人的人，也就听任了安排。

男孩看上去不足二十岁，清丽提出抗议时，他站在一旁默不作声，脸上的表情也看不出是喜是怒，一副老实认真的样子。他给清丽洗头，也是一句话不说，连起码的水温是否合适，手法是重是轻都没有问。清丽净听着旁边别的服务员的声音，他们问这问那，见缝插针地推荐着他们的产品和别的服务项目，有的还跟熟客聊着家常。相对其他组，他们这组太安静了。其实，这是清丽喜欢的。但她不禁又想，这样的店肯定是按底薪加提成的方式支付工资，她是生客，哪有店员不借机推销的，男孩是不是不高兴才不吭声？她想，要是他有做得不好的地方，她肯定是要反抗的，她才不想花钱买罪受。清丽闭上眼睛，感受着头部的动静。她想起书上看过的一则故事，说是有个土匪到理发店刮胡子，掏出枪威胁修面的师傅，说有任何差池就要毙了他。老师傅面无惧色，从容操刀。其间，有人闯入，土匪差点扣动扳机。修面结束，土匪对着镜子看自己的面容，一道细微的不易察觉的刀痕让他惊出一身冷汗，他想，刚才幸亏他没有开枪，否则死的就不知道是别人还是他自己了。想到这，清丽有些紧张，有些忐忑，仿佛是把自己的头颅交到了一个不信任的人手里，需要保持高度的警惕，随时做出反抗的准备，以救下自己的性命。还好，男孩呼吸平稳，动作熟练，水温刚好，轻重适度，没有清丽担心的任何事发生，清丽渐渐放下心来，有了蒙眬的睡意。

洗好了，要不要按摩一下？男孩终于开了口，语气老练，声音里却还透着一丝稚嫩。清丽不知道所谓的按摩是怎样的，但她此刻正犯困，想赖床。好，她说。她不想去考虑这个项目要不要加钱，加多少钱。她想，即便被宰，她也认了。此刻，她只想继续闭着眼睛，好好享受当下这份久违的慵懒。是啊，久违的。她已不记得有多久没这般放松，这般懒散地、任性地，把一段时光交给一个人了。记忆里，能让她无所顾忌地交付时光的也就两个人而已。一个是母亲。不用上学的日子，母亲做好早餐，来叫她起床。懒妞，起来了，太阳都晒屁股啦！母亲坐到她床沿，嘴里喊她起床，双手却在给她掖被子。她伸个懒腰，看母亲一眼，扭扭身子，就势钻到母亲怀里，撒着娇说，这样舒服，让我再睡一会儿嘛。还有一个便是她老公林韶华。不过是在婚前。那时，她刚参加工作不久，住的是学校教学楼顶层的职工宿舍。他们以诗文相识，他是历史组的白马，用他那些学生的话是，帅得不可理喻。她不免有些心动。但她牢记父母的嘱咐，试用期间绝不恋爱。她只身来到这个县城，无亲无故，这里不过是她人生中的一块跳板，等试用期过了，父母就会想法子将她调回老家那边去。她冷淡，爱搭不理，他却热烈，紧追不放。每到周末，他都会早早地赶来她的宿舍，说是顺路给她带了早餐。她趿着拖鞋，穿着睡衣给他开门后又缩回床上睡觉，要他将早餐放下走人。他带的却不是熟食，而是熬粥的材料。粥慢慢熬着，毕毕剥剥冒着热气，他便在缭绕的雾气里为她读诗、唱歌、讲故事。他们的爱情粥熬了一年多,稠得化不开了,父母给她联络好的调动,她故意搅黄了,那个青梅竹马等着她回去的邻家哥哥,她也不顾多年情分,与人闹翻了。娇宠她的母亲发狠地给她丢下一句话,你自己选的路,今后要有什么委屈,打掉了牙也各往肚子里咽!

"打掉了牙也各往肚子里咽!"想到这句话,清丽不觉惊悚了一下。一年多来,这句话常常突然间就跳出来,让她既感到痛苦,又给她以勇气。如同她正陷在沼泽里,这句话是她拽着的绳索,每遇到不如意,她就会本能地抓住它,让自己变强、变硬。然而她也知道,既是沼泽,便是越用力陷得也就越深。清丽感觉那沼泽似乎已经压迫到了胸口,都快不能呼吸了。但她找不到出口,她不知道为什么就走到了如今这局面。

现在给您掏耳朵,请不要动哦。难得这样静静地躺着,清丽本想补下瞌睡,奈何却思绪翻腾。男孩给她按了头部,捏了手臂,现在又俯下身来给她掏耳朵。男孩的动作轻柔而细致,小小的棉棒在她耳朵里缓缓地转动,不疾不徐,又锲而不舍,仿佛那个小世界里正在进行着一场旷日持久的爱的触碰与试探。

嫁给我。他贴着她的耳朵,热气熏得她痒痒的。她缩了缩脖子,咯咯地笑着,问他,你说什么?他抱住她的头,继续用热气熏她,我爱你,嫁给我吧!她挣脱他,跑开了,跑远了,用手做成喇叭状,故意大声喊,你说什么——,我听不见——!他跑到拱桥高处,对着空旷的足球场大喊起来,清——丽——,我——们——结——婚——吧!我们结婚吧!结婚吧!结婚吧!整个校园都回应着他的呼声,学生们的目光也都聚拢过来,清丽脸唰地就红了,幸福得有些眩晕。

现在回想起来,清丽似乎只记住了那时的眩晕感,对周边的景象完全没了印象。暮春时节,最美人间四月天。那天应该是下着小雨,对,细雨霏霏，杨柳依依，他们沿着柳堤散步，没有撑伞，他把她护在臂弯里。然后，他贴着她的耳朵，说出了令她眩晕的话。

结婚，果然是女人昏了头。清丽暗笑了一下，她若跟他多谈几年恋爱，该多好。唉——清丽轻轻地叹了一声。清丽想，他们当初是不是太着急了，所以才使原本美好的事走了样？就像动手剥开了欲开未开的花骨朵儿，等不急天完全黑就放了的烟花。唉，无论如何，她要能将那个过程再拉长些该多好啊。清丽渐渐接受林韶华后，林韶华再来给她煲粥就不那么老实了，她不敢继续在床上躺着，怕抵挡不住他的进攻。她撺他出去散步，去爬山。他知道她的担忧，所以很快提出了结婚。

关于婚姻，清丽没作什么考虑，觉得一切都是水到渠成的事。唉，都是，都是荷尔蒙惹的祸！那时候……

男孩专注于他的事，一声不吭。清丽仰躺着，什么也看不见，却听到男孩就在耳边的呼吸。氛围有些暧昧。清丽想着往事，感觉面部渐渐发烫，脸定是悄悄地红了。

清丽是个爱脸红的姑娘，与陌生男子说上几句话，脸就会不自觉地发红；同事们讲荤笑话，她躲在某个角落里，根本不敢听人家说了什么，脸却红到耳朵根去。所以，通常是别人侃着话，说着说着她就莫名其妙地成了焦点。虽然大家没有恶意，甚至觉得这样的她单纯、可爱、无心机，但她讨厌死了这样的自己，曾想这是不是患的某种疾病。母亲说哪是什么病，你就是典型的野猫出不得火烧地。她把脸红当成自己最大的缺点，一度努力着去克服，从中学到大学到工作、恋爱，都不曾有过改善。不过，自从生了孩子，她似乎就再也没有出现过无端脸红的现象了。清丽想起一个同事的调侃，说女人生孩子前，乳房是秘密，娇羞是至宝，生了孩子后，秘密变器皿，荤话满嘴跑。生了孩子，她果然极少脸红，不但不爱脸红，她还感觉到身体的僵硬，只要有男人靠近，她就一阵厌恶。一开始，她是有意疏远，与林韶华保持距离，时间久了，好像就变成了身体的本能。难道她丧失了爱的能力？这无疑又让她感到害怕、担忧，甚至恐慌。

男孩掏完一边又掏一边，小小的棉棒不停地触碰、试探，始终不急不躁，循循诱导，终于唰的一下，仿佛沉积多年的耳屎悉数被卷起，有如高潮来临。清丽脸越发滚烫，将身体绷得紧紧的。她不动声色，却贪恋着这种感觉，她似乎感觉到厚实的冰块有了一丝松动，云朵在天空轻轻飘浮。

男孩示意她起来去吹头发。心上的云朵飘走了，清丽有些羞涩难堪。

吹头发的另有专人。他们问清丽可有自己喜欢的发型师，若没有，谁此刻空着就安排谁了。清丽第一次来，没有目的，也没有目标，偶然邂逅，只为打发一段无聊的时光。不过，从熟悉的环境、人事中抽身而出，到一个陌生领域，历经未知的人生际遇，清丽觉得这种体验也未尝不可，她想不如一切随意，也许随意皆缘。看着美发店忙碌而又快活的景象，清丽忽然有些期待她此刻需要又刚好空着的那位发型师会是怎样的一个人。

我是九号，接下来将由我为您服务，很高兴您选择美丽人生。让你美丽，就是我的人生！

说话的人身着紧身裤、小西装，一头漂亮的短卷发，颀长的身材，精致的轮廓，浑身洋溢着一股青春活力。他刚给一位女士做完头发，签了字后一边朝清丽走来一边喊着话。他喊的可能是店家设计的统一口号，但表情和语气完全没有违和感。他与沉默寡言的洗头男孩截然不同，快活的样子仿佛头顶自带光环。

看到九号，清丽感觉自己仿佛是刚从一个幽暗的洞穴里爬出来，见到了地面上的阳光。

九号顶着热烈的阳光走向她，他们一同出现在台前的大镜框里。镜面宽大，平整细腻，照出来的影像格外好看。清丽好像看见了穿婚纱的自己。

美丽的女士，您今天想拥有什么发型？

我也不知道，你看着办吧。

清丽想，她也是这般把自己交给婚姻的吧。那天，她也是这般坐在镜子前，专业的化妆师将她画成了精致的芭比娃娃，她完全认不出来自己，亲戚朋友们也都没能认出来，让她后来一度以为，当天那个欢天喜地的姑娘一定不是她自己，一定是被什么精灵附了身。

噢，感谢您对我如此信任，我一定不负所托。

九号将清丽的头发吹至半干后，一边给清丽梳头，一边对着镜子比了又比，他说话的语气和动作都有些夸张，好像舞台表演。

头发有烫染过吗？

没有。

以前有尝试过别的发型吗？

没有。还是学生时就这样，太长了剪短一点而已。

都是自己用剪刀剪的吧？

嗯。

一番对话，九号笑起来。与之前的职业性微笑不同，他是真正笑了，像听了一个好笑的笑话，又像捡到了宝。

这么好的发质和这样不讲究的主人我还是第一次遇到呢。要不，今天做个尝试，换一换发型？

你觉得什么发型适合我呢？

清丽难得开口这么主动地说话，她觉得这九号挺有意思，就想看一看他会给自己设计个什么发型。她甚至想，如此阳光的男人，他有怎样的家庭，他的爱人和孩子会是怎样的，也不知他是否结婚了，这么阳光帅气的人，恐怕不会太早结婚吧？

我一定会设计出一款特别适合您的发型，您就放心交给我好了，包您看到效果时惊呼。

九号的阳光感染着清丽，清丽打算豁出去了。商谈好价钱，九号一边哼着歌，一边左右移动，各种工具在他手上熟练地旋转、飞舞，都如长了翅膀般充满自信。

时间会有些长，您安心享受这个过程。清丽闭上眼睛，宁神，静气，让一切景象和声音远遁，她试图找到一个全新的自己，一个阳光的让人眼前一亮的自己。

"噗，噗。"清丽听到了头发断落的声音。那些跟随她多年的秀发，她爱着的秀发，曾让他百般迷恋的秀发，轻轻坠落了。她不知道自己是什么心理。惋惜，悲伤，还是兴奋，盼着改变？好像都有，又好像都没有。真的随他弄成什么样，都不干涉吗？清丽犹豫、矛盾，又成了她讨厌的样子。唉，管它呢，她想，今天就由旁人做一回主，看世人眼中的她，适合怎样的形象吧。她静静地闭着眼睛，像个没有情绪的人，毫不作为，任由事情发展。

任由事情发展。似乎这一年多来她都是这样的状态。

他们现在依旧每天一起上班下班。她的课主要在上午，而他的课多在下午。她有课时，他陪着她，他有课时，她静静地等他。同事们都说，看这对小夫妻，出双入对形影不离的，感情多好啊。也有同事打趣，说人家才结婚多久，正处于热恋期，能不好吗？每遇到这种时候，他俩都会展颜笑一笑，很是默契。只是，谁能想到，谁能想到他们已经许久许久，都未曾开口跟对方说过话了。

　　事情是怎么发展成这样的呢？一开始，是她赌气，不愿意跟他说话。他跟进跟出，无话找话，连赖皮都撒了好多次。老婆，你看我们儿子多帅呀，你说是像你多一点还是像我多一点？要我说呀，他可真会拣，专拣我俩好的遗传，看这眼睛，大大的，睫毛长长的，多像你，鼻子梗梗的像我，脸型像你，嘴角儿像我，还有这头发，密密匝匝的，也是随你呢老婆。老婆，就让我跟你们一起睡嘛，我保准不碰你，就挨着。好好好，那我挨着儿子，我挨着儿子又没影响你，别这样嘛。老婆，我又学了一首新歌，唱给你听怎么样？好听吗，不喜欢啊，那我唱你最喜欢听的那首？老婆，我错了，是我不好，我那时不是人，你骂我打我都可以，别不理我，行吗？就是根据错误的大小刑罚，也有个期限嘛，你别总不开口装哑巴呀。离婚？我不同意，你忍心让我们这么可爱的儿子一出生就缺失父爱或母爱吗？好，你不想说话就不说吧，只是离婚的念头，想都别想……

　　他总在身边唠叨的时候，她心烦，甚至看见他就觉得恶心。他是什么时候也静默不语了呢？当他们都沉默，她心里又感到了深深的悲伤。

　　到底要怎么样呢？

　　他曾这样问她。她也在心里无数次这样发问。到底要怎么样？她不知道要怎样，也不知道会怎样。她想过妥协，想过顺坡下驴，想过主动去亲近他。只是每当她冒出这些想法时，孩子出生那刻的情景就会在眼前浮现。

　　孩子没有按既设的情景出来，一下子击垮了她的坚强。是个男孩，一个干净的漂亮的男孩。他立马跑到她床前，抓住她的手，亲了又亲，还不够，又俯下身抱住她的头，吻了这边吻那边，吻了额头吻脖子，嘴里不停叨着："谢谢你，老婆，谢谢，你是我们林家的大功臣，谢谢你！"他激动之情难以言表，夸张地表达着他的欢悦。那一刻，清丽没有欢喜，也没有悲伤，她筋疲力尽，不知道此刻该有什么情绪，只能像个人偶任他啃来啃去。身体恢复之后，再回想，他每啃过的地方，她就觉得散发着一股臭气，总感觉恶心想呕，她便再也无法让他靠近了……

九号剪好头发，开始给她抹药水，一绺一绺用卷棒卷起来。她的头变得很大，很怪异，像个吃了败仗的怪兽，被安放在人类奇怪的烤炉下烘烤。她听到头发嘶嘶喊叫的声音，散发着陈尸的气味。清丽有些后悔了，她替头发难过。她想，头发会疼吗，会怪她吗？她要不要终止这场阴谋？呵呵，阴谋。是九号的阴谋，还是她自己的阴谋？她现在正与人合谋伤害她的头发，就像她与人合谋伤害着她的孩子？清丽陷入痛苦里。

用药水腌了又烤，头发一定很疼吧？

九号愣了一下，随后爽朗地笑了。他说，我猜你一定是位老师，小学老师或幼儿园里的老师。

何以见得？

九号仍旧没有正面回答她的问题，他像个优秀的心理诱导师，试图劝导一个天真而迷茫的小姑娘。他说，有些疼痛是必需的呀，比如昆虫蜕皮、破茧成蝶、凤凰涅槃……

清丽笑了笑，算是对九号的认可与鼓励。但她却不想与他高谈阔论下去。于她而言，最好的比如，是女人生孩子。

生孩子真疼啊，那感觉就像领着千军万马在战场上厮杀，结果全军覆没，只剩自己孤军奋战，伤痕累累、气息奄奄，在鬼门关走了一回后才又重返人间。孩子出来前那一阵紧似一阵的痛感长时间持续，催命般让她难以喘息，现在每回想起来，她都还会感觉到阵阵晕厥。别人生孩子疼，有期盼和喜悦支撑，而她生孩子，不仅身疼，心更疼，身上的疼撕扯着心上的疼，心上的疼又加倍地反噬给她的身体。孩子提前发动，远在另一个城市的母亲未能及时赶到，那一刻，她只有他，她像抓住救命稻草般呼唤他，希望他能来到她身边，给她打气、鼓劲，陪着她见证他们爱的结晶降临这个世界。他不理不睬，好像即将降临的是灾难，他陷在自己的悲伤里，不顾她的生死，躲在医院花园里的一隅，哀伤他可能没有儿子的人生。她喊得急迫了，他回说，你的痛是一时，我的痛却是一世。

他的悲伤和冷漠是从她的肚子一天天变大一天天加深的。四个多月去照 B 超的时候，婆婆跟着去，找了医院里的熟人悄悄问是男是女。

没看到把儿，好像是个女孩。熟人说，不过我也不能确定啊，B 超有时拍的位置不好也会看走眼的。

你看她喜辣不喜酸，肚子圆，中线不明显，怀的肯定是女孩无疑。

小朋友，你猜阿姨的肚子里装的是弟弟还是妹妹？妹妹，是妹妹，我喜欢妹妹。

通过种种测试，所有人都认定她怀的是女儿。婆婆曾劝她说，这个时代又只准生一胎，你们还年轻，要不……

清丽转身而去。她想，他那么爱她，又接受过新时代的教育，他一定不舍得让她受伤。他搂着她，轻吻她的耳垂，柔声说，老婆，我家几代单传，父母命，不好违，你就体谅一下，好吗？

要她体谅他，那他怎么就不体谅她呢？这可是一个成了形的生命，那么美好的人怎么会有这样的想法，还说得这么自然而然？清丽看着眼前温柔的男人，却感受到了从未有过的陌生与孤独。恋爱时，清丽还挺喜欢"女人是男人身上的一根肋骨，找对了，便合为一体"的说法，她觉得很浪漫，觉得自从有了韶华的陪伴，就再没有感到过孤单和害怕。

清丽向来性格温和，有时甚至有点三从四德的古气，常被女伴们笑她没主见，不够自我。比如跟女同事们逛街，买超过五百块钱的东西就要向老公请示，一条裙子一个包也要发照片，老公觉得好看了才能下定决心买。可是，这个看上去有点儿懦弱的女人，骨子里却是较真而固执的。在一些原则问题上，尤其在对生命的认知方面，她能迅速成为一个无所畏惧的战士，哪怕孤军奋战也要抗争到底。不管婆婆如何逼她，老公如何开导她，她始终我行我素，该吃吃，该产检产检，一副满心欢喜期待新生命降临的样子，心里的憋屈对谁都不吐露。她虽然时常偷偷哭泣，却也越挫越勇。躺在产床上，她发狠地想，好吧，女儿，我的女儿，你们不要我自己抚养，等孩子生下来就离婚，你另娶再生，绝不耽误你林韶华传宗接代！当下不是古时，我也不是玩偶之家里的娜拉，还怕离了你没有出路？清丽就是靠着这样一份倔强，悲伤而又决绝地忍住疼痛，让孩子平安地来到这世上。

鬈发弄好了，还要染色。店里的客人来来走走，不剩几个了，灯光始终明晃晃的，看不到外面的天色，清丽估摸应该很晚了。她掏出手机看时间，果然六点多了。闲下来的店员三三两两去吃饭。九号给清丽上完药水也准备去吃，还说要给清丽带一份来。他们店有食堂，老板管饭。清丽不饿，连忙辞谢，说老公在家煮饭等着她的。

今天周末，爷爷奶奶把孩子接去玩了，故意给他们创造二人世界，说是现在二孩政策放宽了，要他俩趁他们身子骨还硬朗加紧努力。婆婆说，生个女孩儿，儿女双全，凑成个"好"字，人生也就圆满了。清丽嘴上诺诺地应着，心里却不免悲伤地想，凑个"好"字人生就真能圆满了么，难道人生的圆满都是靠子女来成全？如果没有经历这家人嘴脸的前后变化，清丽大概也是这么认为吧。只是，人的嘴脸怎么能这样戏剧般地转换呢，真当女人只是生育工具吗？清丽心里有气却没表现出来，为避免相处的尴尬，二老一离开，她也即刻出了门。也不知她出来之后他留在家或是去了哪里。他们不交流，谁在家谁煮饭，煮了，就给对方留一份。她不敢向同事朋友透露她的情况，与家里也只报喜不报忧。如果家人、同事知道她和他处于这样一种状态，不知会作何想。

唉，这过的什么日子嘛！虽然日子正常运转，清丽却感觉自己的神经绷到了极致。好像生活有一个看不见的黑洞，她正走在长长的甬道里，氧气越来越少，呼吸越来越艰难。是进是退，不管日子滑向哪里，她都需要一个出口，需要一个有氧气的出口，解决她现在的困厄。

可是，那个出口在哪呢？清丽想起自己的父亲和母亲。母亲说她嫁给父亲是长辈们的安排，结婚前，他们面都没见过。清丽很难想象两个陌生人如何在婚姻里相处。几十年的婚姻，父母相敬如宾相安无事，是邻里亲戚们羡慕的家庭。但清丽总觉得他们之间少了点什么，不是她向往的婚姻。清丽曾庆幸遇到了林韶华，庆幸自己嫁给了爱情。也是这一点让她最后说动了母亲。然而，在现实的婚姻里，爱情又能算什么呢？明明不是她的错，如今她倒成了那个性子执拗不好相处的人。

九号正欲走，一个穿着围裙的圆脸姑娘提着食盒进来。圆脸姑娘说她在街边吃东西，觉得那家卷粉特好吃，就包了一份来。

哎呀，我尝尝，好吃就不用吃晚饭了，谢谢老婆大人！九号一边接过食盒，一边用下巴蹭了蹭那姑娘的额头。

圆脸姑娘说，我那边还忙着呢，你慢慢吃，我走了。姑娘目光将整个店子扫了一遍，在清丽身上停了几秒，转身离去。

凭女人直觉，清丽感觉这姑娘是故意借食盒来督岗的。

还没结婚吧，感情这么好。清丽说。

孩子三岁多了，她在下面那家超市上班。感情就是要表达不是吗，不然生活多无趣。

清丽有些出乎意料。她以为他的女朋友或老婆应是个讲究时尚的人，比如那些经常出入美发店的妆容精致、着装酷炫的小姑娘。

好福气啊，她这么照顾你。

是呢，她是个很会过日子的女人。九号脸上洋溢着溢于言表的幸福，也不知是真性情流露，还是职业习惯使然。

不管如何，清丽都好生羡慕，两个看着不相搭的人，却把日子过得这般生动。她想起母亲说过的话：人生随时都有可能会碰上高岩陡坎，得学会低头，学会弯腰，学会调整脚步，才能不断向前，看到好风景。

九号提着食物到吧台那边去吃，嘱清丽好好休息一会儿。

之前忙碌的店面变得无比安静，无人搭理的清丽闭上眼睛，咂摸着母亲的话，终于迷迷糊糊进入了梦乡。睡梦中，她梦见自己回了家，想让林韶华看看她新做的发型。那一刻，她有些欢喜与激动，仿佛所有过往的不愉快都已不记得，或从来没发生，只感觉像是刚刚恋爱的心境。她欢喜地推开家门，韶华韶华地喊，急着要给韶华一个惊喜。但满屋子都不见韶华的影子，她想，天这么晚了，到处黑黢黢的，韶华能去哪呢。她想起她还没吃晚饭，韶华不该在家里做饭的么，她急忙跑去厨房看，厨房里冷冷清清的，一点烟火气都没有。清丽很失落，一股悲伤袭上心头，才想起来与林韶华的种种纠葛，也想起了她的孩子。她准备去把孩子接来，她想，无论如何，她得把孩子留在身边。刚出小区，前边一个男人的身影像极了林韶华，他怀里抱着一个孩子，边上，一个女人挽着他的胳膊，大波浪的鬈发靠在他身上，从后面看去曼妙又温馨。他正想上前去确认是不是林韶华，那孩子转过头来，正是他们两岁多的儿子。她喊米米、米米，米米没有理她，嘻嘻地笑着。她火冒三丈，想冲上去揪住那一头大波浪鬈，看看究竟是谁，梦到这里就断了。

九号已过来把她叫醒，带她去冲洗头发，然后吹干，像打理一件艺术品似的整了又整，然后示意她好好欣赏。

怎么样，完全变了个人吧，有没有眼前一亮的感觉？九号自信满满地期待着清丽的反应。

　　清丽还没从梦境里回过神来，一时不知身在何处，她看向镜子里的那个人，突地愣住了。大波浪的鬈发披在肩上，看上去成熟而又柔和，棕栗的发色衬得皮肤更白，五官也更加精致，有些浪漫，又有些俗气，大街上比比皆是……呃，那个人——是自己吗？清丽在心里问着。如果这个陌生的人是自己，那站在他们身后的又是谁呢？

　　清丽懵懵懂懂，跨出门槛，一群脆亮的声音又响起来：美丽人生，祝您人生美丽！

原载《民族文学》2023 年第 03 期

被黄蜂追赶的人

一

田生坐在堂屋里编一对粪箕。他把竹子破成手指般大小的竹片，然后用刀子慢慢地削平、磨滑。这对粪箕是编给秀儿的。秀儿是姑娘家，正是十五六岁爱美的年纪，他想编得精致些。可是那只不知从哪儿飞来的蜂子又"嗡嗡"地在他耳边环绕了。那是一只黑头黄毛蜂。这种蜂子不像地王蜂那般会要人命，但若不小心被它蜇了，也会十天半月消不了痛，严重的会连锄头镰刀都抓不稳。半日里，黑头黄毛蜂很少惹人，也不迷恋绿叶花香，只喜欢在人家的门楞上钻洞，弄得细小的木屑飞满地，很勤劳的样子。现在蜂子不去挖洞，却仇人一样在田生耳边"嗡嗡"地叫个不停，弄得田生心浮气躁。田生忽地站起来，对着蜂子挥刀。蜂子避开锋芒飞远了一些。田生便蹲坐下来，屁股还没落着凳子，蜂子又"嗡嗡"地来了。田生几乎弹跳起来，一边挥舞刀子，一边恼羞成怒地叫喊：

"你要打洞就打洞，又没人碍你，来缠我做什么？"

田生的老婆山桃从火塘边伸出头来问："你说什么？"

"没跟你说话。"

田生没好气地说。山桃在门缝里东张西望了一阵，见堂屋里没有别人，不由得嘀咕起来，说："见鬼了你。"

那只蜂子就是鬼。田生挥着刀，它就避到远处；田生放下刀，它就"嗡嗡"飞回来，与田生死杠上的模样。田生想，惹不起还躲不起吗？他便拍拍屁股走掉，然而不论他走到哪里，那只蜂子总是不依不饶地跟着，几乎成了他的影子。田生干脆把眼睛死死闭上，连呼吸也屏住，做成木桩的样子。他想，蜂子总不会对一截木桩感兴趣吧。这是老祖宗传下来的办法。如若在深山里遭遇一条蛇什么的，千万不能惊叫也不能转身逃跑，而要呆立不动，等蛇什么的走远了，再慢慢走开，那样才会相安无事。如果惊叫或者跑动，往往会因惊扰了对方而招来攻击。但是，这办法也不奏效，那只蜂子不仅没离开，反而越叫越欢，快把他的脑袋挤炸了。更可气的是，蜂子还不时用翅膀刮刺他的耳垂，虽然没有蜇他，但依然使他浑身颤抖。终于，这个老实巴交的男人忍无可忍，他丢掉手里的刀子和竹条，脱下外衣发疯一般挥舞——驱赶着那只同样发了疯的蜂子。蜂子被赶出了屋子，飞到晒谷坪上。田生还不解气，追赶出去，边追边叫喊，直到蜂子飞远了，不见了。

田生回到屋里想继续编他的粪箕，不料蜂子又"嗡嗡"飞来了。这只蜂子学乖了，没有出现在他面前，而是躲在暗处"嗡嗡"叫响。只是声音越叫越大。呱呱呱，像无数只青蛙在叫；轰隆隆，像连绵不绝的雷声滚动。田生的整个脑袋就要被这只蜂子的声音挤炸了。田生看不见它，胡乱地挥舞着刀子和竹条，大声吼道："去！去！去！"可惜那些声音不是前来偷食的胆小的鸡，也不是他老婆的唠叨，并没有因为害怕他发怒而停止，倒仿佛要故意激怒他似的，他手中的刀和竹条舞得越起劲，黄毛蜂的声音就越大越紧密。终于，蜂子"嗡嗡"的叫声像坍塌的山体把他给淹没了。他再也坐不住，丢掉手里的刀子和竹条，颓然地瘫软在地上，双手抱头大声呼喊："宝弟妈，救命啊。"

山桃出到堂屋来，见田生坐在地上，两手捂着耳朵，眼睛紧闭着，眉头紧皱着，一脸似哭非哭的痛苦表情，走上去问："宝弟他爸，你这是怎么啦？是不是生病了啊？"

田生闭着眼叫喊着："快，快，快把那只该死的蜂子撵走。"

山桃前后左右看了一番，说："你是不是疯了，这屋里只有我们两个，哪来什么疯子？"

田生说："一只黑头黄毛蜂，就在我后脑勺这里。"

山桃走近田生，在他周边仔细看了看，还用手指刨了一下他的头发，说："什么黑头蜂、癫痫疯都没有啊。"

田生说："不可能，难道你没听到它'嗡嗡嗡'的叫声？吵得房子都快散架啦。"

山桃怀疑自己耳背，于是扯起耳朵，凝神静气地听了一会儿，什么也没听到，便把手搁在田生的额头上，说："宝弟他爸，这屋里没有黄毛蜂，也没有什么'嗡嗡'的叫声，不会是你这些天累坏了，身体差，阳气低，给什么脏东西附体了吧？"

田生说："呸！你个乌鸦嘴，都什么年代了附什么体，难怪孩子们总说你落后、老思想。"

田生很少这般斥责山桃的。她是个好女人。然而这回他斥责她，心里却感到很是受用。这些天他老是做噩梦，不时听到乱糟糟的话语，哭泣声，叫唤声，打闹声，抬头寻去却什么也没看到。而有时却又在梦里与一只巨大的怪物迎面相逢，吓得他睡意全无。难道那只蜂子是从梦境里飞出来的？他不由得有些恍惚起来，悻悻地走回屋里，刚躺倒在床，却被针扎一样猛地弹起来——他忽然想到，那只蜂子与乎美有关。

二

"妈，乎美可能失踪了。"

傍晚，秀儿背着书包从镇上回到家对她母亲山桃说。山桃一惊，说："你这孩子可不要乱说话，那么大的人了，失什么踪？"

秀儿说："真的，这个星期乎美就没去上课，我还想都快中考了，她怎么还老逃课，别到时毕业证都拿不了。今天回来时，往爷扛一根草杠在村口等着，见到我，还笑嘻嘻地问我，说他们家的乎美怎么没和我一起回。"

山桃急了，说："你如何答的？"

秀儿说："我撒谎了，我说李老师找乎美说事，她可能会晚点回来或明天才回。"

山桃对秀儿的回答不置可否，上个星期天，她还见过乎美的。当时她从园子摘菜回来，见乎美背着书包走得匆匆忙忙，便说："乎美，天快黑了，一个人怕不怕呀，要不明天再走吗？"那时乎美只顾赶路，头也不回地丢下一句话，说："走惯了，不怕。"山桃看着乎美有些孤单的背影，心里便不由得有些担心，就远远地喊："乎美，你伯在黄土坳那里犁田，你若见他，叫他送你一程吧。"乎美"哎"了一声，便消失在山路上了。

山桃不禁联想这些天的怪事来：田生像生了病一样总提不起精神，还莫名其妙地觉得被蜂子追赶。而他们家的狗在前几天也死掉了。她问田生狗是怎么死的。田生结结巴巴说不出所以然来，结果只是请一大伙人来吃狗肉。难不成乎美遭遇了什么不测？她很快就推翻了这个想法，大路堂堂的，再说山坡上光秃颓败，连只野兔什么的都难觅踪影，何来豺狼猛兽呢？乎美也许去了别处，玩够了自会回来。山桃这般想，心里也便踏实了。

吃晚饭时，往爷打着手电来了，身上仍然是白天干活的衣裳，挂满了泥巴与残叶。他没有把它们拍掉，心思全在乎美身上。山桃给往爷搬只凳子，秀儿去拿碗筷。

山桃说："往爷，跟我们吃点吧，一个人就别做饭了。"

往爷拿了凳子坐在一旁，脸上怏怏的，似乎这个时候到别人家里是不应该的，但往爷心焦只好涎着老脸来了。他说："你们吃，你们吃，不用管我，我是想来问一下秀儿，李老师是为什么事留我家乎美呢？她是不是在学校里犯下什么错事了？"

大家的目光都投向秀儿，秀儿端着碗不知所措，只好用眼睛望她母亲山桃。山桃干笑了两声，说："往爷，乎美是什么时候去的学校，临走前有没有给你留什么话啊？"

往爷说："上个星期天啊，我叫她跟秀儿她们一起走，她偏说时间还早，要再挑一挑尿去浇地，说是下周来就有小白菜吃了。我给她包了一口糯米饭、一罐咸菜，她就走了，临走前说要我注意休息，别太累，干不了的活别逞强，要保重身体，这些是她每次走前都要说的话。她伯妈，我家美到底怎么啦？"

秀儿正想要开口，山桃立起身去拉往爷，把他拉到饭桌旁，说："往爷，天都这么黑了，乎美今天怕是不回来了，不管怎样跟我们吃口饭嘛，吃了饭再从长计议。"

往爷说："那我就不客气了。"

往爷便跟他们吃起饭来，然而他心里却七上八下的，总觉得他们有什么事瞒着，便想吃好了再聊聊。山桃提议往爷和田生喝两口。山里人爱酒，尤其是白天劳动后，都想喝点儿酒舒活舒活筋骨。山桃也希望酒能活跃一下气氛，有些话她好借着酒劲出口。田生闷着头坐在那里一言不发，似乎耳朵里堵着棉花，听不见屋里人在说话。山桃推了田生的手臂，他才醒悟过来，有些结巴地说："对，往爷，我们喝两口。"

吃了饭，喝了酒，往爷气色好多了，看上去已不那么疲惫，也不那么焦灼了。田生也说起话来，和往爷谈着春耕芒种的事。秀儿洗完碗走出来。往爷又赶紧问："秀儿，我家乎美到底犯了什么事啊？"此时，往爷的语调里有了些许轻松与调侃，言外之意似乎不管乎美做错什么，但说无妨。

秀儿说："往爷，这个星期，乎美根本就没去学校，李老师还让我带话要她别再逃课了，说是再坚持两个月就毕业了。"

"什么？！"

往爷顿然怔在那里，犹如被人从背后猛敲一棍，整个人呆愣着，面部也给瘫掉了一样，让人疑心这个年逾七旬的老人是不是突然中风了。田生的表情是惊骇的，而山桃的脸上爬满紧张，只有秀儿和宝弟有种终于将秘密说出后的轻松。秀儿是个瞒不住话的孩子，白天因为往爷问得突然，情急之下撒了谎。那句谎话让她憋闷了大半天，难受极了。

好半晌，往爷才回过神来，声音像突然长了许多淋巴结似的，说："不、不可能，乎美，她是个乖孩子，你说她不去学校，那她、她去了哪里呢？"

是啊，乎美去了哪里呢？

三

乎美失踪了的消息传遍了整个村庄，人们纷纷猜测乎美的去向。最初大伙认可度最高的猜测，是乎美被人拐去做媳妇了。

山里自古有抢亲的习俗。哪个后生要是看中了一个姑娘，就会约上他的伙伴，趁姑娘去挑水的时候，去砍柴的时候，去打猪草的时候突然抢到家里去。一进家便放炮告知街坊四邻，然后将姑娘收起来，或收在妹妹的房间里，或收在邻居女孩家的房间里，一家人轮番地跟姑娘说好话，讨姑娘欢心，到姑娘点头答应了，就找人去姑娘家送糖报喜，一桩亲事就这样成了。被抢去的姑娘心里多是有底的，因为年轻人的爱慕藏不住，两个人早就在心里装着对方，只是不好意思表白，于是用抢亲的方式来点破，以一种最直接最简单的方式促成这段婚姻，所以姑娘故意矜持地拖他两三日也就肯了。也有心里不太愿意的，但被限制了自由一时回不了家，心里又气又恨，将抢亲的男子当作仇人，甚至以绝食为要挟，不管男方家如何软磨硬泡就是油盐不进。但几日后，想想自己已失踪那么久，人人都知道是被拐了，一是害父母无尽担心，二是即便被退回去也坏了名声，再想想女人的一生大同小异，或许这就是前世注定的姻缘，慢慢心就软了，认了命，点头应允了。若过了八九日，姑娘还不点头答应的，就得将姑娘完好无损地退回去。回去时，由男子和其家族中有威望的人陪同，男方家要封一个红包，提一只鸡或者两挂肉去女方家赔礼道歉，山里人称为挂红。凡是挂了红的，不管以前两家关系如何，从此以后就成了陌路，有了嫌隙。因而，姑娘一旦被抢了亲，很少有退还回来的。

抢亲的方式看似野蛮，却符合山里人的逻辑。山桃以及山桃的祖辈们，有几个妇女不是被抢亲促成的婚姻呢。抢，意味着喜欢、宠爱。比如山里人夸赞人家女儿时会说，你姑娘长得真美，长大了可是个抢手货啊。主人听了觉得很荣光，会乐呵呵地笑。那些长到十八岁、二十岁还没有被抢的女子，心里就暗暗焦急了，父母也会觉得颜面无光，总盼着某天突然传来女儿失踪的喜讯，实在盼不来的，就只好托媒人说亲了。

可是，近些年来，抢亲的风俗已经慢慢隐退了，因为女孩子也和男孩子一样上学读书了。现在时兴的是自由恋爱，男孩女孩可以明目张胆地交往，甚至牵手、拥抱，更出格的动作也不会让他们害羞。"抢亲"那种半推半就的恋爱方式已经渐渐地被年轻人给忘记了。何况抢亲是以限制女孩的人身自由为手段，这在法律上是不允许的，是犯罪。政府连年打压，抢亲的事已经很少了。只偶尔有极个别不太自信的男子，或心存侥幸的男子，仍梦想着通过这种古老的方式娶到自己喜欢的姑娘。

往爷愁眉莫展，心事重重。人们便宽慰往爷，说："再耐心等两日，兴许就有人来报喜了。"

往爷听了，心里很不是滋味。乎美这孩子命苦，打小没了爹，母亲又丢下她跑了，从小跟着他这个孤老头子生活，什么脏活苦活都得干。在山里，谁家的女儿出嫁前都不会去挑粪桶，那是妇女才干的事。往爷也不想让乎美挑，然而家里就他们爷俩相依为命，乎美更不愿年迈的爷爷来干这事。她从十岁起就挑起了粪桶。乎美第一次挑粪桶出村子时，不敢抬着头走路，眼睛总盯着路面。身边每经过一个人，不管人家有没有跟她搭话，有没有注意她，她的脸都会"唰"地红了。这是没娘疼的孩子啊。往爷想，要是乎美能早成家倒也是件好事，只是不知将她抢走的是哪里人家，怎么这么多天了还没人来报信，是乎美不满意吗？还是她舍不下他这个孤老头子而不愿早嫁呢？不管怎么样，往爷都想尽快知晓这户人家，一来让自己安心，二来两家还要进行沟通，毕竟是婚嫁大事。

往爷心里有了底，于是时常往田生家串门，因为秀儿和乎美是好伙伴，自然会知晓哪个后生仔对乎美有情意。秀儿却说中意乎美的男孩子有好几个呢，但都还在读书，应该不会抢亲吧？

往爷说："也许当中的有个把孩子怕别人抢了先，便以抢亲的方式将乎美夺了去，这也不是没有可能的嘛。"

往爷又说："把那些男孩子的名字告诉我吧。"

秀儿就把那些孩子的名字说了出来。往爷看看了，于是决定一个一个去打探。那些男孩有本村的，有摆柳村的，有高芒村的，还有镇上的，需要走不少日子。

山桃说："宝弟他爸，你就丢两天活路陪往爷一起吧。"

田生极不耐烦，可自己的女人都这样说了，他又不好推托，只能硬着头皮跟随往爷走村串寨。田生跟着往爷走在寻找乎美的路上，感到很不自在，甚至是一件苦差事。往爷和他说话，他总是听不见，他的耳朵被两团棉花堵住了，因为那只黑头黄毛蜂总是如影随形，尤其走在寂静的山间，蜂子更是肆无忌惮，几乎伏他在耳边嗡嗡作响。最让他感到难受的是，那声响像女人在喊叫，又像女人在哭泣，又像无数的人在谩骂，最后又成了鬼哭狼嚎。田生难受时便会揪着自己的头发，五官都皱成一团，真想抽身往回走了。

往爷看到他如此，便问："你怎么啦，是不是哪不舒服，要是不舒服你就不要陪我去了，我能行的。"

田生想了想，说："没事，可能是酿痧了。"

他们一路寻访下来，都没发现谁家孩子抢了亲。往爷便求助学校。于是，学校在大会上作动员，发现哪个村有抢亲迹象的要赶紧报告，不能让乎美再受野蛮风俗的伤害。但一整天都没有人来提供哪怕是蛛丝马迹的线索。学校便向派出所报了案。

派出所的干警很为难，说："全镇那么大，平白无故失踪的人，让我们上哪里找去？我们只能先给你们作登记，知道哪家抢的亲再来通知我们，我们一定给你们把人要回来。"

可是，九天过去了，十天过去了，仍旧没有乎美的半点消息。往爷急得夜夜无法入睡。村里人也无不担忧起来，也开始认为乎美不是被抢亲抢去了。那她到底去了哪里呢？

四

现在村里人怀疑乎美被山老爷带走了。这个怀疑因杨再能而起。杨再能是单身汉，突然间歪了嘴巴，似乎被人狠狠掴了一掌，嘴巴往一边歪掉了。那是傍晚，杨再能耙田回来，人们看到他扛着耙，挽着裤管，浑身是泥。这原本没什么好奇怪的，耙田归来的人都是如此。然而他背着的瓢篓引起了人们的注意。山里人只要出门干活就会背个瓢篓，里边装着刀子以及临时物品。当时他腰间的瓢篓不仅湿漉漉的，还被压得又歪又扁，粘着许多的鱼鳞。人们老远就闻到了鱼腥味。人们想，这个光棍不晓得又偷捉了谁家的鱼。于是，好事者便凑上去看个究竟，结果发现瓢篓空空的。继而，人们发现他的嘴巴也是歪的，像他的瓢篓一样。

人们问："再能，你搞了哪样鬼事哦？"

杨再能嘴巴抽搐几下，声音没出来，口水却像没有关紧的水龙头，不停地往外淌，还带着些泡沫，看着叫人恶心。

杨再能歪嘴的事便在村里传开了。人们绘声绘色地描说，大致情况是，杨再能耙完田，到水沟里洗脚时，感觉沟头动静不太寻常，像有许多鱼在欢腾，凑近一看，果然有许多鲤鱼。他心里惊喜，便抓起一条，手却仿佛被什么东西猛击一下，鱼就挣脱掉了。他又抓起一条，手仍仿佛被敲打一般，又抖了一下，鱼又挣脱掉了。几次三番，一条鱼也没能抓上来。他不甘心，又用瓢篓去撮，结果滑了一跤，瓢篓被压扁了。他爬起来时，感觉面部僵僵硬硬的，用手一摸，才发现嘴巴歪了。

人们这么说，心里都很惊骇，便都明白杨再能怕是遇到山老爷了。山老爷也叫矮老爷，是隐形在山里的一种小精灵。据说它们个头矮小，脚后跟朝前，走起路来就像人在倒退一样。它们喜欢吃鱼，还将牛粪当作糯米饭。它们都有一顶红色的尖尖帽子，那帽子可以让它们隐形，所以村里人是看不见它们的。它若想让你见着它时，就会脱掉帽子现出原形。传说山老爷从不乱伤害人，它们恩怨分明，你若对它们施过好处，它们就会暗中帮助你。比如开田捉鱼时，故意留些小鱼在溪沟里，来年家田的鱼就会养得特别好。山里人相信，只要你不存歹心，处处行善，它们就报恩于你；你若常做恶事，得罪了它们，便会受到惩罚，它们会扇歪你的嘴脸，在半路上绊你跌跤，还可能捉走你家的小孩和鸡鸭之类。山里人对这种小精灵是既害怕又心存敬畏，所以尊它们为"山老爷"。

人们也在这个黄昏怀疑乎美被山老爷捉去了，而且大伙都越来越觉得这个可能性很大。往爷却不信，乎美是乖孩子，怎么会得罪山老爷呢？

人们说："大伙都知道乎美是个好孩子，可谁能保证乎美不会在无意之间得罪山老爷呢？想想福贵家也算不上恶人吧，他儿子宝来还不是被山老爷捉去玩了几天才放回来的？"

那是许多年前的事了。宝来现在已经成家立业了。那时宝来才五岁，跟随父母到坡上，父母在田里干活，他在一边玩耍。等父母干完活时，宝来却不见了。他父母四处搜寻，也没见着影子，还以为被野兽吃了。然而野兽吃人总会听到孩子哭喊吧，总会留下血迹或骨头吧，全村的猎人猎狗搜遍了所有的山坡冲坎，都没发现野兽出没的痕迹。人们便想到了山老爷，宝来娘就拿了煮鸡蛋、乌米饭和烧鱼，到沟水头去供奉。第二天果然看见宝来就在他们家的田埂上好端端地坐着，只是人瘦了一圈，全身又脏又臭，衣服上还有不少的牛粪屑末。宝来娘抱起他就哭了。宝来却没哭，木木的，像刚睡醒来一样。

福贵就喝问他："你个小崽子，这些天跑哪去了，害我们到处找。"

宝来懒懒地说："我就在这里啊，我和一群朋友就在这里玩，你们喊我我应了，是你们不理我。"

山里一直盛传这个故事。往爷最终怀着侥幸的心理，上山采了乌米叶来蒸糯米饭。吉奶奶送来了鸡蛋，田生送来几条活鱼。往爷接过那些东西，多日来愁苦的心涌过些许温暖，但他说不出感谢的话。山里人是不善于表达的，他只是用一双老眼久久地看着他们，有些混浊的泪要滚又没有滚出来，这使得他的目光慈善，充满感激，又有掩饰不住的忧苦与无奈，让人看了心酸，不忍与之对视。田生放下鱼就转身走了，但他能感觉到往爷一直在目送他离开，那样的目光盯着他的脊背，他的脊背就仿佛承载着乎美的生命一样，越走越沉。

往爷在从村子到学校的路途中的每一条溪沟或有水处都供奉了乌米饭、鸡蛋和鱼。往爷担心时间久了，山老爷们已经走远，看不到那些东西，想跟村主任借喇叭去山里喊一喊。

喇叭是个好东西。山里路途不便，但声音却能传去很远。他们这个村庄虽然才两百来户，但却分为七八个寨子散居在梁上梁下，相隔都不是很远，走起路来却七弯八拐的，费时费力。所以，但凡有事，村主任就会拿着喇叭站在山梁上呼喊，声音就会像洪水一样从山顶上漫下来，不管在山岭上，在谷地里，在田间地头，还是缩在被窝中，都能听到村主任在叫喊什么了。村主任就是用喇叭来通知村组干部开会，召集全体村民集合，做生产宣传等。因而在山民心里，喇叭是威严而神圣的。寻常百姓要知会某个人，只能通过脚杆子，丢了东西要喊寨，也只能凭借女人唱山歌的好嗓子。

往爷老了，没有年轻时唱山歌的好嗓子，何况喊寨喊山素来是女人家的事，就像挑粪桶一样，是山里人的约定俗成。其实往爷去放供品的时候，也没想过要借用喇叭。他曾试着张嘴呼喊，但嘴巴张了好几次，声音就是发不出来。往爷只好去找村主任。村主任想人命关天，便将喇叭借给了往爷。凤仙嫂跑到往爷身边要帮往爷喊山。村里不少人也跑来，跟着往爷进山。那天连绵起伏的群山间溢满了喇叭洪亮的声响。凤仙嫂喊得凄切动情，山里的草木听了都要忍不住落泪。人们想，山老爷若真是山里的精灵，不可能听不到那么鲜亮的声音，也不会不受感动。

田生家的田地和牛棚多在黄土坳，他每天都要经过那一带，而每走几步就会看见往爷奉给山老爷的供品。凤仙嫂喊山的声音也似乎久久地在山里回响。那些声音落在田生心里，犹如刀尖剜得他阵阵疼痛，夜里也做着惊悚的梦。

好些天过去了，那些供品馊了，霉了，干了，山老爷始终没动，而乎美也没有回来。

五

又一个周末，李老师跟着秀儿来到村里。李老师是来看往爷的。他听秀儿说了山老爷的事，根本不信，觉得村里人在胡闹。对于这个问题，秀儿曾和李老师争论过。

秀儿说："我原本也不相信，可是杨再能的歪嘴我是亲眼看见的。他从别的地方逃难到我们村，我们村的人看他可怜就收留他，给了他田地种，还帮他盖了一间房子。他表面对谁都客气友好，背地里却总是做些偷鸡摸狗的事，只是村里人没抓到现行，拿他没办法，现在连山老爷也看不过去，惩罚他了吧。"

李老师说："这都没有科学依据，听你的描述，我倒觉得那是中风，如果他不能及时到医院治疗，以后病情会更加严重。"

秀儿不服气，说："那宝来呢，宝来的事怎么解释？"

李老师说："这我也不清楚。那个事年代久远，经太多的人口传，宝来是当事人，你不如亲自去问问他，看他怎么说的。"

秀儿不好去问宝来，她和宝来不是同辈人，也不是什么特别的亲戚。她问了自己的父亲。她父亲田生虽然没多少文化，却从来不相信鬼神。

田生说："哪有那回事，那不过是福贵和宝来娘为没有看好孩子编出来的幌子，当时宝来可不是自己回来的，而是被人救回来的。"

秀儿说："既然没有山老爷，那你为哪样还要特意捉鱼去给往爷？"

田生瞪了她一眼，斥一句："你小孩子懂什么。"

秀儿想也许李老师说得对吧。她于是陪着李老师去往爷家，顺便嘱咐往爷晚上和李老师一起上她家吃饭。她把李老师送到后，便回家去准备晚饭。正是农忙时节，回到家里，自然要多帮父母做家务活了。

李老师其实担心乎美遭遇了不测。然而他一直留意，都没有听到任何相关的消息。所以，在往爷面前，他也不好妄下论断。何况就内心而言，他也不愿意那样的事情发生，而更希望是别的什么状况。他知道乎美还有一个母亲。她母亲离家出走后再没回来过，却偶尔寄来一些钱物。乎美曾在作文里抒写过她对她母亲的既爱又恨的情感。"莫不是乎美遇到什么难处，寻她母亲去了？"他这么一说。往爷的眼睛立刻闪亮起来，仿佛一个久居暗洞找不着出路的人，忽然看到另一个洞天。

往爷来了精神，说："我咋就没想到呢，这孩子肯定找她母亲去了，肯定是怕我怪她而没告诉我，肯定是这样啊。"

往爷想起了年初和乎美的对话。往爷知道乎美快毕业了，便问乎美有什么打算。当时乎美挺难为情的，只说她还没考虑这个问题。往爷说："你也快十八岁了，也该考虑了，是继续读书、打工，还是嫁人，我都支持你，你做你的选择，不要因为我而有所顾虑。"谁知乎美的眼泪就掉了下来，她握住往爷的手说："爷爷，不管我将来去哪，我都会带着你的。"往爷眼里也有泪了，心想这个傻孩子，心地真是善啊。

往爷还想起一桩事，乎美失踪之前，曾收到她母亲的来信，好像是说如果乎美想读高中或是想进厂打工，都可以到她那去，她和乎美的后爸都会欢迎她去的。乎美一直恨母亲在她最需要母爱的时候狠心将她抛弃，而现在她长大了，又想来把她夺走。当时乎美满脸气愤，恨恨地骂了一句"没良心的"，就把那封信给扔了，所以往爷也不大在意。

李老师要往爷去找那封信，但往爷找遍了乎美的房间也没找着。往爷更确信了自己的看法。他说，这孩子可能是怕跟我告别伤心，所以悄悄地走了。

李老师倒希望乎美真找她母亲去了，可是见往爷找不到信件的失落样，又觉得乎美走得也太狠心了些。

现在往爷知晓了乎美的下落，心里宽了起来，于是夜晚到田生家吃饭时，便说："这段时间感谢大家的帮助，为我这老头子瞎折腾了一阵子，怕是农活也耽搁了不少，以后不用找乎美了，乎美去了她母亲那里。"

往爷说这话时很是平静，不再那么焦躁，但透着一丝隐隐的失落。往爷身体还算硬朗，可别人在他这个年纪，早就在家里含饴弄孙、颐享天年了。他不能安享晚年也就算了，有个乖巧的孙女嘘寒问暖，也不显得那么孤单。而现在，只剩下他一个孤老头子，加上这段时间的折磨，人又憔悴了不少。看着衣衫破旧，满脸打皱，越来越瘦小的往爷，山桃忍不住偷偷别过脸去抹着眼泪。

田生却兴致不错，取杯邀酒，说："不管娃儿在哪，知道下落了就好，我家彩儿、柳儿还不常年在外打工，家也不回一个。女大不中留，姑娘迟早是要离家的，只要知道去处了就好。李老师，你说是也不是？"

李老师点头说是。

"往爷，你以后有什么难处，尽管知会我们，大家都会全力帮助你的。"田生又说，"一个村庄，其实就是一个大家庭，李老师，你说是也不是？"

李老师点点头。往爷感激地说："是哩，是哩。"田生又说："秀儿虽然比乎美小两岁，但她们是同班同学，平时关系也要好，以后就把秀儿当作你孙女吧，尽管像使唤乎美样地使唤她。"

往爷听了，心里很受用，也敞亮了许多。那晚，他喝了不少酒，回到家就呼呼地睡去了。第二天醒来，他精神很好，仿佛大病一场，现在又健康起来了。他想起田地都还荒着，连忙扛着犁，撵着牛走向田头，却发现他的田已被人帮着犁耙好了。他要做的只是撒下种子。谁家顺带帮了他这孤老头子呢？他实在想不出来，心田却洒满了暖阳。

六

其实村里人都是热心肠，只要看到往爷在忙活，总会上去帮他一把。要是他从山上回来晚了，左邻右舍煮了饭的就会来喊他过去吃。尤其田生家，都快把往爷当成自家爷爷了。他们两家并不相邻，田生和山桃也都起早贪黑，忙自家的农事，还挤出时间来帮往爷。从山上回来了，又拉着往爷到家里吃饭，说是忙活累了，爷俩好一起喝喝酒。

田生家和往爷便亲近起来，村里人都大赞田生是好人，好人有好报。自从乎美走后，亏了人们帮忙，往爷不比往年累了，禾苗青了，豆苗也长起来了，一片生机勃勃的样子。然而，当往爷一个人在田头转悠时，总会不经意间想起多日不见的乎美。这孩子多好啊，周末回来就洗掉往爷的脏衣服，把家里收拾得干干净净，还会给他捶背、捏腿，听往爷讲些久远的事。而她也给往爷讲些学校里的趣事。那时家里总时不时传出欢笑声。而现在，家是空的，田野是空的，他的心里也跟着空落落的了。这些田生都看在眼里，便吩咐秀儿放假回来时去帮往爷做做家务事。然而往爷的心里却总是空的，似乎缺了一大块，怎么也补不满了。夜晚睡不着时，往爷想，乎美跟着他吃尽了苦头，现在跟在她母亲身边，也算苦尽甘来了呀。只有这样想，想着一切都是为乎美好，心里才感到些许安慰。

然而，乎美并不在她母亲身边。

乎美的母亲来信了，还寄来了一千块钱。接到信时，往爷高兴得就像个孩子。他想，乎美还是惦记他的，乎美是不会丢下他不管的。当村主任把信上的内容告诉他时，他整个人都蔫了，仿佛天塌了下来。乎美母亲在信上说，乎美毕业了，该为自己的今后做打算了，他们给乎美寄来了路费，想要乎美过去跟他们一起生活，以前是她不对，希望乎美给她一个弥补的机会。

但问题的关键不是这个，而是乎美不见了呀。往爷一直认为乎美在她母亲那享福，就算一个人再孤苦伶仃也能接受。现在她母亲竟然说她不在那边，难道是乎美在去找她母亲的途中走丢了，还是她根本就没有去找她的母亲呢？而她——到底在哪呢？

往爷依照信上的电话给乎美母亲打过去，说："乎美在两个多月以前就去找你了，怎么会不在你那里？"

"她没在这里呀，以前我写信给她，她回信说不会离开爷爷的，叫我们死了这份心，孩子恨我，这我知道，我现在只想尽自己的能力为孩子做点什么，希望你老成全。"

乎美真的失踪了！

挂了电话，往爷的心更焦灼了，他再也坐不住，他要去寻找乎美，但去哪里找，怎样找，他一点头绪都没有。他去找田生，想听听他的意见。田生的耳朵塞着棉花，听不见往爷在说什么。往爷感到奇怪。山桃说："他被一只黄毛蜂追赶得坐也不是，站也不是，只好把耳朵堵了。"

往爷感到疑惑，却没心思想这桩怪事，而一旁的秀儿说："爷爷，世界这么大，要找一个人，比大海捞针还难，唯一的办法是通过媒体，就是在报纸上、电视上，电脑网络什么的，刊登寻人启事，那样才有效果。"

报纸往爷是知道的，电视往爷也晓得，可是网络，往爷就不懂了。

秀儿说："网络就是电脑，全球联通的，在上面发布消息，全国各地都能看见，而且是免费的。"

往爷说："那怎么在上面发布消息呢？"

秀儿说："可以请李老师帮忙。"

往爷就去找李老师。李老师说："乎美失踪后的第二个星期，我就在网上发布了寻人启事，但直到现在一点消息都没有。"

刚升起的一线希望那么快就被掐断了，往爷很沮丧，他一路叨咕着，全球联通，不是全国各地都能看到的么，怎么会没用呢？全球联通都没用，还能有什么办法呢？难道钻入地底了不成？往爷这般想，心里猛地一抽，手便往嘴巴上甩去，说："你这臭嘴，还敢乱说。"

秀儿在村口看到往爷走来，瘦削的往爷在风里走着给人的感觉就像一只破布袋在随风飘移，秀儿心里不由得难受起来。她走到往爷面前，说："爷爷，乎美可能还没看到寻人启事，可能她没上网，她周围没网可上。"秀儿又说："她不上网，不一定不看电视、不读报纸啊。"

往爷听后，说："那我们就去报纸上、电视上找她吧。"

秀儿说："上报纸电视得花钱。"

往爷说："我有一千块钱。"

秀儿说："一千块钱恐怕只能在本地电视台上播。"

往爷说："那我也得去试试。"

往爷就到县电视台播了寻人启事，连续几周滚动播出，全县的人都知道乎美失踪了。往爷来到镇上，他听到人们在谈论乎美的事，从县城回来的人告诉他，那里也有许多人在谈论这件事。往爷受了极大的鼓舞，他要到省城电视台去播。他就不相信乎美会看不到，不相信乎美不回来。

凤仙嫂跟往爷借牛去捡粪，往爷正好可以放开手脚，他每天杵着一根拐棍，不管日晒还是雨淋，晨起晚归地在深山里挖各种草药。往爷识得许多的草药，年轻时常给人看些小病，后来因为年纪大难得上山寻药就撂下了。那些草药拿到镇上卖很值钱，往爷现在需要努力地挣钱。但毕竟人老骨头硬、腿脚不灵便了，往爷虽说为着心中的目标活得像个小伙子般，然而有一天，往爷背着背篓，攀了一根枯断的藤子，一时间措手不及，摔了一跤。幸好山里有人听到动静，将往爷救了回来。往爷扭了脚踝，虽然伤得不重，好起来却很难，往爷在床上足足躺了一个月，这一个月，多亏邻里乡亲的照料。乡亲们都劝他别再折腾了。他们说乎美那么大的孩子了，她若想回来就用不着找。她若不想回来，怎么找也没有用，何苦受这份罪呢？

往爷知道这个理，但是他心里不痛快啊！要是乎美是被人贩子拐走了呢？要是被坏人关起来了呢？是啊，他得为乎美做点什么，不能放弃寻找。但是眼下，他实在是无能为力了，他年纪大了，扭伤的脚也不能完全愈合，下了床，也离不开拐棍了。

往爷杵着拐棍，行动很是不便，他不能去山里采药了，可是要在省电视台播寻人启事需要钱呀。他现在几乎成了一个废人，连稻谷黄了都无法收割。但乎美是他在这个世上唯一的亲人，难道不找了吗？

七

往爷不为田里的庄稼着急，村里人都知晓他的心不在这了。于是，田生就带着人帮忙把往爷的庄稼搬到家里。田生真是累坏了，自家田地一石不落，还尽力帮着往爷，几乎是没日没夜地干活。都是五十多的人了，这样拼命还真是少见。更让人纳闷的是，田生和往爷非亲非故，也不是邻里，怎么会对往爷的事那样尽心呢？后来人们觉得，那是因为山桃连生三个女儿，曾受奚落，最后才喜得一子，于是全心向善感谢观音娘娘吧。田生帮往爷干活，人们觉得他挺不错的，想对他说两句好话，但是他耳朵里总塞着两团棉花，从来不听人们说话，一副不理睬人的模样。村里有什么集会，他也少言寡语，除了干活就是喝酒，变得越来越不合群。

秋收完后，往爷便将老黄牛贱卖了，将所收的稻谷、黄豆都卖掉了，还把山上那棵留做棺材的大树也换了钱。于是，他带上钱，杵着拐棍，在一个天气阴霾的早晨离开了村庄。他到城里寻找乎美去了。他年轻时也曾到过县城，却从没去过省城，然而他下定了决心，一定要找回乎美。他知道自己没几年活头了，现在寻找乎美成了他活下去的最大理由。

往爷先是到县城去找秀儿，秀儿现在在县城读高中。往爷让秀儿帮他印了一大摞的寻人启事，他背着寻人启事去了市里，贴满了大街小巷，然后又去了省城。他每多贴一张启事，心里就感觉离乎美又近了一步。他在启事上留的是村里的电话，所以每隔一段时间，他就往村里打电话，询问乎美的消息。村里人也通过电话，知晓往爷到了这里或那里了。

很长一段时间过去，都临近过年了，往爷还是没有回来。村里人觉得往爷这样寻找也不是办法，他一个孤老头子在外漂泊无依，便要村主任想办法把往爷劝回来。现在的问题是，往爷很久没来电话了，谁也不知他在哪里，甚至不知他是否还活着。村里人不由得着急起来，尤其是田生，更是为此焦虑不安。田生每天往耳朵里塞棉花，却没有什么用处了，那些嗡嗡的声响，总变成遥远的哭喊钻进他的耳朵里。这使他感到沮丧，感到想逃而无处逃的悲伤。他想摆脱掉这种心绪，想了许多办法，上山干活，挥汗如雨，耳边清静下来了，然而当歇下来时，那种嗡嗡的声响又回到耳边。后来，他想到了酒，每日都喝，累了说身子乏得喝，闲着说无聊得喝，而且逢酒必醉。似乎醉了，便什么都听不见了。只可怜山桃烧酒都烧不过来，对田生越来越不满了。村里人也觉得田生越来越怪异。而田生每每醒过来，耳边的嗡嗡声更加响了。这使他感觉压力越来越大，似乎心头压了块石头，快要让他无法喘息了。

不久，省城民政局打来电话，让往爷的家人去将他接回来。村主任和往爷家族里的一个年轻人跑到省城去把往爷接了回来。往爷已瘦得皮包骨头，衣服又脏又破，与一个叫花子没有两样，而且往爷的精神出现了异常，嘴里总在念叨着乎美的名字。村里的妇人们见此，都忍不住眼泪簌簌往下掉。

田生见到往爷已不成人样，心里不时绞痛着，于是又抱起酒壶喝起来。那天黄昏，他醉倒在村头的榕树下。人们看到他把耳朵里的那两团棉花丢掉了，嘴里念念有词。人们摇了摇头想把这个酒鬼抬回家。岂料，他大声一吼，说："你们、你们知道吗？乎美早就死了，埋在黄土坳的山冲里。"

他叫喊过后便倒在地上不省人事。人们面面相觑，终于扛着锄头奔向山冲，果然挖出了乎美的尸骨和衣物。人们报了案，警察便把烂醉如泥的田生带走了。经过鉴定与推断，乎美是被人先奸后杀的。村里人这才恍然大悟，想大概田生见乎美貌美，便奸污了她，后又担心她说出去，干脆杀人灭口。原来他是一个十恶不赦的凶手，真是人前一套背后一套啊。安静的村庄掀起了轩然大波。人们说把他杀一百回也不足以平民愤。从此，山桃紧闭家门不再外出；而秀儿听到这个消息后，再也无心念书，卷起铺盖到外地去了。现在村里人只盼着田生给乎美偿命的那一天的到来。

然而警察没有枪毙田生，而是把他放了出来。警察说他不是杀人凶手，没有罪，真正的凶手已经落网，是一伙流窜犯。据这伙流窜犯供述，那个傍晚他们经过黄土坳，遇到乎美一个人走在山路上，又见四下无人，便生起了歹意。乎美知道遇到了坏人，大声呼救，然而寂静的山野里无人回应，只有她那绝望的呼喊和哭泣在暮色里森森地飘荡。

田生没有回到村庄，没人知道他去了哪里，也没人知道他身后是否出现一只如影随形的黑头蜂。那时走在他乡的田生，不时想起那个遥远的黄昏。那个黄昏他在黄土坳犁田，正准备收工，忽然听到乎美在呼救："救命啊，田生伯！救命啊，田生伯，救救我！"他倏地抓起锄头就想冲下山坡，然而他没跑几步便收住了脚——敌我悬殊，歹徒是一伙人，冲上去只会赔命。那时身旁的狗却不管不顾蹿了出去。他连忙扑上去抱住它，把它死死地按在地上，让它动弹不得，也喘不出声。田生就那样目睹了乎美被害的全过程。当时他浑身发抖泪流满面，死亡的恐惧像夜色一样淹没着他。后来当旷野淹没在一片黑暗里，四周听不到半点声响了，他才放心地从狗身上挪开，轻轻地拍了拍狗头——那条终日陪伴他的狗，已经窒息而死了。

原载《天津文学》2014 年第 05 期

女 嫁

一

凤音没有想到，倔强如她，却有一天差点成了傻子来木的媳妇，而她一直坚守的冰清玉洁的身子，竟让杨东海那个浑蛋给玷污了。

故事还得从头说起。

小时候，凤音母亲不允许凤音与男生说话，只要她跟男生说话，母亲就会罚她跪神龛，而且一跪就是几个小时，那股狠劲，仿佛凤音做了什么见不得人的事。凤音不明白为什么不能跟男生说话，问母亲，母亲并不给她理由。凤音的叛逆就开始了，母亲越是罚跪，她越是想方设法跟男生说话。村里的人知道了凤音母亲的规矩后都让他们的儿子不要跟凤音说话。凤音于是宣告，哪个男生若不敢跟她说话便是不勇敢。只可惜男生们并不在乎凤音嘴里的勇敢，看见凤音都远远地躲掉了。

后来，凤音上中学去了县城，以为获得了自由，谁知母亲跟去一起住进了三哥家，不让她住校。每当出门的时候，母亲就跟着出来说早去早回啊。凤音没好气地说，上学放学的时间都是规定好的，不能早去早回。母亲就笑，说你懂我的意思就行。凤音吼一声：不懂！跑出门去。

每天晚自习，母亲更是紧张得不得了，还没下课，就早早地在半路上候着，只要凤音哪一天回家比平时稍晚一些，就急得像热锅上的蚂蚁。

有一回，凤音跟母亲闲聊，提到班上一位男生，一下子有些得意忘形，说他是他们班公认的白马王子，篮球打得好，三分球投一个进一个，好多女生为他加油，为人又大方，比赛结束后，他还请女生们去吃冰激凌。母亲问，他成绩好吗，凤音说不是很好。母亲又问是城关的还是乡下的，凤音说乡下的。母亲又问你没单独和他说过话吧。凤音忽然意识到什么，生气地抬头看母亲，竟然看到母亲一脸惶恐。

凤音实在受不了这样的管制，恰巧那时县文工团招学员，说是包安排工作，凤音一赌气就辍学进了文工团。而从凤音不是学生的那一刻起，母亲的态度就一百八十度大转弯，开始给凤音物色男朋友，关心起凤音的婚姻大事来。

每一次带朋友回家，只要有男性，日子都会被母亲搅得不能安宁。母亲的态度不是让凤音生气，就是让人家受不了而逃之夭夭。记得有一次，有两个正处对象的朋友怀着好奇心跟她回老家过侗年，可一对恋人硬是让母亲给搅黄了，害得凤音左右为难，最后不欢而散。后来，凤音总是一个人回家，母亲却抓紧时间不断地安排相亲，让凤音一想到回家就感觉厌烦。

按说，男大当婚女大当嫁，结婚生子，天经地义。可凤音偏不，凤音喜欢唱歌，喜欢跳舞，又有几分姿容，因而便有着与大山一般女孩不一样的想法。凤音不甘心做一个日出而作、日落而息的小农妇，她梦想着能像小说里描写的那样，某天与某个男子擦肩而过时回眸相望，那瞬间的悸动将告诉她对方就是她今生要寻觅的人，然后与他不管不顾、轰轰烈烈、缠缠绵绵、惊天动地地爱一场。

凤音在文工团培训了一年，与几个姐妹被挑选到桂林刘三姐大观园里搞表演。刘三姐大观园是桂林著名的民族文化旅游景点，凤音与姐妹们在那里唱歌、跳舞，与游客互动做游戏，取悦前来观光的游客。最初凤音是沉醉的，穿着漂亮的戏服，甩开歌喉欢快地唱，以为自己站在了舞台的中央，是那么的光鲜、艳丽。可是，凤音种种美丽的幻想很快就破碎了。因为每天重复的是相同的游戏流程：对歌、抛绣球、背新娘、拜堂、喝交杯酒、入洞房。入，即是出，出来又开始下一个相同的流程。游人络绎不绝，却都如过眼云烟，一天下来，记不住一个容貌，也没有谁会记住她的容貌，倒是有些涎皮的游客总想借机动手动脚，在她们身上吃一口豆腐或揩一把油。

凤音有些厌倦，很是沮丧。可是，走出大观园，她又是茫然的，她唯一懂得的，就是到哪里坐车回家，但她不要回家，她想，留下来总有一丝希望，而回家就真的只能成为大山里一个地道的粗糙的农妇了。凤音并不是怕吃苦，而是觉得大山里不可能有她想要的爱情。

终于有一天，来的是一伙军校的大学生，凤音的绣球被一个身高一米八的帅小伙接住了，凤音训练有素地对他甜甜地笑，等着他来背她。他握着绣球，看着她，有些腼腆紧张的样子，在同伴们的哄闹下才仓促地蹲下来，把背递给她。凤音轻盈地爬上去，感觉到他的身体微微地颤抖，凤音的胸脯贴在那颤抖的背上，心也微微地颤抖了，后来的程序完成得就有些不太自如。临别的时候，他问她叫什么名字，还自我介绍说他叫陆嘉轩，是某陆军学院大四的学生，要毕业了班上组织出来游玩，还说如果有机会，希望能够再次遇见她。

后来，那些让人感觉不自如的微妙情愫，竟在凤音一遍遍的咀嚼中生出无限丰富的情意来。而他临别时的话语，又让凤音的种种想象有了依托。凤音知道自己爱上了那个叫陆嘉轩的大学生。凤音也知道这很荒唐，可是她却控制不住自己，像相信上帝的存在一样，开始了一种说不清的期待，并因为这份期待而觉得生活无比美好。

一年又一年过去了，合同期满又续签，直到同伴纷纷离开，直到公司老板将她调离岗位，凤音依然坚持着心里的等待。凤音知道她和他也许永远不会再相遇了，但凤音坚信，她与那种心颤的感觉一定会再相遇，否则，宁愿怀着美好的想象等待一生。

二

可是，凤音能等，凤音的母亲却等不了。这些年，凤音的母亲就像热锅上的蚂蚁，急得团团转，想方设法地逼迫凤音回家成亲。

一次，母亲说各位哥嫂闹分家，都不要她，她干脆一死了之好了。凤音不相信哥嫂会做出这样的事，因为几个哥哥向来以孝顺出名。可打电话问哥嫂，哥嫂们说分家是必然，只是母亲越上年纪脾气越古怪，说不通情理。几天后又爆出母亲失踪的消息。凤音火急火燎地赶回去，竟然是个骗局。然而，凤音却对那个前来提亲的人不理不睬，三天后，趁家人不注意，一件行李都不带，只身溜出家门，远去了。从此任母亲怎样威逼哄骗，都没有再回过家，有时被逼得不耐烦了，就跟母亲宣誓，说这辈子都不嫁人了，不要为她白操这个心。

这次，大哥打电话来说母亲病危，回去晚些怕连最后一面都见不着了。凤音本想说是不是又是母亲的计谋，可听大哥的声音苍老而又悲凉，凤音也感伤起来。毕竟五年了，五年没有回家，说起来，她这个唯一的女儿也太不孝了。

五年，对于一个年轻人来说，一晃就过了，而对于一个老人来说，是多么的艰难。每年，只有当冷冬过后，春天的阳光普照大地，老人晒暖了身子，才能长长地叹息一声，啊呀，又过了一年。凤音的母亲就是这样一年一年挺过来的，好像每过一冬，都要费掉很大的劲。

现在，母亲还能再度过又一个冬天吗？

凤音一路上惶惑不安地回到家，家里许多人进进出出，凤音知道那是不好的预兆，心里一紧，眼泪决堤而来。

人们给凤音让出一条道，仿佛专为等她的到来。母亲却犹如一截干枯的树枝，冷漠地躺在众人的忙乱之中。

她是以最快的速度赶回来的，母亲却还是等不及了吗？凤音觉得天地旋转起来，然后，天一下子就黑了……

凤音感觉好累好困，却无法入睡，只觉得到处身影晃动，一片嘈杂。是在给母亲办丧事吗？凤音想爬起来，却发现自己仿佛被点了穴一般，根本动弹不得。想放开嗓子哭，声音却怎么也挤出不来，眼睛也涩涩的睁不开，淌不出泪水。凤音拼命呼救，拼命挣扎，在她身边来回穿梭的人们却对她视而不见，仿佛她已到了另一个世界。凤音感到从未有过的恐惧、无助和悲伤。

终于有个人向她走来，那个人穿着一身红色的新娘装，两条粗黑的麻花辫，整齐的刘海，清晰的轮廓，光洁的面颊，似笑非笑的两个浅浅的酒窝。这女子有点儿像母亲，又有点儿像自己。

凤音没有见过母亲年轻时的样子。她小的时候常听大人们说母亲是村里最漂亮的媳妇，可她认识母亲的时候，母亲已经是个头发花白、皮肤干皱的老妪了。母亲是四十二岁那年生下凤音的。那个时候，大哥已经结婚，二哥也谈了对象，三哥在读师范。母亲开心得不得了，用三哥的话说是像一个第一次做母亲的女人。父亲也很开心，五十多岁的人却如同小伙子一般，整天乐呵呵的，跟着大哥二哥上山下田，做什么活路都不落在后面。

女子说，孩子，快起来，今天是嫁（某些侗族人对母亲的称呼）结婚的日子。凤音就跟在母亲身边，像一个别人都看不见的影子或者魂魄，和母亲一起去经历一场烦琐的农村婚礼。

凤音在母亲的婚礼上没见到父亲。凤音五岁那年，父亲积劳成疾，与世长辞了，凤音对父亲没什么印象，只是听人说，母亲嫁给父亲，那是鲜花插在牛粪上。没见到父亲，凤音一点也不奇怪，她知道这不重要。母亲曾说，女人总是要出嫁的，就像种在苗圃里的庄稼总得要移栽一样，你不能一直在苗圃里生长，你得移植到属于你的地方去。凤音想，如此说来，婚礼，不过是向众人宣告一个女人由某个地方移栽到了这个地方，至于这个地方的主人如何，女人移栽后的命运如何，众人是不消深究的。

凤音看到母亲在别人的安排里做着指定的动作，说着别人教给的话语。在凤音印象里，母亲是个能说会道的人，而整个婚礼，母亲除了偶尔对她苦涩地笑一下外，不是眉头紧锁，就是表情木然。

凤音问，你好像很不开心的样子？

母亲说，有什么开不开心的，女人都有这一回，这是命。

凤音说，命也有好命与坏命。如果明知是坏命，你也甘愿受摆布吗？

母亲说，世上谁不受命运摆布？认命的人终究比不认命的人强。

凤音说，我不信，我从来都不信命，你们相信是因为你们没有追求。

母亲说，不管什么追求，女人的归宿最终都逃不出婚姻与家庭。

凤音说，婚姻与婚姻不一样，家庭与家庭也会不一样。

母亲说，可是你就要错过结婚的好时光了，错过这个时光，你还能期待什么样的婚姻？

凤音说，那我也不能随随便便就结婚。

母亲说，怎么叫随便呢，我和你父亲结婚前面都不曾见过，一辈子还不是一样过来了。

凤音问，那你觉得你的婚姻幸福吗？

母亲说，什么幸福不幸福的，大家都是这样过，有夫有子，一家人团团圆圆，你的人生也就圆满了。

凤音又问，出嫁之前，你连我爹面都没见过，你不怕吗？

母亲说，谁和谁不是由第一次见面到慢慢熟悉？女人就是那田地里的庄稼，秧苗长大了就得移栽，移栽到哪不是生长呢？

凤音说，我可不做谁田地里任人摆布的庄稼，我要做自由的云彩，飘在我热爱的土地上空，向他微笑，为他哭泣。

母亲沉默了，脸上慢慢地现出悲伤，母亲悲伤的面容皱起了一条一条的纹路，突然一下子老了，变成了凤音熟悉的农村老妪。

老妪欲言又止，许久，才说，孩子，那是要付出惨痛代价的。

凤音感觉母亲话里有话，想要问个究竟，可母亲却被两个黑影拉开了，凤音急了，想抓住母亲，母亲却忽地远了。凤音想起进门时看到母亲干柴棒一样躺着，意识到自己是在迷迷糊糊地做着乱梦，难道暗示母亲的魂魄飘走了吗，凤音又是悲伤又是焦急，一路狂追，一路大声呼喊，嫁，嫁，嫁，我的嫁啊……

嫁，是云岭人对母亲的称呼。云岭人不把母亲喊叫妈，也不喊作娘，而是喊叫嫁。关于“嫁”，还传着一个笑话，说是一个婚宴上，有个小女孩哭个不停，怎么哄劝都停止不了，只是一个劲地喊着我要嫁，我要嫁，我要嫁……不明就里的外乡人说，怎么这么小的女娃就知道羡慕新娘子了。弄得满屋子的人哈哈大笑。

关于嫁，母亲有自己的解释。凤音母亲并不是云岭人，而是山外一个落魄地主家的闺秀，幼时跟私塾先生学书习字，懂得一些文化。母亲说，嫁字最好地归结了女人的命运，不管时代如何变迁，女人的归宿终归是家，家是女人的中心，而一个家庭，父亲是支柱，母亲是中心，将母亲喊叫嫁，最贴切不过了。

凤音说，嫁还真会鬼扯，我们的祖先发出嫁这个音时，根本就不会写汉族的什么"嫁"字。

母亲说，这就是某种契合，世间万事万物都是相关相连的。

凤音说，我就是在等那个与我相关联的人，姻缘没到，你们着急也没有用。

母亲说，你的姻缘什么时候才到呢？哪家姑娘不是趁着十八九岁的好时光出嫁？自己毁掉了多少好姻缘还要倔强！

凤音说，能毁掉的算什么好姻缘！

凤音已经记不清她从什么时候开始，总是这样跟母亲斗嘴。现在，再也不能跟谁这样斗嘴了吧？凤音在哭喊声中醒来，意识到母亲已经离开人世，心口又是一阵疼痛，双眼淌着泪水，不想睁开。

凤音听见大嫂的声音说，还知道伤心啊，这些年看把嫁折腾成什么样子了。然后是二嫂三嫂叔娘七姑六姨，各种声音铺天盖地而来。

凤音想，骂吧，尽情地骂吧，这都是自己应当承受的。

可是，她又听到了一个苍老的声音，那个无比熟悉的苍老的声音说，好了，可以了，你们出去吧。

这个声音并没有显出病态的衰弱，凤音睁开眼睛，嫁果真守在她床边。

这是怎么回事啊！凤音"嗖"的一声掀开被子，气堵堵地爬起来，立马要离开。

你不该庆幸我还活着，难道是想我死了，好成全你的悲伤？难不成刚才的难过是做给别人看的？你以为我真的还能够长久地活下去吗？

母亲说着说着不禁老泪纵横，肩膀一耸一耸的，像个受了委屈的孩子。

凤音停了下来，她从没见母亲如此伤心哭过，她觉得母亲在刹那间老去了许多，如同刚才的梦境。

母亲是真的老了，老到了凤音害怕的地步。还是天高气爽的秋季，母亲却穿上了好几件毛衣，头上也缠上了层层靛染的侗布，布边沿散着几绺雪白的头发，脸有些浮肿，面色枯黄，皱纹苍老，眼窝越发深了，蓄了泪水的眼珠混浊得都要睁不开了。这个老态龙钟的妇人，就是刚才梦中那个身着红色新娘装的女子吗？凤音的心生生地疼了，搂过母亲，感觉母亲又比自己矮了一截，仿佛搂着一堆衣物。

"你以为我真的还能够长久地活下去？"母亲又重复着这句话，凤音的心里竟如锥刺一般，感觉说不出的悲凄。

母亲说，其实也不完全是骗你，你别看我现在还能吃能睡，但我感觉我的大限快到了，不晓得什么时候就会突然离世，我要是走了，还有谁为你操心？你也会有老的一天，你到底犟个什么呢，孩子？

是啊，到底犟什么呢？凤音捂了捂胸口，像是要确定藏在那里的东西是否还在。凤音什么也没说，只用沉默来回答。她觉得虽然母亲不了解自己，但自己却亏欠着母亲。留下来陪陪母亲吧，看起来母亲真没有多少日子了。就在刚才，凤音已深刻地品尝到了那份遗憾，也相信母亲说的是真话，因为她也逐渐体验到了时间流逝的可怕。

母亲向家人宣布，这个冬天无论如何得把凤音嫁出去，不然死不瞑目。

三

稻谷收了，油菜种了，正是农闲好恋爱的时节。凤音家为着凤音的婚事忙开了，四处物色人选，多方托人介绍。但一段时间过了却没什么进展，倒不是凤音拒绝别人，而是根本就没有人来让凤音拒绝。首先是大龄未婚的男子排查下来寥寥无几，且不是说已经处了对象，就是在外面打工还赶不回来。凤音的家人都着急了，只有凤音暗自欢喜。

凤音待在家里憋闷得慌，邀大嫂上山去砍柴火。大嫂说，你细皮嫩肉的砍什么柴火？现在用电用气，烧不了多少柴的。凤音其实并不是为着柴火而去，主要是想到山里透透气，听听那些旷远的歌子。大嫂说，山里静得鸟的声音都没了，哪还听得到什么歌子。

她们所说的歌子，就是云岭一带的山歌。秋收之后，多是暖阳当空的好天气。以往家家户户比赛般纷纷上山砍柴过冬。当人们将身体藏进密密的林子里时，响彻云霄的山歌就群鸟一般从各个山头飞跃而出，你唱我答，好不热闹。

> 秋来春去树叶落
> 来到山头唱首歌
> 唱支山歌给妹听
> 阿妹听了莫笑哥
>
> 砍柴打草忙呵呵
> 听支山歌多快活
> 山歌好比清江水
> 百灵应和谢阿哥

　　凤音想着这些山歌，想张嘴哼唱哼唱，声音却出不来，不知是因为从没唱过，还是因为情景不合。在刘三姐大观园的舞台上，凤音曾扮成刘三姐与莫老爷对唱山歌，唱得欢天喜地。但那是在舞台上做戏，为的是取悦前来观光的游客。当时凤音就想，什么时候能够与人随性地对唱，想说什么就唱什么那该多好。只可惜家乡的山林歌子满天飞的时候，凤音还是一个羞答答的小听众，何况母亲当时断然不准她唱歌。

　　现在，她会唱歌了，到了能用山歌表达自己的情感时，大山却静默了。真的没有机会在山林里甩开喉嗓大声地歌唱了吗？凤音抬头望了望四围的青山，山是那么的沉默。云岭坐落在一个山窝窝里，四面高山，群山脚下一条十几米宽的小河与一条几米宽的乡村土路飘带一样随山势盘旋蜿蜒。山近在咫尺，凤音却找不出理由登临，就像那些已经远逝的山歌，凤音已无法开口歌唱一样。

　　凤音在村巷里走过，哪家屋舍曾躲过猫猫，哪家的敞楼上学过刺绣，哪家的树下荡过秋千，哪家的晒谷坪上跳过绳，又在哪条路上追打摔过跟头，那些喧闹总在脑子里轰响，让凤音常常产生错觉，以为村庄依旧，岁月依旧。事实上，她走过的那些屋门前，无不空荡着寂寞，只偶尔得见一两个老人穿着棉袄，安静地坐在门槛上晒着太阳。村庄是如此安静，静得仿佛是一个被尘嚣遗弃的远古的部落，这个部落里的青壮年都到遥远的城市征战去了，孩子们也都去了镇上读寄宿学校。没有青壮年的村庄是疲软的，没有小孩子的村庄是沉寂的。看来，村庄也老了。

　　凤音偶尔去井边打水，偶尔去河边洗衣服，偶尔上菜园子摘菜，每当做这些事的时候，凤音就想象自己是一个归隐的诗人，正过着一份闲散的田园生活。可没几天，这个美好的想象就被打破了。原因是只要她一出门，来木就会坐在路边等着她经过时对她傻笑。

　　凤音起初并不在意，以为来木坐在那个木楞子上对谁都一样。或许来木觉得她不凶，或许是她无意间对他笑了一下。后来，来木竟跟着她走向井边，跟着她走向河边，还对她说，我娶你做媳妇，可好？吓得凤音门不敢出。

　　说起来，来木还曾是云岭的才子，能吹出很悠扬的箫曲。那时，村庄里还没有电视，没有电视的村庄夜晚很黑很安静，来木的箫声从黑暗里传来，像风吹过山林，像人心底最柔软的倾诉，像长了翅膀的精灵飞过一个又一个暗淡的窗户。如果说云岭确实给凤音留下过一些美好的回忆，那么来木的箫曲也是其中一抹鲜亮的色彩。

　　来木初中毕业时，村里成绩好的人只考师范或中专，因为考上了师范或中专就等于领到了铁饭碗。可他不要铁饭碗坚持要读高中。他是家中满仔，又是独子，父母自然依他。来木读了三年高中，原来比他成绩差的出来当了老师，而他没有任何收获地回家了。他要求再补习一年，可他父母老了，经不起折腾了，便让他回家料理田地。来木不再去学校但也不下田，整天闲坐在街边的木楞子上。家里人以为他闹性子，想过段时间就好了。刚开始夜晚还能听到他吹箫，据说他一边吹箫一边对着日记本里一朵干枯的花流泪。父母猜想那花是某个女同学送的，就张罗给他说一房媳妇，结果他箫也不吹了，对一切不理不睬，不干活，不说话，胡子拉碴地坐在木楞子上，一坐竟坐了二十来年。

　　来木沉默了近二十年，如今突然说了话，不只说了，还说出了一个正常人的渴望。来木说话了的消息迅速在村里传播，村里的人都引为怪事。有人说凤音迟迟未嫁，来木见到凤音突然说话，可能是上天注定的缘分，是老天有意安排他们结为今世夫妻。也有人说可能不是什么好兆头，凤音这女娃子怕是来头不小，只是不知是好事还是坏事。

来木追着凤音要娶凤音做媳妇，让凤音异常懊恼。凤音原想不好对一个疯子发作，自己躲在屋里生生闷气也就算了。谁知经村里人的猜测与想象，竟将他们说成一个是嫦娥转世，一个是后羿投胎，她非嫁他不可，不然要出怪事，会招来灾难。这就不是凤音个人的事了，也不再是凤音家和来木家的事，而是关系到整个村庄的事。

母亲说，女啊，你到底是什么命哟，相亲的人还等不到，就招来这样的事，你还是先离开村子，去外面避避吧。

凤音觉得好笑，说我避什么呀，我又没杀人放火触犯法律，什么年代了还信那些迷信，我偏不避，他们能拿我怎么着。

来木家居然托媒人来提亲了。这是凤音更加想不到的事。凤音异常气愤，没等媒人开口，就把送过来的见面礼一把扔向门外，指着媒婆鼻子说，出去，不然我烧你家房子。

媒婆悻悻地走了。可没两天，又来了几个老人，都是寨子里有声望的老头子。

凤音嫁说，来木现在正常说话正常做事了吗？

老人们说，除了说要娶凤音做媳妇外没说过其他的话。

凤音嫁说，你们也是有子女的人，还请将心比心，你们谁愿意把自己好端端的姑娘交给一个疯子？

几个老头子你看我我看你，然后笑了。一个说，凤音嫁，你误会我们的意思了，就是你同意，我们也强逼不了凤音啊。

凤音一家人都糊涂了。老人说，既然是上天的旨意，凤音二十过半了还未出阁，我们是想来跟你商量把她的名分嫁过去，一来你们两家亲上加亲，相互有个照应；二来来木的疯病兴许一下子好了，也算是修阴积福；三来嘛以免触犯神灵，遭来祸害。

凤音嫁说，虽然只嫁名分，可不还是把我姑娘一辈子坑害了吗？

老人们说，凤音若遇到合适的，退了八字再嫁不就行了？这年头离婚都不是什么怪事，何况他们又不领结婚证。

凤音当时被安排回避，听了母亲的转述，说，婚姻自由，离婚当然不是怪事，你居然答应他们的要求，这才是天大的怪事。

母亲说我不也是为你好么，你若真一辈子不结婚也至少有了名分。

凤音气得无言以对，只感觉心口疼痛，就像梦里意识到危险临近却无法动弹的那种感觉。她想起寨头的瞎眼婆，那个为了名分守一辈子活寡的女人；想起曾听老人说过为没有婚配就死去的人娶鬼妻、结阴亲的冥婚习俗；想起自己守着的，缥缈而又虚无的爱情。名分真就那么重要吗，难道女人最终嫁的不是爱情不是未来不是男人不是幸福而是名分？凤音觉得这人生多么荒唐与可悲，同时却也在心里升起一股更为强烈的逆反。她总是这样，一边感觉无奈，一边却又死不屈服。她说，你们要是敢把我的八字交出去做什么仪式，我就放火烧了整个村庄。

母亲说，你要不愿意，就只有一个办法，赶紧嫁人，你嫁了人，也就没有谁能纠缠你了。

凤音知道母亲的意图了，问让我嫁谁？

母亲说，杨东海。

四

杨东海是凤音二嫂的堂兄弟，他和凤音还曾是小学同学。人家小学读六年，杨东海读了九年。据说是太捣蛋班主任不愿意要他跟班而留了一年又一年，最后还是转学到云岭来才顺利毕业的。转到云岭来的杨东海和凤音成了同班同学，二嫂也不时喊东海来家里吃住。面对痞里痞气的东海，凤音打心里不喜欢，故意谨遵母亲教诲，决不和他说一句话。

有时东海也逗弄她，但她就是不开口。毕业后，东海也就从记忆里消失了。

据说东海磕磕绊绊，总算把初中读完，一从学校出来就像脱笼的鸟要远走高飞。父母拽着他不放，硬要他结了婚才给出门。结婚后东海和媳妇一起去了浙江，几年前，东海媳妇在温州被一辆大货车轧死了，东海最终获得了四十多万元的赔偿金，五万元给了媳妇的娘家，剩三十多万元给他和女儿。东海一下子有钱了，听说现在在浙江当了老板，每年回家阔气得不行，跟人打牌不到一百元一炮懒得动手。

二嫂说，我们东海可是一直惦记你呢，好多姑娘主动上门，他都说先过几年自由日子再说，而我跟他说起你，他就特意给员工放早假，要来见你了。

母亲说，你来得匆忙，没带什么行李，东海也快回来了，你去县城让三嫂陪你先购置些衣物和必要的妆奁。

天冷了，买几件衣服是必需的。可凤音真弄不懂母亲，自己不过就年龄大了点，现在晚婚的人多的是，如果只为结婚而结婚，要找什么样的人没有？杨东海，一个离过婚的痞子，至于让母亲这样急巴巴地把自己嫁出去吗？人还没见面，就让置备妆奁，哪有这样的母亲？可凤音怨归怨，却想着走一步是一步，没到必要的时候，先顺着母亲。

回来的时候在车站下车又上车，没有进城，这会儿从车站出来，小县城的变化还真是出乎想象，让曾经在这里读了三四年书的凤音感觉到达的好像完全是一个陌生的城市。小县城几乎是扩大了四五倍，楼房多了高了，街道也宽了整齐了，有了红绿灯，有了街道牌，什么西北路、中华路，大城市一样。

凤音逛服装商城时，意外地遇见了一个人，此人叫兰妮，在商城里开着一家名叫诱惑的女装店。

凤音说，你不是嫁上海去了吗，什么时候回来的？

兰妮是和凤音一起从县文工团去桂林的姐妹，只是兰妮没干多久就跟着一个来旅游的大老板走了。之后她们就失去了联系，只是听说兰妮过上了富太太的生活，曾叫姐妹们羡慕不已，直夸她命好。

兰妮说，什么命好，你不晓得这些年我所受的委屈。

聊下来，凤音才知道那个男人比兰妮大二十岁，是个有妻室的人，兰妮为他生了个儿子后，就带着几十万元回家了。

兰妮说委屈，可凤音在她身上一点也看不到委屈的痕迹。高筒靴，丝袜，短裤，真皮外套，丝巾，画着妆的精致的脸，浑身散发出来的一股有钱人的傲气，比十八岁的小姑娘还要洋气、光鲜。

兰妮说，好在他还算慷慨，我的几年青春也算值了。

语气里有不自觉的得意。然后，好像感觉到了凤音的不屑一般，又故作亲昵地将手搭在凤音肩上说，听说你一直没出嫁，为的是什么呀？

凤音想有些东西别人是不能懂的，说了只会徒增误会，因而淡淡地笑了笑说，不为什么。

兰妮见凤音没有想倾心交谈的意思，以一种过来人什么都看透的口吻说，是好姐妹我才跟你说这些话，女人的大好青春也就几年，不用过期作废。这年月，爱情一文不值，你可别白白荒废了自己的青春，趁还有点尾巴，要赶紧抓住。

凤音有些话想问兰妮，本不好出口，欲言又止，见兰妮说出这番话来，就大胆问道："就算爱情一文不值，可是，你不想你的孩子吗？他总是你身上掉下的一块肉。"

凤音以为这一问会触到兰妮的痛处，没承想兰妮却大大方方地说："不属于自己的，想他做什么，你以为我们的下半辈子还能依靠孩子吗？这年月，什么都不如金钱可靠。"

　　凤音觉得与兰妮话不投机，告别出来。她想，青春易逝，容颜易老，人这短短的一生，若爱情、亲情都不可靠，什么才是能够抓得住的永恒呢？金钱吗，金钱能够煜暖人的心肺吗？凤音也想不了那么多，她只是习惯自己确定的事，就一根筋坚持到底。凤音觉得在这个纷扰的社会里，在这个嬗变的时代里，每个人都应该坚持点什么，缺失了这样一种坚持，她就不成为她自己，她就失去了活着的动力，以及感知美好的敏锐。

　　东海要来的时候，母亲和嫂子为凤音的打扮提了很多建议，让凤音把新买的大衣穿上，叫凤音画点淡妆，生怕东海来了瞧不上她一样。凤音有些气恼，但还是照做了。

　　东海是自己开着车来的，还邀了四五个兄弟一起，那些兄弟都东哥东哥地喊他。东海给凤音买了条围巾，当着众人的面，要亲自给凤音围上。凤音闪过一边。东海说，围上看看，二百多元呢。

　　东海像在自己家里一样，熟络地组织兄弟们打起了麻将，自己跟凤音家人摆谈了一阵，然后说想带凤音去兜兜风。家里人自然明白他是想单独跟凤音相处，都高兴地说去吧去吧，上起凤山去走走，那儿风景好。

　　凤音说，把朋友扔家里不好吧，还是别去了，再说这路况差，磕坏了你的车子我可赔不起。

　　东海乐呵呵的，说要什么紧，这车子是租来的，我那帮兄弟他们玩他们的，用不着招呼。

　　经过起凤山脚，东海并不停车，而是一直往前开。凤音说你要去哪？东海说别紧张啊，我还能吃了你？凤音也觉得自己担心得有些可笑，便不再说话，只矜持地保持着距离。

　　东海将车子直接开到了镇上，请凤音吃了一碗热粉，说农村洗澡不方便，我在这订的旅店还没退呢，去洗个热水澡吧。

凤音说你去我不去，我在这烤火等你。

东海去了趟超市，买了洗漱用品和保暖内衣，都是两人份的。他过来拉凤音，说走吧老婆。凤音瞪他一眼，却不好在大街上拉扯，就跟着去了旅店。来到旅店，东海打开空调，将洗漱用品摆放好，说等房间暖了再洗。然后说些小时候的事，规规矩矩的，丝毫没有挑逗冒犯之意，倒让一直警惕防范的凤音有几分不好意思。

洗漱好，东海为凤音套上大衣，搂了搂她的肩，说老婆，咱回家。凤音虽然有些看不惯东海的痞气，但不得不承认他的细心与体贴，这让凤音感觉愧疚。凤音想了想，终于鼓足勇气说，东海哥，对不起，我不能嫁你，你为我所花的费用我会补给你的。

东海将已经半开的门合上，堵住门，打量陌生人一样地看着凤音，问为什么？

东海从出现到之前，一直是嬉皮笑脸的。那笑脸有些可恶，却也让人觉得轻松。现在笑容突然没了，凤音也说不清楚是什么感觉，脊背上掠过一股凉意。

凤音极尽考虑自己的措辞，说东海哥你条件好，多少年轻漂亮的姑娘还不随你挑。我已人老珠黄，年轻妹仔都喊我阿姨了。我什么都没有，就一个臭脾气，不配你。

东海说，你是不配，可也轮不到你来说。知道我有多少女朋友吗，她们只要稍不如我意就会被我一脚踹了。我东海什么时候被女人拒绝过！

东海表情可怖，一边说一边逼近凤音，凤音慌了手脚，步步后退，退到了床上，东海就势一把压下去。

凤音抱紧自己，说东海，冷静点，知道你在做什么吗，你这是强暴。

东海说，我就强暴，怎么啦，以前在你家寄宿的时候，你正眼都不瞧我一眼，我就那么不入你眼吗？

凤音苦苦哀求，说不是的东海哥，你知道我妈那时的规矩，我一直把你当作哥哥，我们做不成夫妻，总还是兄妹。

东海说，我今天还非跟你把夫妻做成了不可。

凤音冷笑，说我凤音就是一辈子不嫁，你也妄想。这话彻底激怒了东海，东海疯了一样撕扯着凤音。

凤音拼尽全力，却无奈蚍蜉撼大树，又是梦里意识到危险临近却无法动弹的那种感觉。凤音痛恨这种感觉，明明觉得心里有股很强悍的力量，可面对现实却总是无能为力。

凤音不知道自己是怎样回到家的。到家时，家里已经在摆饭菜了。嫂子们忙进忙出。东海几个兄弟也下了桌，在门口的晒谷坪上边逗弄小孩边谈论谁的手气好。那份喜气就像在办酒席。

东海依旧笑嘻嘻的，见人又是递烟又是握手，脸上写着荣归故里的得意。像什么事也没发生过，时不时捏捏凤音的手，问冷不冷，要不要吃糖或水果，很体贴很亲密的样子。

凤音阴着脸，恍恍惚惚地任人安排，只感觉有许多人影在晃动，许多声音杂乱无章地此起彼伏。好像有人说，手气再好也比不过东哥啊，人到中年三大幸事：升官发财死老婆，东哥是样样赶上。而且还有个貌美如花的女子为他守候这么多年，多动人的爱情啊。爱情，懂吗，你们谁有爱情？

凤音想，东海也有爱情吗，这个靠死老婆发家的男人还奢望着爱情吗？凤音呸了两声，又想自己竟然被这样一个禽兽不如的人侮辱，不但身体遭受了蹂躏，连感情也遭到了亵渎，恨不能让这个人立马消失。

饭桌上，东海说，亲妈，你放心，我回去就叫人定日子。他给凤音拈了菜，又说，你们不知道吧，这些年凤音一直不肯结婚，是因为心里装着我呢。你们也知道，凤音打小倔强，嘴硬，我要是不主动，她打死也不会说出来，我一主动，她心就软了。是吧，凤音，别不好意思呀。

凤音家人当然不相信东海的话，可听着高兴。凤音嫁说，亏了有你能哄软我们凤音。

凤音只感觉一股一股的火气从脚底直冲头顶，就像不断涌动的火山，终于忍受不住了，"哗"地将桌子一掀，像个无所畏惧的勇士，吼道：杨东海，你无耻！你给我滚！你们都给我滚！滚！

谁都没想到会是这样一个结局。

东海的兄弟冲上来要打人，东海拦下了，随手抓起一只酒瓶砸在地上，气狠狠地撂下一句话，说，我杨东海惹不起的姑娘，以后我看谁敢要！然后带着兄弟们雄赳赳、气堵堵地走了。

母亲意识到了什么，哭嚷起来，我的天啊，这是招惹了哪路恶神了呀！

二嫂也哭了。她对凤音说，不管你们之间发生了什么，你就不能给我留点面子吗？

有人小声嘀咕，说最多也就是那个事，至于嘛，他又不是不负责任，不是马上要结婚了吗？

得罪了那样的人，以后我们一大家子都不好过了。

……

五

那天，凤音嫁哭着哭着，突然岔了气，从此卧床不起。凤音整天守在母亲床边，几乎寸步不离，仿佛守着自己最后的依恋。

也不知道是从哪一天开始刮起了冷风，吹起了毛毛雨，湿漉漉的地面、湿漉漉的草木经冷风一吹结成了冰块，结成了冰条。远山变得白茫茫一片了，屋檐下、溪水边形成了奇异的冰溜。人们最初是兴奋的。在这个靠近南部的山区，难得遇到这样的冰天雪地，通常是夜里下一场雪，白天太阳一出就化了。人们享受着冰天的乐趣，似乎担心它转瞬即逝。然后是耐心的等待，想要不了几天，太阳一出来，就会热得跟夏天一样。可是这一回，老天有意赌气似的，冷风一直吹，毛毛雨一直下，没完没了，冰块变成了冰墙，冰条变成了冰柱。电线不堪重荷，断了。水管禁不起寒冷，爆了。车子加上链条也不敢在冰地上爬行了。山里的人出不去，还没有回家的人也回不了家。停电了，蜡烛涨到十块钱一包也早被抢光了。木炭五块钱一斤也没有人愿意卖了。萝卜白菜冻在地里看不见踪影了。过年变成了过难，百年不遇的灾难。

凤音嫁病重，村里人三三两两地来探望。一天，几个老人一阵寒暄之后，有人说，凤音她嫁啊，我们对不起你，这怪异的天气，只怕是应验了之前的那些猜测。

凤音说，你们什么意思，又不只我们村遭遇凝冻，整个南方都如此，别的地方还更严重呢。

老人们说，别的地方我们管不着，阴雨连绵数月，天寒地冻，河溪断流，草木尽折，在我们这可是头一遭，是百年不遇的怪事。

凤音说现在什么时代了，你们休想再拿那些老封建迷信思想来左右人，我凤音不买这个账。

老人们不理睬凤音，对凤音嫁说，翠鸾啊，你是通情达理之人，不能忤逆了上苍之意啊。

凤音嫁躺在一层又一层高高隆起的被子下面，就像躺在棺材里，只露出一张小小的苍老而又枯槁的脸，变幻着怪异的表情，好像灵魂游离，又好像陷在某种回忆里，有时似乎微微笑着，有时又极痛苦、极愤怒、极无奈的样子。

凤音嫁喊，凤，凤。

凤音将手伸进被子里抓住她的手，说在，在这呢。

凤音嫁却仍找寻什么似的，只是喊，凤，凤，然后眼角流出浑浊的泪水，像黏稠的乳胶一样粘住眼皮无法睁开。

凤音用湿毛巾给母亲润了润眼睛，然后找来滚脓珠——一种深褐色的小圆珠，山上采的——翻开母亲眼皮，放几颗进去，轻轻按了按，珠子出来，变成了一团白白腻腻的东西。

凤音嫁睁开眼睛，突然很清醒似的，说凤啊，都是我害了你。

凤音说，没有谁害我，你放心吧，我好好的，谁也害不了我。

母亲说，我只是想让你从出生到出嫁，一生做个清清白白的女人。

凤音仿佛被蜇了一下，想难道自己不清白了么，可这不是自己的错啊。又自我安慰地想，自己的时代与母亲的时候不一样了，没必要太在意。

母亲又说，都是因为你有个姨妈，叫翠凤，是我的孪生妹妹，她人长得俊，山歌也唱得好，就像你一样，连命运都一样。

凤音不知道母亲还有一个孪生妹妹，就连大哥也从没听说。凤音期待着母亲往下说，一屋子的人都期待着。

母亲说翠凤年轻时因为唱歌爱上了一个男人，结果未婚先孕，丢了家族的脸，被族人装进猪笼沉塘了。母亲讲述的时候断断续续，费了很大的劲，最后如断了弦的琴，突然安静下来，好像极其疲倦，无法集中精力，又像无能为力，放弃了最后的挣扎，目光逐渐涣散。

凤音忽然明白了母亲从小对她的管教。原来让母亲神经紧绷了一生的，竟是凤音从不曾听说过的姨妈。凤音还想了解更多关于姨妈的事，比如与姨妈相爱的那个男人为什么不把她娶走？仅仅因为未婚先孕就要被沉塘也不抗争吗？可惜母亲已经油尽灯枯，再也回答不了她任何问题了。

凤音感喟姨妈的遭遇、母亲的人生，又想到自己当下的处境，终于忍不住号啕大哭起来。

为母亲办丧事成了一大难题。天寒地冻，什么都不方便，只有靠亲朋好友、左邻右舍帮忙。可是落气炮放了，该通知的通知了，却只有几个近亲拢场。凤音家人奇怪。有人说，要想天气晴，来木娶凤音。除非凤音同意将名分许给来木，乡亲们才会出面。

凤音不敢相信，如此荒唐的事，竟然有那么多人跟着迷信。

三哥说，许就许吧，又没什么损失，你出外面去，有谁知道。

二嫂说，当初你就不该跟东海闹翻，不然也不会有现在这个事。

侄女说，是啊，先嫁过去有什么不好，日子实在过不下，离婚还能分他一半财产，现在好多女人就靠离婚发财呢。

……

凤音知道，她在这个家再也待不下去了。母亲说过，我还在，这里就还是你的家；我若走了，这个家是你哥嫂的；你哥嫂走了，这个家是你侄子的，你再回来，就是客人了。现在，母亲走了，这里不再是她的家，她与这个家的关系也在一步步地疏远。这个生养她的村庄只不过是苗圃，终于不能再赖在苗圃地里了，因为时间永不停止地向前推移。

可是，凤音该去向哪里呢，哪里才是她的归宿？

这个社会已经不是翠凤姨妈那个时代了，凤音知道自己不会被沉塘。凤音想起兰妮，想起侄女说的靠离婚分财产的女人，她觉得那是一种更可怕的沉沦。她相信无论在哪里，她都能够靠着双手养活自己。只是，她能够等来她所期望的美好吗？

　　有人说，人在痛苦的时候会越清醒、越坚强、越有所追求。风音相信。她闭上眼，让夹着冷意的风吹拂脸颊，冰冰凉凉果真醒神。她想，春天的脚步就算再迟，也总会来临。

原载《民族文学》2014 年第 04 期

悠然见南山

一

经过一段时间的挣扎，清影最终踏上了寻找南山的行程。

秦芳说，如果他愿意，他自然会回来，他不回来，你去找他也没有用。清影知道秦芳是心疼她，担心她一天天大起来的肚子受不了旅途中的那份苦，或许还有那个她们都害怕的无望的结局。南山终究是离开了清影，没有告别，没有留言，似乎是悄无声息地、突然地，就从清影的生活里消失。

这之前，清影去过他们单位。他们单位在筑城近年日渐繁华起来的一片新区，离他俩住的地方不远。清影是走着去的。他当时租这套房子，就是为着可以徒步或是骑自行车上下班，还有就是当时还显得比较荒僻的新区房子宽大、便宜，虽然空荡荡的连一铺床都没有，但这恰合他的心意。一路上清影内心忐忑不安，好像他们公司藏着他为什么对清影避而不见的秘密。

这些年清影的日子过得昏天黑地的，总是记不清哪月哪日。而南山在家却越来越待不住，总想着到外面去转悠。他说他的创作需要深入生活，需要到乡间大山里去收集素材，寻找创作灵感。清影给他足够的自由，总是随他而去。南山最后一次出门是什么时候，去哪儿，要去多久，现在回想起来，清影竟是一片模糊。她只记得当时她随口问了一句去哪儿，南山说还没定，出了门随心而动。她想去就去吧，反正没几天就会回来，没有他的打扰，她正好可以安心创作。

也不知过了多久，在完成一部"巨著"的更新后，清影忽然感觉心空落下来，才想起好些天没有南山的消息了，南山也该回来了。清影盼着南山快一点回来，她急需他的抚慰。每完成一场追赶式的写作，她就感觉特别虚空，仿佛整个人的内脏和灵魂都被掏空了，只剩一具单薄的躯壳。

拨打南山电话，暂时无法接通，清影心想应该是在回来的路上了。第二天，南山的电话依然无法接通，清影有些慌乱，心想南山不会出了什么事吧？这次采风，清影也没仔细问都有谁一起。"随心而动"，让他心动的会是哪个地方？以往每到一个地方，南山都会给她打来电话，汇报在那里的见闻，跟她讲采风的种种趣事和感受。这次南山走后有没有打来电话？清影有些茫然。她赶紧翻看手机，有几个不到一分钟的通话记录，还有几个未接来电，最后一个也是十几天前了，也不知是南山出走前的记录还是出走后的。清影那时正在为她的小说构筑一场巨大的阴谋，为使故事情节跌宕起伏、环环相扣而绞尽脑汁，她要让读者一进入她的故事就欲罢不能。她自己也有些欲罢不能，对周边的事便不太在意。

第三天，南山还是没有回来，也依然打不通电话。不知在哪个美丽的山村窝着不肯出来了，清影想。南山说，我常常需要跋山涉水、走村串寨，待在一些没有网络信号覆盖的地方，一打不通电话便提心吊胆，那你还怎么活下去？偶尔三五天失去音讯，那是艺术创作需要的自由，清影从不为此担心。曾有好友告诫清影，说你老公（他们虽然没领证，但早就老公老婆的称呼了，这是时尚）经常在外面飘荡，看上去又是个很讨女孩子欢心的人，你小心他在外面被人勾了去。遇到这样的劝告，清影也不辩解，只是舒展她迷人的笑靥看着朋友，若朋友还在忧心，她便撩起头发、抛个媚眼，说，难道你不觉得我就是那个勾了他魂的人吗？她那么自信，旁人又能说什么呢。

清影极宽容又极耐心地等待着她的南山。煎蛋的时候，清影想象南山会突然从后面环住她的腰，然后在她的耳根吹着气说，悠然，想死我了。快下班的时候，清影下意识地眺望窗外，清影想，南山也许正在小区花园里徘徊。经过常去的那家书店，清影似乎看到南山就站在书架旁，等着清影将一摞书塞给他。回到家，清影似乎听到家里有动静，来不及换拖鞋，便跑到画室去看，没有，又去书房，没有，冲进卧室去，还是没有。

寻不到南山，清影便越发渴望南山。这些年，她除了一些同学老乡，几乎没什么社交圈。她疯狂地沦陷在网络小说的创作中，有时跟着南山外出，也是带着笔记本电脑，身在人群里，思想却始终陷在那些虚幻的世界中，时间久了，她感觉她的一切似乎都变成了虚幻，唯有南山，是带她回归现实的那座桥梁。在她宽容而又耐心等待的过程中，她感觉自己越来越想要一份踏实的生活，一份普通庸常的实实在在的生活，可以每天见到南山，可以向他撒娇跟他吵架，甚至洗衣、做饭、生孩子……天啊，这些以前想都不敢想的事，她现在竟然有些渴望了。

又半个月过去，再打南山的电话已是停机，这在以往是绝没有的事，清影终于失去了耐心。去他们公司，经理说南山只休了一周的假，却连着一个月没有音讯，要不是他有才，这样不受约束早将他开除了。公司并没有清影猜想的秘密，她只好到网上搜寻，而南山的朋友圈、QQ

和博客都许久未更新了。清影问遍了可能与他有关的朋友，竟没有一个人知道他的消息。清影收集了这一个多月来与画社采风有关的报道，查找旅游可能出现的事故。大约在半个月前，有一辆开往敦煌的客车在途中与一辆大货车相撞，十几名乘客受伤，但无人死亡。清影打电话到报社，拜托帮忙调查受伤的旅客中有没有一个叫李南山的男子，木子李，"悠然见南山"的南山。看到有事故的地方，清影都这样去询问，而得到的回答是没有，没有。

哪都没有。清影不知道是该庆幸还是该伤心。

南山会出什么事呢，怎么突然就人间蒸发了？在这个城市，南山是清影唯一的亲人。在这个城市，清影熟悉的地方，都是南山陪着她去过的。疯狂的找寻毫无结果之后，清影变得一蹶不振。

更要命的是，跟南山一样不再出现的，还有清影的例假。因为忙，很多事情都被忽略掉了。一天，几个老乡邀约出去吃饭，清影一点胃口都没有，吃什么吐什么。清影对秦芳笑了笑说，不好意思，这段时间心力交瘁，老这样。秦芳说老这样吗，是不是……该到医院去看看？意识到秦芳的意思，清影才忽然想起似乎近两个月没来例假了。怎么可能呢，为了过他们理想的自由生活，在实现梦想之前，他们压根就没考虑过结婚的事，更别提要孩子，他们一直都有采取措施，怎么就中了呢，还偏在南山失踪之后才发现中标，命运跟她开的什么玩笑？

南山的消失，让清影感觉生命像被掏空了的气球，轻飘飘地悬在半空里。而现在又多了一个沉甸甸的包袱，不知道这沉甸甸的包袱是要将这气球坠到地上，还是会将那已被掏空的心撑破。

秦芳说，把孩子拿掉吧，我陪你去。

清影说还是等等吧，也许突然哪一天，南山就回来了。没有得到确切消息，清影不愿相信南山已在这世上消失。

　　秦芳说，这个你得趁早做决定，孕周越大对身体的伤害也会越大。不管你什么时候做了决定，叫上我陪你。

　　清影拿不定主意，只是当她知道自己的身体正孕育着一个新的生命时，悲伤似乎一下子跑远了。清影意识到如果要留下孩子，她需要面对的是将来生存的窘境。虽然她有一定的积蓄，她的作品也还会不断地有些进账，但如果今后一个人生养孩子，还是比较艰难的。假若因为情绪或生娃不能继续写作，她的那点积蓄怕是维持不了多久。想到这些现实问题，清影不自觉有了危机感。她托秦芳帮忙在她家附近找套小一点的房子，这房子还有一个月就要到期了，一个人没必要住这样大的房子，能节约一点是一点。整理物品的时候，发现南山重要的作品大多已被带走，包括他曾为清影画过的那幅肖像。难道是去参加什么展览吗？清影立刻去关注这段时间的各种画展和摄影展，可依旧没有南山的消息。激起的兴奋很快被冷却了。

　　冷却下来的清影想，不是去参展，难道是有意离开？清影的心咯噔一下，仿佛如梦初醒：南山早就预谋着出走了吗？他为什么要悄无声息地离开？是厌弃了跟她的生活，还是另有了新欢？清影情绪跌落谷底。南山走之前并不知道会有一个小生命到来，清影思来想去，决定还是去把孩子拿掉。

二

　　进了手术室，医生一边为手术做着准备，一边跟清影讲解麻醉的方式。

　　清影叉着腿躺在手术床上，这个姿势极不舒服，让清影有些恐惧。她无措地看着医生忙碌，想到那冰冷的器械即将伸进她的子宫，去捣毁一颗刚刚冒出嫩芽的种子，心莫名揪痛起来，如同胃突然痉挛。

那是他们表达爱意最直接的地方，确定要在那里留下伤痕蒙上阴影吗？他们不相爱了吗，他们不会再相见、不再有未来了吗？他真的是跟别的女人去了？倘若如此，她不可能一点都察觉不到。都说女人第六感很强，何况敏锐如她，怎么会未发现南山移情别恋？莫不是南山有什么苦衷？清影如此想着，之前做好的决定瞬间又乱了，脑子一片混沌。

这是一个小手术，选择无痛是完全没有感觉的，不要紧张。医生安抚道。

清影听不进医生的话，脸色惨白，额角冒出了细细的汗珠。医生示意她深呼吸、放松。清影深呼吸了几下，还是没能缓解。她哆嗦着爬起来，穿上裤子，不顾医生劝阻，仓皇逃离了诊所。

清影和南山是在大学的老乡会上相识的，他们都来自一个叫作黎城的地方，确切地说，是黎城的不同乡镇，不同村庄。南山喜欢画画，清影喜欢读诗。他们在一起谈海子，谈王尔德，谈凡·高和高更，也谈陶渊明，很快，两颗年轻的心就因为共同爱着那些深情而疯狂的人走到了一起。清影说她觉得《安娜·卡列尼娜》最精彩的地方，是列文见到安娜画像而痴迷的那一段，在列文的观念和理想里，安娜是背道而驰的，可他依然无法抗拒安娜的美丽，这是对信念的讽刺，也是对美的礼赞。南山说美可以颠覆任何东西，而任何东西都颠覆不了美。清影给南山读《莎乐美》，南山则盯着清影画了一幅莎乐美般的肖像画，那幅画曾在校园里轰动一时，为南山毕业找工作加分了不少。他们是那么相爱，通常是清影在电脑前写作，南山在画架前画画，他们同处一屋，只听见敲打键盘和调色作画的声响。他们各自创作，偶尔相望，他们很享受那样的时光。

清影想不明白，南山为什么会离开，为什么要离开却不直接跟她摊牌，她又不是胡搅蛮缠、寻死觅活之人。他们曾做过约定，如果有一天不相爱了，或是相爱变成了束缚或是伤害，那就好聚好散，谁也不牵绊谁。可南山偏偏以不作道别就突然消失的方式来折磨她，既让她担忧，也让她不甘。清影想，她必须找到南山问一问，他这样做，到底为什么。

清影确定了要做的事，似乎一下子又有了目标，她决定去他们常去露营的那个山顶看一看。那个地方曾是一座十分荒僻的石头山，是他俩恋爱时的秘密基地，据说现在被圈入了筑城重点打造的十里河滩景区内，上面修建了观景台，有石级与索道可以通达。她想知道南山离开前是不是去了那里，会不会在那里留下什么线索，说不定能在山顶上想明白南山为什么消失，以及他去了哪里。

清影去的时候不是周末，游人不多但也不算少。这让清影有些意外。以前属于郊区的无人问津的小河，是学生们周末爱去玩的野处。近些年经商业开发，被打造成了集商业、住宅、文化于一体的十里河滩公园，周边的山山峁峁也被圈入景区内，有高档住宅小区，有文化体验园，自然风光加人文建设，形成了一派高大上的繁盛景象。清影因他们的居住地距这个区域比较远，又是宅女性格，毕业后投入网文写作，每天都少不了大量的阅读和几千字的码字任务，因而这里被圈起来后，她便再也没有踏足过，只听说小河沿线被开发了，具体开发成什么样子完全不知。

南山的电脑里其实是有一些相关照片的，南山甚至参与了某些文化设计，他曾多次约她故地重游，可她总因为忙得停不下来而一次次搁浅。照片多为远景与局部，跟实地走在这里的感受完全不一样。一路上，富有艺术气息的设计，传统国学与文明时尚的文化植入，让清影颇感惊讶，她感觉自己仿佛久居洞穴，出来才发现已改天换地，天地清明。乘着缆车渐渐远离尘嚣，掠过那些一栋栋相距不远不近而又各自独立的民宿时，清影心里有了些猜想，似乎一下子明确了南山的去向。

南山曾感慨，说筑城的山远没有黎城的山漂亮。筑城的山一座是一座的，多为石头荒漠，而黎城的山连绵起伏，古树参天，草木葳蕤，生机勃勃。清影不以为然。清影说，独立的山头好让人登高望远，石头荒漠更显山的挺拔险峻，这样的地方容易出哲人，容易走向文明；而黎城那种连绵起伏、草木葳蕤的大山只会造成阻隔，交通阻隔、视野阻隔，重重阻隔之下，除了贫穷便是愚昧！

这是南山和清影的矛盾。他们都是热爱艺术、思想独立的青年，彼此相互吸引。可在一起没多久，清影便隐隐感觉出了她和南山之间的矛盾。这矛盾具体是什么，清影也说不清楚，南山更是后知后觉。那个时候，他们都太迷恋对方，恨不能天天腻在一起，读书或画画，谈天说地或静默不语，他们都感觉特别自在。他们来自同一方地域，就读过同一所高中和大学，有着相同的兴趣爱好与对美的追寻。他们感觉对方就是自己此生要找的那个人，是不管未来发生什么，灵魂都会相守一生的人。清影想，有点儿矛盾怕什么，只要相爱，什么样的坎跨不过去，没矛盾的情侣，必定是有一方做着无限度的妥协，那才是可怕的。

到广告公司上班之初，为着挣钱，南山扎扎实实干了三年，很被公司领导器重，也获得了相对稳定的职位和薪资。后来心就慢慢野了，越来越沉迷于绘画，经常请假采风创作、观展参展。他的画风也逐渐明朗，由油画转向了重彩，尤其热衷于描摹故乡风物和山野草木。清影比南山晚两年毕业，刚毕业那会儿也曾到一些部门或公司试过几份工作，最后决定宅家写作。自由地写了一年后，跟几家网站签了约，就开始了转陀螺一样的码字生涯。清影总是逼迫自己不是阅读就是写作，她梦想着有一天能写成网文大咖，那样她就可以让南山获得自由，支持南山去做自己想做的事。

很快上到了山顶。看到山顶上宽宽的坪子长着绒绒的短草，清影脑海里立刻浮现出她和南山在上面翻滚的情形。以前草地不像现在这般干净平整，且有不少灌木丛，是南山用他的衣服裹着她，用手掌枕着她的头。他对她是那般的体贴心细。想起这些，清影的心仍旧不自觉地涌过激动的暖流。

坪子中间立着一座翘角的亭子。这亭子好是好看，不过有点破坏草坪的完整性。清影想，这亭子有点像侗家草标，标明这块地已不再是无人管理的野处。有了这亭子，到这来的情侣大概不好意思纵情翻滚了吧？清影走向外坎的瞭望台，这里被护栏围了起来，上面有两台扫码付费的长筒望远镜。清影望向天空，天空灰蒙蒙的什么也看不见。她又眺望远方，一片白色的城市森林笼罩在暗哑的天空下，像做旧处理的老照片。

在这里，他们一同看过日出，又一同看过日落，他为她作画，她为他读诗：

火焰的顶端

落日的脚下

茫茫黄昏

华美而无上

……

清影想起曾读过的海子的诗。那时多美好啊，为何走着走着就变了呢？

清影离开望远镜，四下环顾，有几对情侣散在不同的角落相偎着窃窃私语。这已不是她和南山的秘密基地，没什么好留恋的，清影准备沿石级走下山去。路过一块光洁的石壁，清影瞥见上面有些特殊的线条，仔细一看，是一个侗家姑娘挽着发髻插着银簪的简笔头像，神态与南山画清影的那幅有些相似，只是头式不同。这定然是南山的手笔！清影的心颤了一下。她又仔细瞄了瞄石壁，果然在石壁下角找到了那枚南山专属的小菊花印章。南山有个习惯，画画不带印章或不便使用印章时，哪怕是草稿，都喜欢在画的一角留下一朵小菊花。其实也不是菊花，是菊花状的蒲公英，是曾别在清影耳际的那朵小黄花。

清影想，南山肯定没有离开，他还是爱着她的，他大概是找个地方躲了起来。可南山为什么要躲起来呢，她不是给他足够的自由了吗？

三

清影收拾了简单的行李，准备回黎城去看看。

南山曾说，清影，我们一起回黎城吧，那里有我们熟悉的山水，熟悉的人事，那里才是我们创作的源头。

创作的源头是生活。即便是故土，也不必非要回到故乡去。故乡只有在离开了才成为故乡。故乡也只有在回忆里才具有艺术的特质。身处故乡，你看到的只会是一地鸡毛。这是清影的看法。清影说，我们好不容易跳出农门，逃离那个巴掌大的山洼，以大一点的城市为轴心，你能跑的地方不更多吗？你画出来的圆圈不更大吗？你不应该想着回黎城，你应该想着向北京挺进，那里才是文化的中心，才是艺术的天堂。你只管采你的风画你的画，等我们攒够了钱，就去北京办画展、开工作室。

每次清影这样说，南山就无以辩驳了。

清影的写作倒是在哪里都可以进行，她的源头是她看过的书和剧目，是她天马行空的脑子。当然，近年清影也感觉到越写越吃力，有种才思枯竭的倦怠感。南山曾建议她将故乡神秘的民俗文化融入进去，那也许会使她的故事更吸引人。清影也知道那些独特的风俗习惯以及地方故事是她巨大的资源宝库，会让她的作品更有辨识度，写起来也能事半功倍。可她宁愿纵横古今，在那些上古神兽的想象里绞尽脑汁，编织些毫无逻辑可言的虚妄的爱情故事，也不愿去触碰故乡的素材，仿佛那是她的逆鳞，是碰不得的伤疤。

看到十里河滩的变化，清影便觉得南山定是回了黎城。发现南山消失之初，清影曾打电话到南山老家试探过他的行踪，可他的家人似乎并不知情，他们都以为他还在筑城上着班，是家里的骄傲。问了黎城的一些老同学，也都说没见到过南山。回黎城不告知家人也不跟熟人联系，这是害怕她找到他吗？他葫芦里卖的什么药？

来到黎城，清影没有直奔南山老家，也没有回云岭，而是找了家酒店住下，又托老同学帮忙租房子。她做了持久战的打算，一副不找到南山誓不离开的架势。可是，南山会在哪呢，她又该如何寻找？不能广而告之，也不宜张贴寻人启事，清影想，她得先了解和熟悉黎城。

黎城这些年变化真是大，刚出车站那一刻，清影完全不知自己置身何处，好像踏足的完全是一座陌生的城，直到来到曾经上学的那条街，才慢慢发现了一些旧日的痕迹，熟悉感才如睡醒的意识般一点点回归。老街曾是县城的主大街，清影记得高中时期，县里为争取到修建机场的指标，组织城关所有学校的师生十里长街欢迎考察组，一次次练习，一次次坚持，终于以高涨饱满的热情感动了考察组，最终将修机场的指标落户黎城，让黎城率先获得了发展和改变的机会。大学期间清影偶尔回来，也基本未作停留，那时的黎城到处机声隆隆、尘烟滚滚，被人打趣说是"远看伊拉克，近看原来是搞建设"。毕业后，清影带着南山回过一次云岭，后来便都是以汇款的形式偶尔发出对这片土地的问候。十多年过去，黎城通了飞机、高速公路和高铁，县城扩大了四五倍，人口增加了七八倍，这城市化的进程真是让清影意想不到。

清影走街串巷，用几天时间重新熟悉了黎城。黎城繁华了许多，但给清影的感觉有点像暴发户，一座座楼房比高似的耸入云天，绿树红花、小桥流水的广场和公园虽然也有，却看不到多少文化建设的影子，似乎连个展厅都没有。最能体现文化的，便是那些置葫芦宝塔尖顶的鼓楼和风雨桥长廊。清影在一处广场见到过一些书画摄影展，那些展板简陋、粗糙，就摆放在广场边供人歇息的廊檐下，虽然没有直接暴晒在露天之中，但难免不被风吹雨淋。展板里的图片老旧、泛黄，病恹恹的，有点像一个个被遗弃的孩子。清影有些心疼，一幅一幅仔细端详过去，既希望能看到南山的作品，又害怕会真的看到他的作品。还好，没有南山的，清影松了口气。

有同学给清影提供了几处房源，都是一些小区里的套房。在逛到一个绿化环境比较好的小区时，清影随口问了下房价，她的积蓄居然够买一套三居室还能有余，这让清影颇感意外，隐隐地竟有些心动。但她很快想到，这些钱是要留给南山去北京办画展的，她的初衷是要远离黎城，逃得越远越好，怎么可能在这买房呢。

清影觉得租房住只是暂时的，便全部否定了同学们的推荐，她只好自己去寻找理想的住地，选了青鱼巷的一间单身公寓。这里处于南泉山麓，离以前的老学校不是很远。高中时期，这里还是郊野，是周末学生们喜欢扛着画板来写生的地方，现在虽然建了些房子，但毕竟背倚青山，还是显得相对偏僻和幽静。清影喜欢这样的地方，离城区不远，每天出入却仍可见到田间地块，虽然乘车不甚方便，但她又不着急每日赶车，她甚至觉得，也许哪一天，在这些阡陌纵横的弄巷里，她就与南山不期而遇了。

南山若来了黎城，会选什么样的地方落脚？清影依着南山的喜好反复琢磨。她想，他不回老家，又怕熟人知晓，定是藏到某个搞旅游开发的村庄里去了。从同学们那获取旅游资讯，清影打算逐一排查。黎县一共有九十八个传统村落，几乎每个传统村落都想挤上乡村旅游这趟列车，就连清影的家乡云岭也在其列。清影用两天时间认真阅读了黎城的传统村落志，这是她第一次通过文字的方式走进黎城，走进这些苗村侗寨。那些村落的名字她大多是听过的，也知晓它们所在的方向，一些村寨她去过，更多村寨她路过。她在这样的村寨生活了近二十年，她是那么熟悉它们，熟悉到她一心只有排斥，只有不屑，只想着逃离。逃离了便再也不想回来，再也不想多看一眼。眼不见，心不烦……可是，志书所配的图片以及文字描述却让她感到无比陌生，这种陌生里有一眼可见的美，有点到为止的神秘，有惹人遐思的疑惑……

比如云岭。一幅是远观图，翠绿逼眼的青山间，一团云朵状的村庄静卧山腰，绿树掩映，梯田如带，丝丝缕缕的云雾浮于其上，青瓦木楼若隐若现，整个画面如仙似幻，一眼便让人心旷神怡、耳清目明。清影从未见过这个角度的云岭，盯着看了许久也不敢相信那是她生活过的村庄，直到在村庄外围的一个山坳处看到几间熟悉的屋舍，她的心才突地痛了一下。一幅是乡亲们盛装哆耶图，清影不愿仔细辨认。还有一幅是夕阳映照下的鼓楼，光晕柔和，置葫芦宝塔尖顶的鼓楼显得挺拔而沧桑，像个守寨的百岁老人，与水塘边上的红豆杉相守相望，宁静、祥和。清影忍不住伸手抚了抚，仿佛内心里一些坚硬的突起在慢慢变柔软。

不！一个声音从心底深处响起，不是这样的！这些不是真的！清影想，照片照骗，这些美图不过是现代科技自欺欺人的伎俩，是选择性的自我粉饰，怎么可能是她一心想要离开的村庄，是她坚决不愿意回去的地方？

　　照片边上有段简短的文字，是对云岭的描述：云岭村坐落在月亮山脉的菩萨山腰上，村寨四周被层峦叠嶂的梯田和葱郁茂盛的山林环绕，风景秀丽，气候宜人，旅游资源丰富，有梯田四季景观可以观赏，有雨过天晴便会出现环山流转的"平流雾"气候现象……寨中侗族鼓楼、花桥、戏台齐全，村内亭台楼阁，青石向晚，村外古树青藤，田园景致，河畔人家，水光山色，生机盎然……

　　清影暗笑，想如此堆砌辞藻的宣传语，比她虚构的穿越小说还浮夸。然而，清影虽在心里这样讥嘲，合上书，她的心却久久不能平静。也许是宅家沉迷于网络文字的时间太久了，回到黎城，清影感觉似乎才重回了人间，撇开云岭村不说，其他的传统村落虽大致相同，却又都各有特色，真想将那些山山水水村村寨寨都走上一遍。南山曾说，生活是创作的源头没错，你的生活太单一了，读万卷书还得行万里路，你真该多出去走走。这些村寨，南山应该都走过了吧。

　　清影做了一番攻略，将南山可能会停留的几个地方标出来，规划了一下路线，就开始了新一轮的寻找。

四

　　清影先是去了肇兴和堂安。肇兴侗寨久负盛名，高中时期清影他们班就曾组织到那旅游过，如今更是被打造成了 4A 景区，各种设施齐全，文旅店铺琳琅满目，游客量也相对稳定。堂安距肇兴不远，肇兴卧于山谷，堂安居于山腰，肇兴像船，装载着一船的民俗文化，可供游客吃喝玩乐。堂安则适合极目远眺，可拥层层梯田、万里河山入怀，听风赏月，涤荡心灵。从发展层面考虑，清影觉得南山很可能窝于肇兴或堂安的某一隅，一边画画，一边卖画。

　　清影逛遍了肇兴的所有街巷，又上堂安去兜了一圈，凡看到挂着画或是摄影作品的地方她都要进去看一看，想办法跟老板聊上几句。这当中有一个人，让她想到了南山的某种可能性。

　　那是一家农家小院式的民宿，居于坡塝，门口由鹅卵石花街通达。一道门扉，不像大门，倒像柴门的演进，鱼篓改编的路灯，打出一束昏黄的光，映照着"巴琢心舍"几个字样，有藤蔓弯曲垂下。推门而入，清池修竹，花草虫鱼，怪石堆叠，错落有致，一棵茂盛的三角梅探身而出，热烈的花朵遮掩了一半的外墙。

　　房子建得有些不规则，四层楼各自依据山势的变化来设计，一些突起的石块没有被铲除，而是圈到屋子里稍加点缀成为一组风景；有些地方直接以山石为墙，让它保持最本质的古朴；有些地方加一道门，门打开即是与山体构成的小院落……看上去随意又别具匠心。这里的门窗、楼梯、桌柜、凳椅，以及挂画、摆件，也都各不相同，似乎是从全国各地淘来的传统器物，如今聚在这里开故事会呢。理解成开化装舞会也不错，因为这些古老的物件被主人通过艺术的眼光，重新打磨和排列组合，融入这现代的新居里了。大堂为一组，饭厅为一组，一组一组，于不同中求同，博杂而有序，让这不起眼的农家小院落，有了繁复厚重的韵致。

　　清影想，好风景无处不有，奇的是一个人的理念。

　　您是哪个学校毕业，学的什么专业？同桌吃饭时，清影忍不住好奇直问店主。让清影意想不到的是，这家店主，巴琢先生，看上去也就三十几岁的样子，文质彬彬又青春阳光。

　　天津美院。

　　天津美院啊，难怪。那您毕业后专职画过画吗？

　　当然啦，画了很多年。

那您办过画展吗？

巴琢笑了笑说，自然办过。

那您怎么会……

你是想说我怎会跑来这里开民宿吧？

清影点了点头，笑说，感觉有点大材小用。

你看过这屋里的东西了吧？巴琢说，我之前在天津有间工作室，不少人排着队请我去画墙画，我个人呢，喜欢天南地北地旅游，看到人们拆除丢掉的那些老物件就觉得心疼，什么雕花的门板窗框啊、老式的床柜桌椅呀，以及那些被淘汰的生活用具，坛坛罐罐，甚至磨盘石头我都收捡来，收捡多了，就想办个旧物馆。后来又想，与其办馆陈列，不如将它们重新利用。恰逢老家这边搞旅游开发，我就请了辆 17 米长的大卡车将这些宝贝从天津拖回老家来，于是有了这间民宿。

与巴琢先生的交谈，清影感觉眼前仿佛被打开了一扇窗，窗外的景致有点激荡人心。

清影跟巴琢聊起南山，说南山痴迷于画有民族特色的画，她问巴琢在肇兴可有听说过这样一个人。

巴琢说，肇兴街上有间卖民族特色文创小品的店，老板擅长画民族服饰人物，并以此为图案制作了许多的小物件，镜子、扇子、包包、笔记本之类，不知是不是你要找的人？

那家店清影去看过，不是南山。

从肇兴回来，清影又去了近年才火起来的牛耕部落，据说那里即将举办一场盛大的梯田画展。

牛耕部落太远了，比云岭还偏远，清影坐班车坐了近三个小时，她一边捧着肚子担心，一边又免不了被窗外的风景迷惑。时值夏初，正是万物蓬勃生长的时节，满目青山暗绿铺底，新绿翻涌，云蒸霞蔚，大团大团的映山蓝应接不暇，时而溪流潺潺，时而村落点缀，时而田园阡陌，时而浓荫如盖，眼前犹如闪过一幅幅浓墨重彩的山水画。干净的柏油路让整个行程如在公园里穿梭，远是远了点，倒也不算狼狈，和以往乘车回家灰头土脸的经历大不相同。

清影在徒步登牛耕部落梯田途中，遇到了一个到井边打水的女孩。女孩和清影年纪相仿，身着简单的休闲服，看上去气质很好，一眼就能分辨出不是当地人。

你好！你是来旅游的吗？清影主动上去打招呼。

不是，我是这里的新村民。

新村民？清影第一次听到这个词，很是疑惑。

是的，我自己在山上建了一栋房子住，又建了一个平台售卖这里的有机食品。他们就将我们这些长期落居这里的外来人称为新村民。

哦，你从哪来呢？

北京。你呢，你从哪里来，一个人来旅游？

女孩挺随和，她们一路攀谈。清影告诉女孩她是来找人的，还聊了许多她心里的疑惑，比如一个年轻女孩，为什么会选择落户这里，有机食品是否好卖，等等。女孩名唤兮兮，出生于北京，研究生毕业，学的专业是心理学，这之前主要在线上线下从事心理辅导和咨询管理等工作。第一次跟朋友来到牛耕部落做调研，她就觉得这里是她今后会常来的地方。她说她迷上了这里的山峦和云海，迷上了这里的空气、米饭和泉水，希望在这里有一间自己的房子，可以随时想来就来，想住多久就住多久。她还在山下的洋洞村开办了一家公益儿童图书馆，是她和她的朋友们卖掉5000斤"有牛米"众筹建起来的，请了当地一名幼儿教师在管理，免费向当地儿童开放。

清影被女孩的故事吸引，跟着她来到她的小屋。小屋立于山路外坎，两边树木掩映，一面吊脚悬空、临着梯田。入户是个花厅，兰花、绣球花、三角梅等都长得极好，可倚栏远眺。

一个人住在这山上不害怕吗？

怎么会？女孩笑起来，这里的一切那么治愈，为什么要害怕啊。

女孩这样说，清影心里惊了一下。是啊，这么好的风景，为什么她想到的首先是害怕呢？这山上，像女孩一样的民宿还有很多，而她潜意识里却觉得女孩一个人是孤单的，不安全的。清影想起小时候，她总是不敢一个人出门，似乎山里藏着各种鬼怪，以至于她总是喜欢蜷缩在封闭的空间里。毕业后，她常常编造那些有鬼怪的故事，可见并不是鬼怪吓人。那是什么呢，清影想要探究又下意识地打住，似乎害怕会陷入痛苦。

清影抛开自己的问题，尴尬地笑了笑，又问为什么会有这么多的人选择留下来，长期住这里不会觉得生活不方便和太过清静寂寞吗？

女孩似乎看透了她的心思，说道，我知道你想了解的。这么说吧，现在通信这么发达，出行也很方便，你所担心的那些生活不便或是清静寂寞都不存在。我们不过是做了乡村与城市间的一座桥梁，既能帮助城乡两地的人们各取所需，又能免费享受这自然界的美好，何乐而不为呢。大山里虽然缺乏很多现代性的资源，但它有的是一片净土和无限的可能啊。

清影还是不太明白。云岭也有这样大片的梯田，只是种田不比打工强，人们纷纷逃离村庄，还在她学生时代时，许多田土就被撂荒了。何以牛耕部落不仅留住了村民，还吸引了许多外来人成为新村民呢？如果南山留在了某个村庄，也是想做这样的事业吗？

清影在牛耕部落找到策展人，了解了参展的几位画家，没有南山，她又跟他们聊起南山，也没发现南山的踪迹。清影有些沮丧，但又感觉思想里似乎有一片新的领域正在被开启，一些新的认知正在形成，虽然还不清晰，她却感觉到了一种灵魂被激荡的愉悦。

五

清影又去了黎城几个有名气的村寨，找了一圈没找到南山，但一路的寻访，让清影越发确定南山就在黎城。南山曾说，我们不能只想着奔向云端，还得清楚根的所在，根扎得深，走得才远。南山多次到黎城采风，自然清楚黎城各村寨的发展变化。只是，他会在哪儿落脚呢？

清影有些懊悔，想如果当初她愿意听南山聊一聊黎城，眼下就不会这么被动，她就能了解到，南山是喜欢上了黎城哪个地方，他想回来做什么。这些年来，只要涉及黎城，尤其是云岭的话题，清影就像乍了毛的公鸡，逆性十足。她以为，只要远远地离开了，不看不听不去了解，就能让时间淘洗掉她身上有关云岭和黎城的所有印记。也许，自己错了？清影第一次这样扪心自问。

可是——

你喜欢唱歌吗？

喜欢。

你想进鼓楼去唱歌吗？

想。

那你从我们每个人的裤裆下钻过去，就让你进鼓楼。

……

哈哈哈，你还敢进鼓楼啊，是我就找条地缝钻走了。

就是，看到那个柱头没，上面有十二个洞，晓不晓得那些洞是怎么来的？

我晓得我晓得，那是我们鼓楼里的耻辱柱。

我也晓得。我听我妈讲是清影妈妈做了羞耻的事，被舅父家钉下十二颗大大的铁钉，后来清影的爸爸徒手把铁钉拔了就留下了那些洞。

那些洞可都是神的眼睛。

众神的眼睛盯着呢，你好意思进来？你敢进来吗？

……

清影想起小时候的种种屈辱，那股近乎偏执的桀骜瞬间又涌了上来。回到黎城许久了，按理也该回云岭去看望下父母，可一想到那个让她充满屈辱回忆的地方，她是一百个不愿意回去。过去不愿意回，现在更不想回。现在的她怀着身孕，又把孩子的父亲弄丢了，这种情况回去不是白白惹人笑话？她不知道父母是如何忍辱过下这一辈子的，她才不想像母亲那样逆来顺受，她现在的情况不想让云岭任何人知晓。

然而，找寻的路似乎被堵死了，清影很不喜欢这种没有目标的感觉。休息了几日，清影想这样找下去也不是办法，也许她该换换思路，该放弃寻找，重新思考自己的人生方向了。

清影想着这个问题。她想起她和南山曾探讨过的人生目标。那时，在山顶上，他们围着篝火相偎，南山问清影人生目标是什么，清影盯着跳动的火焰，说就想像这柴火样，活出生命的极致。那时多张扬啊，没有任何具体的目标和规划，就扬言要活出生命的极致。现在看来，她所追寻的极致不过是一场又一场的沦陷罢了。沦陷在与南山的爱里，一心要支持南山到北京办画展，哪怕南山没有那个想法了，自己却还在傻傻地坚持；沦陷在一部又一部网络小说的写作中，相同的套路，雷同的构思；沦陷在自我的世界里，越活越虚无……哦，不，与其说是沦陷，不如说是逃避。这些年，她上高中、考大学、留省城，定下向北京挺进的目标，看似一步步前进，志向远大，实则是为了远离云岭，是在逃避，且似乎逃着逃着，就逃到了一条狭小的胡同里，四面高墙，如同牢笼。

要怎样才能活出生命的极致呢？这似乎是个伪命题，因为这个极致没有形状也没有标准，就像世人对美的定义，可以体会，可以感知，却无法概括和准确描述，不过一切由心罢了。

南山曾说，丰富的生活才可能有丰满的创作。那时，清影笑他是在为自己的技艺不精找借口。而她谋生的手段，就是利用她天马行空的能力，去完成一个又一个镜花水月的架构，本就不着地的东西，何须去考虑其背后的意义与价值，她只需要有一个既定的目标就够了。有目标，她就可以一头扎进去，执着前行，向生命的极致挺进。可是，目标突然就没有了，南山撤走了她的目标。那个说过以帮她实现理想为理想的男人，不辞而别，一声不响就撤走了他们的目标，只剩下一地的虚无与虚妄。

意识到自己曾经的执拗与偏狭，清影猛然一惊，她想，南山该是早就看出这一点了吧。南山将目标撤走，是因为他有了新的方向，还是他放弃了最初的梦想？南山想要追寻的又是什么呢？

这些年，南山很是勤奋，一直在试图寻找一种独特的适合他的方式，来表达他的热爱和对美的理解。南山曾说，在当下众多的派别与乱象中，若无自己的特色是很难脱颖而出的。但尽管南山不停地画，也参加过一些赛事和画展，却始终寂寂无名，只有投入，没有回报。清影一直给南山以鼓励，也因此拼命写作，她那些在网络平台连载的小说，上千万字，出版成书的话也几十部了吧。南山多次说，悠然，我不想你活得太累，我们一起回黎城吧，也许在黎城能够另辟蹊径。

"采菊东篱下，悠然见南山。"清影想起这诗句。初次见面，南山说，你好，我叫南山。清影不假思索地回，你好，我叫悠然。南山说你真叫悠然，清影才发觉自己说错了，迅速应变道，我可以考虑以后笔名叫悠然。就这样，他们成为彼此的悠然与南山，也想像追逐陶然的诗境般去追逐他们人生的洒脱与自在。黎城有座山号作南泉山，位于城之南，因山上有一眼冬暖夏凉、清甜可口、长年流淌不涸的泉水而得名。山上林木森森，林间有座寺庙，清影最初以为南山会选择偏居于此安静作画，以探寻他艺术上的蹊径。然而，曾经香火旺盛的寺庙，如今不知因何庙门紧锁，人迹寥寥，清影前往几次，未见南山踪影。如若南山的蹊径不是偏居作画、采菊东篱，又会是什么？

清影想不明白，有点沮丧。好在这段时间的跋山涉水，让清影又有了脚触大地的真实感。她喜欢这种感觉，虽然有些辛苦，但跋涉与寻访带来的乐趣是那么真实、丰满。多出门走走，多融入世界。这一点南山是对的。哪怕只是在小城的旧巷道里走走逛逛，看两对门的老妪扯着嗓子聊天，看孩童玩耍，看人家屋门口的花开，清影也觉得很有意思。也许是在虚拟的世界里待得太久了，从虚幻的网络小说的写作中剥离出来后，清影觉得这里的一切都充满人间的烟火气，让心灵有种被治愈的感觉。

清影想，既然"悠然见南山"不可得，那我何不"起舞弄清影"。"起舞弄清影"不就是她最初的人生目标么。这个名字是清影上中学后自己改的，母亲本不同意，说"清影"这名字听着就孤单，一个姑娘家怎么能叫这样的名字呢。清影却倔得很，一意孤行，她当时想的是，她就是要活出一个人的精彩来。小时候，村里每有集体活动，姑娘们都会穿上满身银饰的侗族盛装巡游和跳哆耶舞。清影也有盛装，却从没参加过村里的哆耶。她要跳一个人的哆耶。可侗族大歌是无指挥无伴奏的多声部，讲究的是和鸣，哆耶也要大家手牵着手团在一起，才能称为哆耶。或许因为如此，清影才会潜意识逃离。现在，她回来了，拖着沉重的负担，她该怎么办呢？

六

清影放弃了寻找，不过她也不打算再回筑城去。她想，南山能找一个地方躲起来，她为什么不能也找个地方躲起来呢。在筑城是躲，在黎城也一样可以。当下这个时代，看似信息发达，其实只要你不想被关注，不发朋友圈，不与熟人联系，躲起来还是很容易的。

清影最好的躲藏方式，是告诉黎城的熟人她已回筑城，告诉筑城的熟人她决定留在黎城不回去了，然后重操旧业，躲在租屋里，用熟人都不知晓的名字写网文。如此这般，她要是不自己跳出来，大概谁也找不到她吧。最主要的是，只要不让父母疑心，谁又会找她，那这和消失又有什么不同？想到这些，清影心里冒出一股悲凉，莫名地有些感伤。真要继续过这样的日子吗？清影在心里这样问自己时，感觉到有些反胃，她知道，这是来自心底的抗拒。挣钱的方式有千百种，活出生命的意义却很难，而追求价值感也是人的本能。想到最近走访过的村庄和人事，清影觉得她也该换一种活法了。

清影回到黎城两个多月，这段时间里她大多时候独来独往，偶尔与一些老同学相聚，也遇到过云岭老乡，不过都相安无事，清影悬着的心就渐渐落了下来。她觉得，似乎只要不回云岭，待在黎城任何一个地方其实都是可以的，这增强了她重新创业的信心。遇到云岭人，他们也相互打招呼，让清影奇怪的是，多年不见的乡亲对清影的突然回来似乎并不奇怪，没问她什么时候回来的，也没问她怎么不回云岭去，就像同村里虽不时常相见却什么事都知晓的熟人，反倒夸她漂亮能干，年轻人就是想法多之类。清影只当客气，也没管那么多。

想到要自己创业，清影有些激动和兴奋，但她知道不能冲动，更不能盲目，她必须考虑好投资的方向，并进行详细的市场调研。清影每天忙着为自己想象中的事业做准备。某天，一个在老家经营民宿的同学找到她，让她帮忙出谋划策，想一个独特新颖的办法炒热他家民宿。老同学说，你家的民宿现在这么火爆，当初是怎么想到那么好的办法的？又是如何能下定这样的决心？魄力啊！听说过送鸟卖鸟笼的，没听过住宿吃饭送画的，每个获得画的人都发一段视频和朋友圈，这不火都难啊，关键还是那么好的画，简直是买椟送珠。现在，多少人都是为了得到一幅画特意跑去住宿的吧？

同学噼里啪啦的言说，让清影莫名其妙，不过，待同学说完，她也大致明白了是怎么回事。清影想，好你个南山，画卖不出去，原来跑去利用我父母去了。清影有些愤然。找了那么久，没想到他竟跑去了云岭。

清影不好在同学面前说这些事情她完全不知，她悄悄在手机上搜索相关信息。平日里她几乎不看朋友圈，也很少刷屏，她总觉得那些"短平快"的东西太耗费时间和精力，她上网顶多是目标明确地搜索信息或资料。当感觉南山是回了黎城后，她搜索过南山的家乡，没发现他的踪迹。她也曾想搜索云岭，可内心又不愿意去触碰，她为自己找了一堆开脱的理由，认为南山无论如何都不可能待在云岭。

他要在云岭，父母还能不告诉她吗？

可现实并非如此，这究竟是怎么一回事呢？

清影搜索了"云岭、国画"等字样，果然跳出来大量视频。最先跳入眼帘的一幅，氤氲着蓝绿色的幕布上勾勒着满屏的草木树叶，葳蕤的草叶中是一丛白色的小花，光晕打在那些花上，有一种我虽渺小，却不自弃、极致绽放的姿态。清影一下子被攫住了，她一一浏览那些画，那些画有南山的痕迹，但又都不是清影熟悉的南山的画。不同的色调营造着不同的氛围，每一种氛围里凸显的景物不同，多是清影熟悉的侗乡景色和山间草木，那些叫不上名字的不起眼的野花野草，画者通过背景和色彩烘托出不同的意境，或彰显葳蕤，或彰显倔强，或彰显孤寂，但都美得醉人。清影被那些画吸引着，她不知南山何时改变了画风，应该说，是不知晓南山何时突然就找对了路子。她为南山感到欣喜，一时间都有些忘了生气。

这些视频，多提到一家叫"牧云山庄"的民宿，应该是南山将云岭她父母的吊脚楼改造而成。清影又去搜索"牧云山庄"，有一条标题为"牧云南山中，悠然自得乐"的视频，清影点进去，就看到了寻觅多日的熟悉的面孔。

视频里，南山推窗而现，窗外是白云悠然的山间景象，然后是云岭的村貌、村中的一些生活情景，其中有清影母亲教唱侗歌、父亲制作侗族乐器的场景。接着是山庄的一些细节拍摄，挂着南山的许多画作。南山在视频里说，山庄是他和妻子用多年积蓄将老屋改造而成，完全出自他自己的设计和装潢，目的只为完成妻子童年时的一桩心愿。视频的结尾，是南山在明亮的晨光的映照下，笑容满面地对着镜头说：

　　唱一首情歌

　　牧一涧白云

　　让时光治愈一切

　　来吧，我在这里等你……

那阳光，那笑容，那神情，一如初见那般。清影明显感觉到心脏"咚咚"地跳了几下。她知道南山在这里运用了双关。若是以前，她大概又夯毛了吧。而此刻，她逆反的情绪没有上来，似乎还有些感动。许久没看到那熟悉的景那怀想的人了，她有种想哭的冲动。

南山在云岭，清影早该想到的，她其实也不是没有想到，之所以……唉！

　　清影查了下视频的推送时间，是最近才发布的。难道是清影决定躲起来后，南山就着急寻她了？他果然清楚她一切的动向！可他为什么要这样做？为什么要让她担惊受怕，猜疑受折磨？

　　清影厘不清她此刻的心情，也做不下决定要不要回云岭去。

七

　　也许，是该回云岭去看看了。

　　说起来，父母哥姐都在云岭，清影也没具体和云岭的谁结下血海深仇，也没有做下什么丢脸的事让她回不去。可人就这么奇怪，也不知道是从哪一年开始，清影回云岭越来越少，后来连春节也不再回去，越不回去，就越不想回，时间拖得越久，童年的种种拧成的抗拒力量就越强，久到后来，她有心想回，也仿佛中间隔了一条天堑般难以跨越。清影想不明白，不知道一开始是自己为不愿回云岭找借口而强化了童年的遭遇，还是那本就是一道一直没有愈合的伤口在不断裂变。

　　回去的路上，清影又以"云岭"为方向进行了一番搜索，她想看看网络上的云岭是什么样子。居然搜出不少关于她父亲母亲的报道。

　　清影点开一条标题为《歌为媒，爱相守》的文章。文章里母亲被称为阿翠，父亲被称为阿泽，讲述阿泽阿翠以歌为媒，用爱相守，反抗传统婚制，终成爱情佳话的故事。文章里说，如今的阿翠是地方上的一位侗族歌师，年轻时就是凭借一副好嗓音和丰富灵变的唱词，让前来游方行歌坐月的阿泽痴醉着迷，一见倾心。文章用大量笔墨描述了年轻时的阿泽阿翠行歌坐月以歌传情的浪漫和互定终身的深情。奈何阿翠父亲去世早，靠舅父家接济长大，不得不嫁给表哥以"还娘头"。他们想过远走他乡，但阿翠终究撇不下舅家的恩情和母亲的哀求，哭着嫁给了比自己大十多岁的表哥。阿泽不忍离去，在村庄外搭建了一个窝棚住下来，不远不近地守护着阿翠，这一守便是二十余载。直到表哥病逝，阿泽仍旧单身，两个人才又走到一起，相濡以沫共度余生。

> 月光洒在风雨桥上哎，鼓楼门前小河轻轻流。
> 谁家阿妹灯下试新裳哎，银针为谁穿，花冠为谁戴？
> 篝火太旺映红了脸庞，一针一线为我诉情长。
> 绣对蝴蝶飞过青山岗，飞到阿哥家，替我把话讲。
> 我在等待在等待，在等待着谁呀，
> 我在呼唤在呼唤，在呼唤着谁哩？
> 你吹芦笙我把歌儿唱，行歌坐月今生情意长……

　　文章以侗族情歌串联，写得颇为动人。清影却深知这感人故事背后的辛酸，也不知是作者有意粉饰，还是父母在讲述时避重就轻。

　　清影知道的是，当年母亲阿翠是被逼迫着嫁给自己表哥的。据说那表哥生得又矮又丑，一直娶不上媳妇，就等着阿翠长大。阿翠长大后与阿泽一见倾心，自是不愿意，舅父家就搬出"还娘头"的旧俗，说什么款词有云：

> 靠我们的母鸡孵大，
> 靠我们的鹞鹰养大，
> 靠我们的米饭喂大，
> 靠我们的布匹遮大。
> 你是我们的姑表血表，

娶你完全理所当然，

娶你不能有半句怨言，

娶你不能有半文身价钱。

……

祖宗定下的姑表婚，

我们就应该认你为自家人。

如果你逃得上天，

我就用竹竿来戳，

如果你躲得下地，

我就用锄头来挖。

如果我不要你，

你才可以出嫁，

……

你生下来就是我的妻，

你有本事就把那钉耙拔取。

　　舅父家在鼓楼柱上钉下十二颗钉耙，算是将阿翠钉到了耻辱柱上。阿翠依旧不服软，和阿泽每天夜晚都去鼓楼徒手拔钉耙，搓得手破了、流血了也没放弃，最终将十二颗钉耙都拔了出来。阿泽阿翠准备逃离云岭，刚出村口，就传来母亲上吊自杀的消息，阿翠只好把阿泽撵走，哭着回去嫁给了表哥。阿翠跟表哥生了一儿一女，后来表哥病逝，儿女也已经长大，阿翠可怜阿泽孤苦半世，就去陪伴阿泽，又生下女儿清影。两个孩子并未排斥，他们的婚事也是阿翠阿泽共同张罗，一家人和和睦睦，总算守得云开见月明。不知为何村里却又流传说表哥的病是阿翠为跟阿泽在一起故意害的，致使他们一家在村里遭人白眼受尽非议。

清影虽然有爱她的父母和哥姐，但她的童年充满欺凌和愤恨。一想到那些愚不可及却又偏偏无力反抗的观念和旧俗，她就只想着远离，逃得越远越好。可一个人，真的能逃出生养她的胞衣之地的烙印吗？当年，她的父母明明可以远走高飞，外婆却不给他们自由，难道她不想让自己的女儿幸福吗？

这个问题，清影也曾问过母亲，母亲说，你外婆当时是偏执了些，但她也没有错，她只是想让我不论什么时候都有娘家可回。

有娘家可回就那么重要吗？

母亲说，你长大后会明白的。

长大后的清影，唯一想明白的是，牵绊母亲的，根本不是什么旧俗，而是母亲割舍不下的亲情和乡情。所以，她不想像母亲那般软弱，她想把亲情和乡情都舍了，去完全追逐她想要的自由。

然而，她还是回来了。爱是枷锁也是钥匙，清影想。

一下车，清影就看到南山走了过来，仿佛他知道她要来，早就在路边候着似的。

四目相对，仅几个月不见，清影竟感觉有如重生。

南山拉过清影的手，米了个拥抱。他附在清影耳边说，我就知道，你一定会找到这里来。

清影用微凸的肚子顶着南山，与南山保持着距离，问他：为什么，为什么要这么对我？

母亲拢过来，说侬，你别怨他，是我求他这么做的。

南山将清影横抱起来，说对不起老婆，我不知道你怀了我们的孩子，辛苦了。

清影搂着南山的脖子，将头埋在他的肩上，一语不说，泪水却湿了他的衣衫。

落　眠

一

将女儿妞妞送到幼儿园后，阿珍就去菜场买菜。阿珍买菜与别的妇女不同，她慢慢地从菜场这头逛到那头，然后从菜场那头又慢慢地转悠回来，每天都要转上两三遍才决定买什么，仿佛不是去买菜而是去参观展览。早市上的蔬菜都新鲜极了，尤其是农夫们挑着担子或推着三轮车叫卖的那些，小白菜、西红柿、嫩瓜、豇豆，新鲜得仿佛是成捆成堆长在那里，让阿珍想起了那些在自家菜园子摘菜的无数个清晨。

尽管菜市里嘈杂凌乱，脚下泥泞不堪，但阿珍乐此不疲，觉得逛菜市的时光是她一天中最美好的时光。有时候运气好，会碰上云岭的一些老乡背着背篓来卖些零碎的瓜果或者土鸡蛋，不管卖的是什么，老乡都会拣一些塞进她的菜篮子里，她就站着和老乡摆一会儿门子，邀请老乡上她家去吃饭，老乡们为珍惜时间，多半不会去，她就去杂货铺里买一袋糖，算是还老乡的情意。老乡们回到云岭就会跟人说，阿珍真好，虽然住到了城里，但待人还是那么亲热。阿珍回到家也心满意足，仿佛是回了一趟老家，了解了云岭的近况，感觉跟云岭又亲近了一些。

其实阿珍一家搬到城里才一年多，可阿珍觉得云岭正在迅速地离她远去，这种远离的感觉让她恐慌，好像她身体的某个部位正跟着远去的村庄慢慢退化。丈夫阿贵嘲笑她，说你怎么会有这样的感觉呢，你又不是诗人也不是哲学家。阿珍并不是刻意去思考什么，好让自己看起来像个文化人，可是某个部位退化了的感觉却越来越强烈，但她又说不清到底是哪个部位在退化。是双脚吧，可双脚好端端的，没受伤，没残疾，能走、能跑，也能跳。但她又分明感觉好像因为双脚的退化，自己正慢慢地离开地面，慢慢地有了飘浮的感觉。当她站在学校门口，等待妞妞从那扇铁门出来时，她已经忘了自己是怎样来到这里的，似乎不是走来，因为一路上她都没有走路的感觉。她没有打车，三四里的路程，不过是以前从家里到田间地头的路程，打个车却要 10 块钱，跟抢似的。她甚至瞧不上那些动不动打车的人，"显摆什么呀，谁兜里没几个钱的，也不看看自己胖成了什么样子"。每当看到那些和孩子一起从出租车里钻出来的体态臃肿的妇女，她就会在心里这样讥嘲她们。可如果不是走来，又是怎样来到这里的呢？真叫人费解！回去时，一定要认真感受一下走路的感觉。

妞妞比刚进幼儿园时活泼多了，牵着妈妈的手跑跑跳跳，一会儿唱歌给妈妈听，一会儿又跳舞给妈妈看。阿珍一个劲儿地夸妞妞，妞妞的表现欲更强了，阿珍慢慢地候着，看女儿在路上跑跳，不知不觉来到了自家楼脚。阿珍又想不起自己是怎样过来的，反正没有走路的感觉，仿佛一叶浮萍，一挤一挪就漂过来了。

妞妞累了，要阿珍背，阿珍背着妞妞爬上六楼，真是四脚爬上去的，途中歇了两次，还累得几乎虚脱。阿珍想，今晚无论如何得好好睡一觉，不然明天怕连妞妞都无法照顾了。

吃罢晚饭，阿珍备好水，让妞妞去洗澡，妞妞被动画黏着，拉都拉不过去，阿珍只好陪妞妞一起看动画。因为经常跟着姐姐看动画，阿珍也喜欢看，特别是《喜羊羊与灰太狼》。孩子们喜欢喜羊羊的聪明、美羊羊的可爱，阿珍却很欣赏灰太狼。倒霉的灰太狼虽然注定每一次都失败，却能在失败之后想出更好的办法让老婆看到希望，哄老婆开心。阿珍不求阿贵有多大的成功，只要阿贵能有灰太狼般永不被挫败的意志，阿珍就会心甘情愿地与他患难与共。当她在电话里与老公这样调侃时，阿贵却没能理解她的情意，还为此跟她斗了几天的气。阿贵气阿珍拿自己跟灰太狼相比，这不是诅咒他像灰太狼一样倒霉吗？他觉得阿珍越来越脱离现实，不可理喻。阿珍更是委屈，她现在的生活就像一杯白开水一样寡淡，每天电话除了基本的问候就找不到什么话说了，偶尔调侃也是想调节一下氛围，拉近两人间的距离，当时是满怀柔情说的，没得到回应也就罢了，倒成了斗气的源头，真是索然。阿珍第一次感觉与老公之间产生了裂痕，不是多大的事，看不见、触不到，却潜藏着可怕的裂痕，这种裂痕的感觉让阿珍倍感孤独。

　　连着几节放完，阿珍才发觉自己思想又跑远了，扭头看妞妞，妞妞已经歪在沙发上睡着了。阿珍给妞妞洗澡，给妞妞换衣服，给妞妞把尿，这一切都是在妞妞闭着眼睛完成的。阿珍想起小时候自己也是这样，放学回家挑水、喂猪、煮饭，然后等爸妈从坡上回来煮菜，靠在楼靠上等啊等，结果睡着了，被拉到饭桌边时还是闭着眼的，闭着眼睛端起面前的碗就往嘴里倒，有时端的是菜，有时端的是汤，更多时候端起的是姊妹们恶作剧故意放在她面前的辣椒水。因为好瞌睡没少被姊妹们捉弄。可是，这样的睡眠对于阿珍而言是多么久远的记忆了。阿珍也记不清是从什么时候开始瞌睡变浅的，似乎搬到这城里的楼房后她就不曾好好睡过。最近，睡眠更是像只野兔跑得无影无踪，让她好像忘了怎样入睡。

阿珍为了能够入睡，早早躺下了，临睡前她给老公打了一个电话，无人接听，她怕迷迷糊糊中被老公的电话吵醒，就发了一条"已陪妞妞睡下，有事发短信"的信息，然后眯着眼睛等待睡眠的光临。

有首歌唱"闭上眼睛就是天黑"，可阿珍闭上眼睛，什么都看不见了，却越发感觉光亮得刺眼，脑门都被灼痛了。在乡下，只要关了屋里的灯，便四周漆黑，那是真正的黑夜，遮掩一切，只听到微弱的潺潺流水声的静悄悄的夜，能够让人安然深眠的夜。自从搬到城里，阿珍最不习惯的就是始终明亮如昼的夜晚。家里的灯熄了，外面的路灯和附近高楼的灯光却争先恐后地射进来。阿珍后悔当时图漂亮和便宜没有装全遮光的窗帘。阿贵说，以前白天你不也呼呼大睡的么，进了城毛病倒多起来了。阿珍不敢浪费，想总有一天会适应的，窗帘便一直将就着用。

睡不着，阿珍不得不起来找了件薄衫搭在眼睛上。她开始数数，可是数着数着就忘了数到几了，脑子里全是一辆又一辆过往的车子的声音，还有不时传来具有穿透力的刺耳的笛鸣，以及反复得让人生厌的"倒车，请注意"的喇叭声。为了甩掉这些杂乱的声音，阿珍哼起了歌，想用声音遮盖声音。可是唱流行歌，总是忘词，唱山歌，又得费神地编词，意识越来越活跃，睡眠跑得更远了。她只好打住，什么都不去想，伸手搂住女儿，在心里重复着一句唱词"睡吧，睡吧，我亲爱的宝贝"。这句歌词，以前是老公唱来哄她的。那个事后，她蜷在老公怀里，老公说她像个婴孩。她便撒娇说，现在的我就是婴孩，你唱首摇篮曲，我就乖乖睡去。老公说我哪会唱什么摇篮曲，就记得一句。她说，那就唱一句，唱到我睡着为止。那个时候，通常阿贵唱三四遍，阿珍就进入梦乡了。后来有了女儿，阿珍又用这句歌来哄妞妞，通常也是三四遍，妞妞就甜甜地睡着了。

阿珍反复唱，却始终没有睡意，只是觉得困，脑门酸酸涨涨的，眉间仿佛有一条虫蛰伏在那里。这条虫让人感觉困乏，感觉烦躁，却怎么甩、怎么挤都挤不掉，似乎只有通过深沉的、充足的睡眠，它才会躲回深山老林里去。阿珍被这条虫叮咬许多日了，精血都快被它吸干了，但就是无法入睡。阿珍想，若是老公在，与老公亲热一番，筋疲力尽之后一定能够睡得香甜。想到这，阿珍才意识到已经许久没有与老公在一起了。以前，两人一起下地干活，夜晚老公要亲热，可她已困得不行，有时做到一半竟睡着了。老公为此生气，也因此常留她在家做家务，不让她下地干重活粗活。婆婆不知情，觉得阿贵太宠她，还给了她不少脸色。阿贵的需求是很强的，不晓得在外面没有阿珍的这些日子他是怎么熬过那些漫长的夜晚的。阿珍有些想老公了，觉得老公在外挣钱养家很不容易，她暗下决心，以后一定对老公更好一点，哪怕自己受些委屈又算什么。

就在这时，电话铃响了起来。是老公阿贵打的。阿珍会心一笑，想，难道还心有灵犀？她赶忙接听电话，甜甜地喊一声老公。阿贵却在电话那头嗤之以鼻，说电话接这么快，不是早就睡下了吗？叫得那么甜，是喊谁呀？仿佛花开遇到暴风雨，阿珍的兴致一下子蔫了。接下来，是愈演愈烈的争吵。比如，阿珍说谁是我老公我喊谁。阿贵说我哪知道这会儿谁是你老公呢。阿珍说你这样不信任那你回家来守着呀。阿贵说我倒是想，我回来你们母女俩喝西北风啊。阿珍本想说不见得就喝西北风，但想到刚下的决心，就缓下语气，说我是因为失眠才想早些睡，可是直到现在还是没睡着。阿贵说谁信呢，你以前不是有名的瞌睡虫么，一边走路都能一边闭着眼睛睡觉的人，现在好房子住着，好床铺躺着，却睡不着觉，你哄谁呀？阿珍说真是无法跟你沟通。阿贵说，那谁是那个能跟你沟通的人呀？阿珍不喜欢这样无谓地争吵，挂了电话。

一夜无眠。

二

天亮了，阿珍仍旧迷迷糊糊，似睡非睡，只觉得头昏脑涨，口舌干苦，浑身酸软。妞妞已经醒了，见阿珍仍闭着眼睛，就自己找衣服来穿。阿珍听着妞妞的声响，不想起床，希望能睡着哪怕一分钟也好。妞妞却急了，过来摇她，奶声奶气地喊：妈妈，我要去学校了。阿珍不得不起床，可是站起来的时候，只觉得眼前一黑，又倒了下去。妞妞急得要哭，一个劲地喊，妈妈你怎么啦？妈妈你怎么啦？阿珍再次起来，对妞妞笑了一下，告诉她妈妈没事，然后艰难地去洗漱。妞妞说，妈妈生病了，我带妈妈去看医生吧。妞妞的懂事，让阿珍心疼。

阿珍第一次打车送妞妞去学校，然后又打车去县医院。阿珍不知道自己该看哪一科，咨询台的护士热心地过来问她，并建议她去门诊急诊室。急诊室外已经排了很长的队，有外伤的，有老人，也有大肚子或者抱小孩的，而那些分外科、内科、妇科、儿科的专家坐诊室门前却冷冷清清，一个人都没有。阿珍觉得奇怪，但没有多问，大家都在这里排队，便也在这里排队。站了一会儿，阿珍实在站不住了，而凳子早让人坐满了，她脱了一只鞋子席地而坐。人们扭头看她，她也顾不上了，她想，以前出门，坡边田埂随便坐，这镶了瓷砖的地面不比田埂还好么。

终于听到医生叫着她的名字。阿珍进去，医生一边填写登记表，一边头也不抬地问：哪不舒服？阿珍说，哪都不舒服。医生仍旧不抬眼看她，只问有些什么症状。阿珍说了自己的症状。医生说是感冒了吧？阿珍说不是，医生便开了单子叫阿珍去验血验尿。阿珍怕花无谓的钱，说自己可能是因为长期失眠导致这样的。医生说，那你这不是病，是心理问题，你需要调节自己的心情，不要胡思乱想。医生说完已经叫了下一个。阿珍不甘心，说你看我都这样了，还不是生病么，我现在连走出去的力气都没有，说不定随时会晕倒，就没有什么办法帮帮我吗？医生像是为了打发她，给她开了一盒静心口服液的单子，就问下一个病患去了，不再理她。

阿珍只得离开。一个多小时的等待又耗掉了不少元气，阿珍感觉眼前阵阵发黑。她不打算去买什么静心口服液，她觉得那只不过是费钱却不管用的富人的安慰，她需要的不是调养，而是治病，最好是马上来一场熟睡。她想到了安眠药，想回去让医生开一点给她，但她听说这个药医生是不轻易开的，怕排了半天队又是徒劳，便觉得不如干脆到药店去问问。出到门口，外面明晃晃的阳光乍一射来，阿珍顿觉头晕目眩，眼一黑，差点就倒下去，幸好扶住了门框。门边上扔着一张破旧的木椅，阿珍蜷缩着躺下去。阿珍想，自己看上去一定很狼狈很可怜吧？她不敢看过往的人，闭上眼，泪水禁不住滑了下来。阿珍想给老公打个电话，向他寻求几许安慰。电话接通了，那边一堆人乱哄哄地吵得要命，阿珍细若游丝的声音在阿贵说完"神经病，打电话又不说话"之后就被切断了。阿珍感觉从来没有哪个时候像此刻这样孤独无助，仿佛自己是一个被家园抛弃流落到这个举目无亲的小城里来的乞丐。但阿珍知道她不能沦陷在这种沮丧里，她命令自己快点振作起来，她还有妞妞，可爱的乖巧的妞妞还等着她买菜做饭，等着她接送上下学。

躺了十多分钟，阿珍爬起来，她感觉自己的身体就像一片羽毛，轻飘飘地着不了地，而头却重如石磨，举得肩膀、脖颈都酸了。阿珍像一片羽毛举着石磨，蹒跚地来到医院对面的药店，要买安眠药。店老板说安眠药不给卖的，但给她介绍了另一种帮助睡眠的药，叫什么佐匹克隆片，要她回家后再吃，说是吃下去便能马上入睡。

阿珍打车回到家，准备吃药时，看了一下说明，就犹豫着不敢吃了。说明上列了一堆的不良反应、禁忌和注意事项，而且特别强调要在有人看护的情况下服用，以避免睡觉有打嗝习惯或呼吸不顺畅的突然送不上气而导致休克。阿珍不知道自己睡觉呼吸是否顺畅，她一个人在家，她怕一吃下去就再也醒不过来。

阿珍想人是铁，饭是钢，吃点热乎的东西或许会好些。阿珍煮了面条，吃两口却吐了。阿珍忽然想到了刮痧。在云岭，就医不方便，只要是头痛发热身体懒的病，都是通过刮痧来治疗，若刮痧治不好就拔火罐，拔火罐还不好，才会下血本上医院。可是住到城里这一年，跟谁都还没特别熟络，找谁刮痧好呢？小区门口的张姐？阿珍在张姐那买东西的次数虽然不是很多，但她进出都跟张姐打招呼，算是比较熟络的人了，可张姐是否拿她做朋友她并不知道。如果去张姐店里，张姐肯定会热情地接纳她，但人来人往，要把整个背露出来怎么好意思。而叫张姐到家里来，张姐是肯定脱不开身的。阿珍在城里，也还有几个算是老相识，但都是初中时的同学，人家后来又读高中上大学，现在是国家公职人员，和她不是一路人，早就没什么来往了，现在遇到事情才贸然联系，阿珍开不了这个口。还是去姐姐学校吧，姐姐学校里的老师个个都是极好笑脸极热情的人。最主要的，阿珍是家长，是他们的顾客，不是说顾客就是上帝嘛，去她们那里不怕被她们同情。有时同情也像一把刀子，会剜伤你的脆弱。

阿珍又打车去了学校，今天，她成了一个顶浪费的人。姐姐读的是一家私人幼儿园，学校老师热情地为她刮了痧，她身上的痧实在太重了，一条一条红得像鲜血马上要蹦出来一样。老师们建议她去孩子们的休息室里休息，她病恹恹的，也顾不了许多，就去躺下了。听着孩子们悦耳的读书声和吵嚷声，她竟然渐渐感觉到了睡意，直到下午放学，她才醒来。这一觉睡得真是香甜，她又恢复了精气神，对老师们百般感谢，然后领着姐姐走路回家。

可是到了夜晚，回到家里的夜晚，睡眠又跑掉了。凌晨了，老公也没来一个电话问候。阿珍想跟老公好好聊聊，又主动打电话过去，但电话那头仍是一片嘈杂，没有听到阿贵的声音，电话就被挂掉了。阿珍本来已经平和的心，忍不住又生起气来。真不晓得阿贵最近是怎么了，以前可从来不这样。他们刚搬到新房那会儿，曾天天黏在一起，像新婚夫妻似的一刻也不愿分开，每天你买菜我做饭，饭后一起去散步，夜晚一起看电视、一起缠绵，过了一段神仙般的日子。阿珍想这就是城里人的生活吧，她真希望日子能永远那样过下去。可是没多久，阿贵外出打工了。临走时，阿贵百般依恋地对她说，老婆，你先苦一苦，等我挣了钱，将来我们天天过那样的日子。难道是现在离别久了，阿贵已经习惯了没有她的日子了吗？

又是一夜无眠。

三

早晨起床，阿珍就哈欠连天，但怎么哈，也没能哈掉叮在眉间的那条虫子。今天是周末，阿珍到水果市场买了些水果，决定带姐姐回趟云岭，回云岭干一场农活，回云岭睡一个囫囵觉。

云岭，单听名字，似乎是个坐落在山顶上又远又偏的村子。其实云岭虽偏远，但并未在山顶上，而是山谷间一片开阔平坦的坝子地。之所以叫作云岭，大概是因为要到达这片坝子地，不论你从哪个方位出发，都必须翻越高高的山峰。车子随盘山公路绕来绕去，像在云雾里转圈，绕得人心里凄凉。但只要翻过山顶，就像影片忽然换了镜头，是那种"洞天石扉，訇然中开"的豁然，是"柳暗花明又一村"的喜悦，呈现在眼前的，是四围群山下，一片浩瀚而又静谧的山水田园。当工业强省的政策出台时，县领导们就不约而同打起了云岭的主意。许多开发商第一次到云岭踩点，就当即拍板愿意投多少个亿。县里发现了巨大商机，广泛开展招商活动，云岭一时间成了商客们争抢的风水宝地。

领导们与商客们的频频光顾，让世世代代居住在云岭的山民们摸不着头脑。这个地方虽好，但路却被四围的大山阻断了，没有出口。四围的山是全县最高大绵延最长的月亮山，从高空俯瞰，这个地方就好比一口深井。农民的屋舍靠山而建，一条溪水从山脚缓缓流出，将坝子分为两半。但溪水流向处并不是出口，而是挂在悬崖峭壁上的一方长长的瀑布。这瀑布犹如侗家女织布机上梭子飞穿的排线，窄而高，因而被称为梭子瀑。但人却不是织女手中的梭子，可以顺着瀑布往上爬。云岭人被大山与断崖阻隔着，常被外面的人戏称为井底之蛙。云岭的人要出一趟山，极不容易。站在山顶上，隐隐约约可以看见县城的全貌，但要到县城去，却得从天亮走到天黑。在山顶上喊一嗓子，家里人开始生火做饭，但有时饭菜凉透了，来人还没到家。从地图上看，云岭是紧挨着县城的，与县城的直线距离也许不过十公里。有一年，全省计生大检查，上头指定要查云岭，派了一个工作组去，因天热路难走，好几个工作人员到半路就因中暑被人抬了回来，计生没查成，还有人差点虚脱送命。这个事反映到省里，领导很生气，说县城附近怎么能存在这样的盲区，遂责令县政府无论如何都要修通至云岭的公路。云岭这才有了一条螺丝弦一样的盘山公路。但就是坐车，也要三四个小时。云岭的人历来自给自足，过着刀耕火种的生活。真不知领导们怎么会突然青睐起这个地方来。

领导们进进出出一段时间之后，就有人来插旗画线了，并贴出告示说旗线内的土地国家要征来建设工业园区，一亩地补 34000 元（后来在村民共同努力下增到 36000 元），另外还有青苗补贴、房屋拆迁补贴等。

这个告示将井底之蛙的云岭人炸开了锅，云岭人不知是福是祸，总三五成群地聚在一团议论，又各自打着肚里的小算盘。

那段时间，阿贵一家很是纠结。阿贵家有四兄弟，他是老幺，分家时，父亲已过世，家里的田地分作四份半，四兄弟一家一份，母亲半份。母亲跟阿贵住，田地便归到阿贵名下由阿贵耕种。一年前，母亲去世，因为主要是阿贵出钱安葬，母亲的田便仍由阿贵耕种。这次征地，阿贵的土地包括母亲那一份以及他的房子全在被征范围内。几个哥哥都只被征去一小半。当时阿贵提议将所剩的田地重新分成四份，所得征地补偿也分为四份，四兄弟一人一份。开始哥嫂们都表示同意，觉得这才公平。但没几天，哥嫂们又都不同意了，说是土地留着，既能种庄稼，以后要被征去，补偿只会更高。

阿贵和阿珍提出平分，是希望仍有份田地耕种，哪怕是很少的田地，他们便始终有留在云岭的理由。虽然要挪块地基重新立屋不是难事，但没有可以耕种的田地，留下来又有哪样指盼呢？住在农村而没有农活可干，每天闲在家里看别人忙进忙出地劳动生产，那算什么日子，有哪样乐趣可言？但阿珍素来是不喜欢争吵的人，她总劝自己能让则让，能忍则忍，不想自己活得像个泼妇一样。哥嫂们不同意，她便向阿贵提议干脆把木房卖了，一家子搬到城里去。她说有手有脚，城里应该更好讨生活，还能给孩子一个好的成长环境，说不定以后，便世世代代成为城里人了。阿贵说，只要你想得通，我倒觉得这是我们改变命运的好机会，我就怕你到时舍不得离开这里。阿珍看到阿贵眼里有一股火焰，雄心勃勃的样子。阿珍也忍不住对未来满怀期待，常常对"住到城里去的日子会是什么样的日子"想得出神。

通过无数次的测量、争吵和忐忑不安的等待，征地款终于发下来了，少的三五万元，多的几十万元。现在云岭的人家家家腰包都鼓起来了，但贫富差距也突然一下子被人为地拉大了。红彤彤的钞票刺激得人们血脉偾张，各种各样的矛盾也被激化了。

以补偿最高的宝弟家为例。宝弟的父母生了十个孩子，前面九个都是讨猪菜的，到了第十个才终于得了一个扛犁耙的。宝弟父母因为连生女儿，很不被乡亲看重，分田到户时，尽分给他家面积宽产量低的水淹田或望天水田，说是照顾他家人口多，其实谁都清楚那尽是些费劳动却没收成的田。宝弟一家不够粮食吃，他父母只好带着众儿女拼命地开垦荒地，靠劳力抢点收成。后来姐姐们全都出嫁了，所有田地归给宝弟一人，宝弟只征去了一半多的土地就得了八十多万元的补偿款，一夜间发了大财。

宝弟九个姐姐成活六个，有两个嫁在本村，四个嫁到了外村。在云岭，女人的名字进不了族谱也上不了父母的墓碑，嫁出去的姑娘更是泼出去的水，娘家的不动产就是无男儿继承落到堂兄弟或房族毫不相干的人那也是不能去争的。而且土地是以生产小组为集体承包到户的，生产小组又多按家族划分，很少有姑娘嫁在本组，因而女儿不可能继承娘家田产。但变成钱就不一样了。他的姐姐们心思多了起来，虽然宝弟得钱后根据家庭贫富的不同分了一些给各位姐姐，但是姊弟间还是渐渐产生了隔阂，常常为一些芝麻小事吵闹不休。

围绕着那些补偿款有人欢笑，有人争吵，有人妒恨，村庄逐渐失去了昔日的平静。

阿贵包括房屋搬迁补偿，总共是36万元。哥哥们却一家只得六七万元。哥嫂们眼红了，说阿贵的补偿款里有一份是母亲的，应该拿出来大家分摊。阿贵不愿意，说当初提议平均分配的时候是你们自己不同意的。哥嫂们说不同意平均分配并不等于就同意你独占母亲的那一份。阿贵说，谁想要这三十六万元，我拱手相送，但他得把他那份土地给我。

为这个事，全家人争吵了很长一段时间，搞得兄弟间几乎反目成仇。阿贵最终捏着钱不放，哥嫂们也就不再搭理他们了。

阿贵和阿珍在城里买了一套九十多平方米的房子，包括简单装修，花了三十来万元。阿贵本不想买房，想拿钱去做生意，没有土地了，必须用钱去找钱。可阿珍不这么想，她认为做生意是要冒风险的，云岭人祖祖辈辈都只懂得跟泥巴打交道，做生意既没路子也没经验，万一亏了怎么办？买了房子，不管怎样穷困，有个地方落脚，心里总是踏实的。本来也还剩四五万元，阿珍想租个门面开家童装店，但远远不够。这笔钱一时也不知道做什么好，阿珍就存了定期。她说这笔钱就是一颗定心丸，是今后奋斗的底气与动力，她还试图跟阿贵讲饥荒时期攒米的故事。阿贵早不耐烦了，说以后你让我怎么谋生？阿珍说，有手有脚，还怕饿死不成。阿贵说，光有手脚，永远都是做苦力的命。阿珍说，有几个大老板不是从做苦力开始的？话虽这样说，但阿贵却没那样的毅力与耐心，他觉得阿珍的思想太保守了，他本想用征地款去买木材，说是和朋友已经看好一片林，他出钱，朋友出门路，办了证一砍，不但可以买大房子，还会有大笔的存款。阿珍不想发什么大财，只想过点稳妥的小日子，坚决要买房。两人争执不下。阿珍说，你如果不想要这个家，不想我给你生个伢崽，你就把钱全拿走，我立马跟你离婚，反正房子一拆也没地方住了。阿贵最终做出了妥协。

事实证明阿珍的决定是对的。

征地工作结束后，施工队就跟着进场了，来了很多的挖机、车子和别的机器，更多的是人。有的人挖山钻隧道，有的人平整土地、夯实地基，小溪边建起了一长排的工棚。失去土地的，要求到工地谋职，施工队便吸收了很多当地的群众。人多了，需求也大了，得补贴少的人家拼命种菜，养鸡养猪，或做点副食品卖给施工队，赚点小钱。似乎一切都正朝着无限美好的明天走去。

工人们白天干活，与机器一起嘿哟嘿哟地转，热火朝天。到夜晚各种嘈杂声停息下来，人们的耳根终于清静了，却静得有些寂寞。或许那些血气方刚的年轻人并不懂得寂寞一词，但他们内心的喧腾让他们忍受不了这种安静的空闲，女人不在身边，又是这样多的汉子聚在一起。也不知是谁最先将扑克和麻将带进了工棚，总之，赌博之风像洪水一样迅速蔓延，并且很快淹没了整个村庄。先是工棚里夜夜灯光亮如白昼，热闹非凡，然后村里也有人家摆起了麻将，蒙起了金花。那些好打牌的人还挺理直气壮地说，有钱又不用种地，不蒙金花、打打麻将，难不成去偷人吗？

一开始，人们小心翼翼地打五毛钱一炮，后来是二块钱一炮，再后来是五块、十块、二十块钱，输赢必须过百上千才觉得刺激，似乎钱来得容易，输出去了也不觉得心疼。工棚里的氛围更是高涨，越来越多的外地人会聚到云岭赌钱，也不断有话传出某某一个晚上就赢得了三万五万，谁谁哪一场又得了十万八万。云岭人，尤其是云岭的年轻人越来越不安分了，整天就想着如何用手中的钱作为资本，大赚它一笔，然后收手，成为真正的有钱人。种菜的觉得五毛钱一块地卖菜没意思了，养猪辛辛苦苦一年到头才千把块钱，还不及人家麻将桌上自摸一把得多。各种的价值比较，云岭人的心里更加失衡也更加茫然了。

一年下来，云岭人赢钱的不多，而且只是赢点小钱，但输钱、将征地补偿款输光还倒欠账的人却不少。比如穷得叮当响的大木，征地补偿得了十多万元，本指望着这笔钱起一幢像样点的房子，然后讨一房媳妇生儿育女。刚领到补偿款那段时间，他的寡妇娘整天喜笑颜开，到处托人给大木访媳妇，一副底气很足的样子。谁知大木不争气，不但房子没竖起来，媳妇没找到，输光了征地款也就算了，还因欠债被人追杀，寡妇娘不得不又贱卖了几宗地来替大木还掉赌债，气得寡妇娘只差抹脖子上吊了。大木只是个例子，像大木一样败光家底的人还有很多，老人们捶胸顿足，大骂赌徒赌的是子孙钱。但一切都无济于事，云岭的赌博就像一场龙卷风，大有不将云岭人一夜之间鼓胀起来的荷包席卷而空，便不罢休之势。云岭原本欣欣向荣的景象，实则被一片乌烟瘴气笼罩着。

阿贵也在工地上做活，但不知是因为钱被阿珍把着，还是别的什么原因，他只是夜夜观战，却从来不参与赌博。阿贵因而成了村里人树立的榜样，当他们一家搬到新房子后，更是让村里那些赌光家产的人羡慕而又悔恨。村里的小媳妇见着阿珍，总要说，你真行，还是你管得住男人。这个时候阿珍便有些得意，她对阿贵并没有怎样地严苛，她想也许是阿贵太爱她的缘故。

经过几小时的颠簸，阿珍又回到了她熟悉的村庄。然而熟悉是熟悉，只是村庄已经大变了模样，不那么亲切了。以前一眼望去或绿色或金黄或空旷的原野，是她眼里最美的风景。这片原野，犹如四季的调色板，一个季节一种风格，在一年里五彩纷呈地演绎，描绘着一幅幅宽阔、齐整、大气、完美的图画。如今，这幅完美的图画已经不再完美，有一大半已被不规整地蚕食，挖出的新土仿佛被烫伤的疤痕，让人有些不忍目睹。简易的工棚已人去楼空，淡漠了先前的热闹，显得凌乱而无辜，几架奇怪的机器被扔在旷野里无人管问，更增添了几分落寞。

阿珍直奔自己父母家去，家人对她的突然造访甚感奇怪。虽然一年多过去了，阿珍已在城里安了家，弟弟们怕阿珍要来分种家里的田，因为怀着这样的担心，便总有些害怕见到阿珍。刚开始征田地那会儿，阿珍频频回家跟父母商量事情，也感觉到了弟弟弟媳们的担忧，心里有些悲凉，本不想多回家，但是要回云岭，也只有这个落脚点了。好在父母都还健在，回家看望父母，天经地义，而她也已经把整个家搬到了城里，已向弟弟弟媳们表明不会再有分种田地的可能。

一到家里，寒暄完后，阿珍就问今天有什么活要干。母亲说，难得来一次，干什么活呀，去打点面粉来我们煮汤圆吃。阿珍又一次强调，说我特意跑来干活的，就说有什么活可干吧。弟媳拉着弟弟出去说话了，母亲瞟了阿珍一眼，阿珍却没会意，只说，我真是想来干活的，越重越累的活越好。母亲只好提高嗓门说，大老远地跑来，就为了来干活？为什么偏要跑家里来干活？这个季节该种的都种了，该收的又还不到时候，哪有什么活可干的。阿珍听出了母亲话里的质问，这才意识到，她的话触动了家人敏感的神经。

家乡的夜依然很静，可以听着风吹和蛙鸣，以及远处若有若无的水流声。但阿珍的心却在这片寂静里失去了宁静。白天听了许多云岭的事，又看了云岭的现状，感受了家里不自在的气氛，阿珍觉得有一股忧愁和感伤充斥着她的心腔和鼻子，却又不明白自己在担忧什么，这种感觉她不知怎样诉说，更不知道能够向谁诉说。她想了许许多多的事，最后她觉得自己仿佛是一个既被村庄所抛弃，又融入不了城市的弃儿。而云岭，它今后的命运又将如何？是否会被工业一点点吞噬，最终在这大山里消失？如果云岭消失，云岭人又将何去何从呢？

四

乡村的一夜，阿珍依旧未能落眠。第二天下午，她又带着妞妞返回城里的家了。

回到家，天已经黑了，打开灯，阿珍惊讶得眼珠子都快掉出来，心也怦怦地跳得厉害。她将整个屋子转了一圈，然后瘫在地上大哭起来，边哭边忍不住念叨："哪个挨千刀的呀，哪个背时砍脑壳的啊，我才离

家一天，怎么就将我家偷了个精光净啊。"姐姐见妈妈哭得厉害，也大
声哭起来，哭声里满是恐惧。阿珍很快感觉到了姐姐的那份恐惧，把姐
姐搂入怀里，想自己一定要坚强，一定要沉着应对，不能吓着孩子。她
在孩子额头亲了一口呸出去，哄着姐姐说别怕别怕，都怪妈妈不好，我
们打电话给爸爸，叫爸爸回家好不好，爸爸回来就没事了。

　　阿珍给阿贵打电话，报告了家里被洗劫一空的情形。阿贵说，你和
姐姐没事吧？阿珍心头顿时暖和起来，说没事，我带姐姐回云岭了，就
因为不在家才被偷的。阿贵说，只要你和孩子没事就好，东西偷就偷了
吧，以后挣了钱买更好的。阿珍想，阿贵还是在乎她和孩子的，虽然家
里丢了东西很难过，但几天来对阿贵的积怨却一下子烟消云散了。回云
岭前，她给阿贵发了一条信息，并决定若阿贵回信息或打来电话，她就
不跟阿贵斗气，若阿贵不闻不问，便死也不主动跟他联系，除非他先服
软道歉。可谁知一回到家就遇到了这样的事，让她不得不违背她曾在心
里发过的誓愿，主动给阿贵打电话。还好阿贵不仅没有责怪她，还把她
和孩子的安全放在了第一位，她一下子原谅了老公的种种不是。

　　阿珍问阿贵怎么办，要不要报警。阿贵说，为求心安，你想报就报
吧，但东西是肯定追不回来的，你不要抱希望。阿珍说，你还是回家来
吧，我和姐姐害怕。阿贵说进屋后记得把门窗关好，等我再多挣些钱，
然后在家守着你和孩子，再也不出远门了。为了今后的日子，你和姐姐
先忍忍。

　　阿珍想都夜晚了，警察们早下班了，就没有报警。她敲开邻居家的
门，想问他们有没有看到或听到什么，电视、冰箱、洗衣机等所有值钱
的东西都被搬走了，不可能不留下痕迹。邻居说他们昨晚是听到声响，
但以为是哪家在搞装修，没有在意。阿珍又跑到小区门卫室去问，门卫
说小区第二期的房子还在建，四通八达的，搞装修的人又多，他哪看得

过来。阿珍仔细检查了门，一点被撬的痕迹都没有，窗户是安了防盗网的。她想不通小偷是如何进入她家，还搬走了那么多的大物件，难道真像传说的那样，有什么锁都能开的万能钥匙吗？如果真是这样，还有什么安全可言。

第二天阿珍报了警，警察们挺认真的，由室内到室外，从楼顶到楼脚都做了详细的检查与记录，然后留了阿珍的电话，说一有消息就会告知。阿珍心里挺感动，虽然后来没有等到任何消息。阿珍知道这是在城里，不比云岭，遇到这种事，只能自认倒霉。

丢了电器，阿珍也没觉得对自己生活有多大影响，便不打算再添置新的，只是没有了电视，夜晚变得更加漫长了。如何打发掉这些多余的时间，阿珍想到了刺绣。

阿珍出嫁前曾是云岭刺绣的好手，她出嫁时的盛装、鞋垫、枕头、背带等所有绣品都是她独立完成的，就连姐姐出嫁用的绣品也多半是她绣的，村里凡娶亲嫁女，都以讨得她的一件绣品为荣。可是，云岭的刺绣也似乎只有在娶亲嫁女的时候才派得上用场。通车后，云岭人虽然进趟城依旧不容易，但云岭却逐渐开化，云岭人的着装、生活习俗不知不觉也在追随时代的潮流，谁也不愿再费时费力纺纱织布、一针一线地刺绣缝补。

阿珍从小跟着奶奶学刺绣，觉得刺绣静心，是一项很美的艺术，但母亲却总是喊她去地头干活，认为刺绣是不务正业，是偷懒。阿珍就只能利用闲暇时间偷偷摸摸地绣些小玩意，没有布和线，她就在地上画图，在树叶上插针，直到待嫁前，她才能大肆练习各种刺绣手法，什么竹花、板花、蓬花，马尾绣、数纱绣等。她最喜欢的是数纱绣。数纱绣有点像当下流行的十字绣，只是数的格子是布匹本身一格一格的纱，更费眼力和心劲，但绣出来的也更立体精致，随便绣一棵小花小草，也活灵活现，很有艺术感。

搬新家前，阿珍想绣几幅数纱绣当作装饰。那段时间，阿珍只要一有空闲就眯着眼，透过放大镜数着一格一格的细纱，穿针引线，沉迷其间。绣了一段时间，眼睛就涨疼，不时泛出眼泪来。阿贵便数落她，"绣那有什么用，花几个月绣一小幅，还不如我几块钱到街上买一个框框画时髦。这不是讨累受吗，管好妞妞才是当紧的事"。绣完一幅，阿贵就再不让她绣了。

这次阿珍本来想去买几幅十字绣来绣，但一问价格，就犹豫了，她没想到那些十字绣的未成品竟那般贵，稍微看上眼的就要一两百元，若绣了卖不出去不是白白浪费成本么。她只好翻出箱底的家织布，重新拿起针线，绷上绣盘，以借此打发些无聊的时光，希望她的心能够在刺绣中宁静下来，获得好的睡眠。阿珍状态不好，她不敢绣数纱绣，她画了一幅花鸟图，绣最简单的竹花绣。

最初几日，阿珍宁心静气，除了照顾妞妞，全部心思都花在刺绣上，也不管那些绣品有没有用，权当是治疗失眠的方子，每天都是做到困倦极了才躺到床上去，她希望睡眠也能像困倦一样汹涌袭来。可是睡到半夜，阿珍还是醒了，像有块砖头压着胸口，逼得她不得不醒过来。

有天夜晚，大概凌晨三点钟，阿珍听到窗外一片喊打声，忍不住爬到窗口去看，恰好看到有一个人用石块砸到了另一个人的后脑，那个人倒了下去，然后又跑来一个人，他们两个对着躺在地上的那个人又是脚踢又是砸石头。阿珍很害怕，想这样打下去，一定会出人命的，但她不知道谁是好人谁是恶人，不知道该不该为那个人大声呼救，或者是打电话报警。她心慌得厉害，想还是听听阿贵的意见。打电话给阿贵，意想不到阿贵竟立马接了，好像他也不睡觉似的。阿贵说，人家打架，关你什么事，你报警，警察还没到，人早跑光了，到时你倒落一个骚扰民警罪。阿珍说，那怎么办，如果我真见死不救，以后我如何能安心？阿贵说，也许是你看花了眼，拉上窗帘，安心睡你的觉吧。喊声划破了寂静的夜空，路灯也照得分明，怎么可能会是看花眼呢？阿贵安慰说，既是这样，夜晚不睡觉的人多了去了，别人也一定听到看到了，也许别的人已经报警了，你又何必再多事。阿珍想，也只能希望如此了。挂了电话，再看窗外，打人的两个已经跑了，躺在地上的那个一动不动。阿珍很想出去看看，又始终感觉害怕。她用被子蒙住头，直到无法喘息也甩不掉刚才看见的那一幕。

　　第二天天一亮，阿珍就跑到事发点去看，躺着的人已不知去向，只留下一摊血迹。阿珍问旁边粉铺老板，老板说他天没亮就起来熬汤了，没见什么人躺在地上。阿珍又等到张姐的店面开门，跟张姐谈及此事，张姐问了进出店里的许多人，没有一个人听说过这样的事。张姐说，你是做梦恍惚了吧？阿珍便把血迹指给张姐看，张姐朗朗地笑起来，说那哪是人血，那是人家粉店老板每天杀鸡宰羊积留下来的血迹。阿珍不信，想要杀鸡宰羊也是在厨房里，怎么会弄到路面上去呢？如果是积留下来的，以前怎么没看见？阿珍又去跟粉店老板证实，粉店老板说他们偶尔也在外面杀羊，至于那血迹是不是他们杀羊时留下的，他们也不太清楚，因为平时都不留意。

　　阿珍一整天心神不宁，老是想起那个人倒地被打的一幕，仿佛那些脚不是踢在那个人身上，而是踢在她的脑子里。她甩甩头，告诫自己不要想了，他们又不认识，跟她有什么关系。可她越是劝自己不要想，越是想知道那个人究竟是死是活，就像小时候听奶奶讲故事，非得听了结局才能安心去做别的事情一样。她借故到公安局了解失窃的调查结果，以探听半夜里打架的事。但公安局里一切井然，庄严而肃静。阿珍大着胆子问了一个警察，警察说昨晚没接到任何报案。

从公安局出来，阿珍有些沮丧，仿佛心间哽着一根鱼刺。她接触过的人虽然对她都很客气，比如张姐，比如邻居，比如物管，比如这些警察，但她却总感觉到一种疏离，因为城市大了，谁也不了解谁、谁也不会跟谁交心的那种疏离。不像在云岭，就那么一两百户人家，哪家的家长里短不被村里人咀来嚼去，就是一辈子不见的人突然见了，也不会感觉陌生，因为底细都清楚着呢。还有云岭的牲畜都关在野外，房屋谷仓也从不上锁。偶尔也会有起歹心偷盗的人，但凡哪家丢了东西，只要这家妇女走街串巷地喊骂一通，东西第二天就回来了。如若骂过街后东西还寻不回，就会有无数的人将他们的见闻和猜测报告给主人。而且村里人相信上天有眼看着，做了小偷就总有一天会被抓住，抓住了就要罚四个百：百斤米、百斤酒、百斤肉、百块钱，根据情节的轻重，在百字前添加数字，以宴请全村的人，这个偷了东西的人从此尊严就被踩在人们的脚底下了。

想到这些，阿珍又心疼起她的那些家具来。

五

可是，云岭已不是往日的云岭，再也回不去了。阿珍只有努力适应城里的生活，并努力让自己相信，未来的日子一定会越来越好。老是睡不安稳，或许跟自己无所事事有关。阿珍想她应该找份正经事做，挣一点生活费，这样空吃空坐心里怎么可能安稳呢。可是除了干农活，做点针线，她什么都不会，去应聘了几个帮别人端盘子、守店铺的差事，人家都嫌她带着个拖油瓶。碰了几次壁，她觉得很害羞，甚至对这个城市有一种说不出来的恐惧，觉得别人看她的眼神虽然没有不友善，却似乎总带着一丝轻蔑，再遇到招聘信息都不敢开口问了，感觉像个叫花子上门讨饭似的，下贱得很。幸好她还有一笔存款，逛了几天的市场，她决定用那笔钱在车站附近摆一个水果摊子。然而当她拿着卡到银行取钱的时候，工作人员却告知该账户的本钱和利息已经被全部取走了。

阿珍的心一下子跌入谷底，她连骂了几声挨刀砍的小偷，却忽然意识到这不该是小偷所为，小偷就是偷了她的存折，也没有密码呀，她的密码是她和老公的农历生日，户口册上的出生日期是父母随意报的，与他们的真实生日没有任何关联，再高明的小偷也不可能猜到吧？想到这，阿珍的心又如释重负了，她想应该是阿贵取走了，只是不知阿贵取钱去干什么，连说都不说一声。

阿珍打电话问阿贵，阿贵开始不承认，支支吾吾几下后，说是拿去跟一个朋友入股做生意了，还说怕阿珍不同意，才没有商量。阿珍问，你哪天回家来的？阿贵说，我没回过家呀，我回不回家你还不知道么，存折我早就带出来了的。阿珍问他做什么生意，阿贵便不耐烦了，说问什么问，啰里啰唆地跟你讲你也不懂。阿珍感觉阿贵对她的态度变了，总觉得阿贵有什么事情瞒着她。越想阿贵这段时间的表现，阿珍的心就越发慌了。她将妞妞托付给幼儿园，决定到筑城去探望阿贵。她没有事先通知阿贵，而是按照阿贵以前留下的地址找到那家工厂，她想给阿贵一个猝不及防。一路上，她设想种种可能，她甚至想如果真的在阿贵屋里遇到另一个女人，她该怎么办。当她百感交集地赶到那里，工厂里的人却告诉她阿贵早走了，只干了一个多月就辞职走了。

阿贵去了哪里？他为什么要骗自己呢？为什么连自己的老婆都骗！阿珍气得肺都要炸了，立即拨打阿贵电话，她需要阿贵给她一个交代。可电话那头早就知道事情已经败露似的，只重复着一个不厌其烦的声音"您好，您拨打的电话已关机"，让阿珍满肚子的疑问与火气无处发泄。

阿贵要外出打工之前，有人跟她说，大凡丢下老婆和孩子出去打工的男人，百分之九十都在外面找相好，还说这与跟老婆感情好不好没关系，因为有那么多的漫漫长夜需要打发。当时阿珍不以为然，她说不是还有百分之十的例外么，她觉得阿贵那么爱她，是绝不会背叛她的，她相信阿贵绝对是那百分之十的例外。可是，阿珍联想阿贵近段时间来的行为和态度，越发觉得阿贵对她是忽冷忽热，对姐姐也不够关心，难道他真用那些钱到外面养了别的女人？家里的电器莫不是他趁她不在家，搬到另一个女人那里去了？阿珍越想越生气，也越想越伤心。她到处打电话向熟人打听阿贵的行踪，却没有一个人能够告知一点有用的消息。她心急如焚地一遍又一遍地拨打阿贵的电话，然后耐心地一遍又一遍地听着那个"您好，您拨打的电话已关机"的声音。

阿珍觉得自己快要崩溃了，她想她什么样的后果都能承担，但绝不能忍受阿贵的背叛。当初为嫁给阿贵，她是给家族长辈一一磕过头的，还在母亲跟前发了狠誓，说今生只嫁阿贵，阿贵生则生，阿贵死则死，阿贵要饭就跟着要饭。

阿珍小的时候父母曾给她订了娃娃亲，对象是母亲一个好姐妹的儿子阿来，他们同龄，从小就在一块玩耍，两家一直亲得跟一家人似的，什么事都相互帮衬。可是有一次，村里的孩子们在一起玩游戏，先是玩分帮打泥巴仗，然后又比骑高跷、转陀螺、跳高、跳远、快速跑。在这些比赛中，阿贵成了众人瞩目的佼佼者，大家于是推举他为山大王。有人说，既是山大王，那就得有压寨夫人。于是所有的女孩子一字排开，由阿贵挑选。阿贵摆出大王的风姿，来回走了几圈，最后选定了阿珍。又有人说，大夫人选出来了，快选二夫人，至少得有三个夫人才像大王。阿贵手一挥，说，那些都是半吊子大王，真正的王是佳丽三千，独爱一人，本王就只要一个夫人。从此，阿贵和阿珍便被伙伴们称为山大王和压寨夫人。阿来不服气，但又不敢公开挑战阿贵，只能暗暗使劲讨阿珍的好。但奇怪的是，阿来越是讨好，阿珍便越发觉得厌恶。长大后，就在两家准备商谈他们俩的婚事时，阿珍却宣布要嫁给阿贵，家里人气得脸都歪了，母亲苦苦相逼，说就是不嫁阿来也不能嫁给阿贵，阿贵满身匪气，根本就不是踏实过日子的人。阿珍也以死相抗，说不让嫁阿贵，那她就真的去死。

她如此争来的婚姻这么快就因阿贵的背叛而破碎了吗？那个说只要一个夫人的阿贵会背叛自己吗？阿珍伤心至极，从小到大她从未遭受过这么大的打击，仿佛天都要塌下来了。

去幼儿园接妞妞时，妞妞一见到她就扑入她怀里呜呜哭起来，哭声里尽是委屈。妞妞长这么大，还是第一次与妈妈分别，而且一丢就是两天，妞妞大概以为妈妈不要她了。此时的阿珍也有如妞妞一样的感觉，她感到妞妞对她的依赖就像她对阿贵的依赖一样，只是她不知道去向谁哭泣，不知道接下来她将面临的会是什么。但她必须劝慰自己冷静下来，不管发生天大的事，她都不能用自己的情绪去影响妞妞，阿贵是她仰仗的天，而她又是妞妞仰仗的天。

如果说以前因为不习惯或爱胡思乱想而睡眠不好，那么现在的夜晚才真正让阿珍度日如年，伤心、焦灼，每一分每一秒都如处在针尖般难熬。她知道今晚睡眠是肯定不会光顾了，她坐在绣盘边上，绣布上的图案有意捉弄人似的忽远忽近，她拿着针不知从何处下手，一刺下去就扎在了自己的手指上，连着几次扎得手指满是鲜红的血。

阿珍的心更乱了，刺绣是份心细的活儿，这种状态肯定是做不成的，不如打扫卫生吧。阿珍做姑娘的时候有一个好习惯，每遇到不开心的事，就喜欢打扫卫生，把房前屋后、屋里屋外认认真真打理一遍，把家里所有的脏衣服都挑到河边去细细地洗。埋头做完这一切再来光顾心情，看到清清爽爽的环境，看到完成了那么多的事情，心里有了成就感，所有的阴霾便都过去了。可是今晚，阿珍整理那些脏衣服时，却是拿一件落一件，好几次进到卧室都忘了是要去做什么。终于将脏衣服全部甩进了塑胶盆，却又不小心跌了一跤，把盆也踩破了，手又被划了一道口子，后脑也磕了一个大包，狼狈到了极点。

　　阿珍只好躺到床上默默流着眼泪，想难道她的天空从此塌陷了吗？她不甘心，又不自觉地摸出手机拨打阿贵的电话，可是电话依然关机。阿珍想就算是有了外遇也不该避而不见啊，大不了离婚，她阿珍又不是那种死乞白赖的人，为什么要这般杳无音信地折磨她呢？阿珍曾设想了无数种情况，一开始她是无论如何都不敢想到离婚这一步，她只想联系到阿贵的时候要好好质问他，她想要看看他的那个相好到底比她强多少，她想跟他们大吵一架甚至打上一架。然而，阿贵久久避而不见，她对阿贵的愤怒犹如一只过于膨胀的气球没能迎来她想要的爆破，而是漏了气，慢慢蔫卷下来，筋疲力尽。

　　筋疲力尽的阿珍将所有的事情想了个遍，也设想了各种各样的结果，想得越多，她便越不相信阿贵会因为有了外遇就变得这么无耻，她开始为阿贵寻找开脱的理由，她想或许阿贵遇到了什么麻烦，不想拖累她才什么都不告诉她。那么，阿贵究竟是遇到了什么麻烦事呢？阿珍忽然觉得她对阿贵的事知道得太少了，觉得自己竟一点也不了解阿贵，她平时总是习惯等着阿贵呵她宠她，一旦阿贵关心不够，冷落了她，她便跟阿贵赌气，却不去想阿贵是不是遇到了什么不如意的事。就这样，阿珍的火气忽然一下子全变成了担心，她甚至埋怨自己花太多的时间和心力在孩子身上而忽略了老公，埋怨自己没有尽好一个妻子的职责。她给阿贵发了许多温情的短信，希望阿贵不管天大的事一开机就跟她联系。

六

第二天阿珍决定回云岭，她要去寻找阿贵的踪迹。她带着妞妞下得楼来，却见阿来在小区门口徘徊。妞妞喊舅舅，阿来一阵脸红，不敢抬眼看阿珍，只低低地喊了一声：阿珍。

阿珍没好气地说，你来做什么？

阿来说，我担心你，来看看。

阿珍想，阿贵失踪的事，村里人一定都知道了吧。她有些气恼，将目光别过一边，像逃避，又像不愿意见到阿来，气气地说，要你担心！

阿来知道阿珍嘴硬，并没有生气，他抬眼看阿珍，见阿珍眼皮浮肿，像狠狠地哭过，原本圆润的面庞仿佛霜打的茄子，轮廓虽然依旧美好，但却显得蔫蔫涩涩的。只一眼，阿来已是万般心疼，他攥起拳头，骂了一句，妈的，都是阿贵害的你！

阿珍想到心里的委屈，泪水就要不争气地淌下来了。可是她不想在这个曾被她拒绝曾被她伤害的男人面前流泪，在他面前，她一直都是那般的高傲，怎么可以突然放低姿态显示出软弱呢。阿珍抬眼去看天空，说，不关你的事。

妞妞见妈妈老望着天空，也抬头望向天空。阿来感觉很不自在，也只好跟着望向天空。可是天空灰蒙蒙的，什么都没有。他们就那样望着天空，引得过路的人都好奇地朝天空看，但谁也不明白他们在看什么。

许久，阿来说，都到你家门口了，也让我上你家坐坐吧。

阿珍一心只想寻找阿贵，这个时候她哪有心思叙旧。她忽然感觉阿来有些嫌恶，正想回绝，阿来说，我这有阿贵要转交给你的东西。阿珍这才满心狐疑又满怀希望地将阿来请到家里去。

阿来带来的是一份阿贵签了字的离婚协议书和一封阿贵写给阿珍

的亲笔信。阿贵在信上说他迷上了赌博，输了身上所有的钱，输了存款，输了家具，还输了房子。他说他没脸再见阿珍，他求阿来帮忙将房产证赎了回来，希望阿珍看在女儿的分上签了离婚协议，以免日后受到牵连，希望阿来能够帮忙照顾她们娘俩，他也就没有后顾之忧，死而无憾了。

在云岭工地的一年，赌博氛围那么浓厚阿贵都没有沾边，叫阿珍怎么相信阿贵是因为赌博而被逼上的绝境？那个时候，阿珍怕阿贵参与赌博，常在他耳边念叨，说赌博有什么好，无论输钱赢钱都是输，输的人是输了钱财，输了家庭，输了人生；而赢的人则输了精力，输了德行，输了安稳。阿贵难道不是因为听了她的劝，认可了她的说法才没有参与赌博的吗？他怎么会连房子、家庭都赌输掉呢？阿珍想，一定是阿来为得到自己设下了什么圈套让阿贵上的当。阿珍拿过离婚协议当下就撕了，还将碎片狠狠地摔在阿来脸上。她对阿来说，你当我是什么，商品么，是你有了钱就可以买过去的商品么？

阿来红着脸，支支吾吾地说，我不是这个意思，我只是希望你过得好。声音小得好像咽在肚子里一般。

阿珍质问阿来，说，你把阿贵藏哪去了？

阿来说，我能藏得住阿贵么？他来找我说你们的房子被他赌掉了，赢家要收房子，希望我去把那房子买下来。我送了钱去，他们就把房产证给了我。

那你为什么不来跟我讲，不劝劝阿贵？阿珍几乎咆哮了，她觉得他们都是合起伙来骗她的。

阿来说，我本来是要跟你讲的，但阿贵交给我一封信，说对你的解释都在信里。后来，阿贵去了哪，我也不知道，他什么都不让我问。

他什么都不让问，你就真的什么都不问吗？他让你去吃屎你是不是也只会乖乖地照做？

阿来一声不吭，任由阿珍发泄着满腹的怨气。

阿珍想男人都是自私的，他怎么可能会为了她劝说阿贵呢，一副看似唯唯诺诺笨笨的样子，还不知道内心有多龌龊。阿珍有着满肚子的委屈，这会子看阿来更觉恶心，她对阿来吼道，我过得好与不好，与你无关！你走！你走！

阿来站起来，要走又不放心，终于鼓足勇气说，阿珍，你还是接受现实吧，你当初的选择就是个错误，阿贵本就不是能托付终身的人。

阿珍气急败坏地将阿来推出屋外，一秒钟都不想再看到他。关上门，她膨胀的神经却如断了线的珠链子，彻底散了。她倒在沙发上呜呜地哭，头昏脑涨，心口紧闷，哭了几下便喘不上气晕了过去。

等她醒来，已是躺在医院的病床上，母亲、阿来、姐姐都守在她的病床前。据说当时是姐姐哭着跑下楼去将阿来喊回来的。母亲说，多亏姐姐懂事，也多亏有阿来在，不然命都丢了。阿珍因为长时间失眠，又加上过度悲伤，身体严重虚脱，已经昏睡了三天三夜。这三天三夜里，母亲一直念念叨叨，阿珍醒来后更是不停地数落阿贵，埋怨阿珍，赞阿来的好。阿珍没有听母亲的念叨，她醒来的第一件事便是给阿贵打电话，而电话依旧关机。

阿珍在医院住了一个星期，这段时间，阿来对她母子的照顾是无微不至的，同病室的人先是奇怪这个年代怎么还有如此细心体贴的哥哥，因为姐姐一直"舅舅舅舅"地喊，人们都以为阿来是兄长，后来从阿珍母亲那里了解情况后，便都帮着做起了阿珍的思想工作。其实阿珍也知道自己那样责怪阿来是没有理由的，阿来是什么样的人，她心里最清楚。可是她也明白，有时候并不是一个人有多好就能够爱得起来。这些天她虽然不大说话，却想得很多。她想阿贵虽然把整个家都败了，但应该只是一时的迷途，并不是不可原谅的错误。她甚至在阿贵的错误里感受到了阿贵对她的爱，那种宁愿自己一个人承担错误的后果也不愿累及妻儿的深刻的爱。这样一个男人，难道不该拯救他，跟他共患难么？阿珍坚定了决心，她给阿贵发了许多温情的信息，希望阿贵在偶尔开机的时候能够知晓她的心意，她愿意跟阿贵过最艰苦最清贫的日子，只希望阿贵快点回到她们母女身边。

　　阿珍一出院便向母亲借钱，她准备租房子住，她要把房子还给阿来，不能让阿来对她再抱一丁点幻想，她经受不起那份愧疚的折磨。她向阿来表明心迹，说这辈子生是阿贵的人死是阿贵的鬼，如果阿来真想她好就赶紧成家，不要让她落入别人的口实。母亲不同意，阿来也不愿离开。阿来说你不接受是你的事，但让我住你的房子看你受苦，我做不到。你要找阿贵，我陪你一起找，就当那些钱是我借给阿贵的。

　　阿珍只能将感激埋进心底，与阿来满世界地寻找阿贵。只要听说哪里有人聚赌，他们便赶过去打听。然而阿贵却像从这个世界消失了一样，悄无声息。有人说他欠的赌债太多了，跑出外面躲债去了。也有人说他没脸见阿珍，有意躲起来是要成全阿来和阿珍。不管怎样，一个大活人真要躲起来，寻他是难寻的，阿珍不能这样无休止地找下去，短短一段时间，她已经憔悴了许多，人瘦了一圈不说，脸上的斑也如雨后春笋般长了出来。母亲心疼她，说既然房子是阿来的了，哪有让阿来天天住旅馆的道理，应该让阿来住进来。母亲本是想撮合她与阿来。可是，阿珍却开始整理物品。阿珍知道日子不能这样继续下去，她必须为她和姐姐以后的生活另做打算，她要带着姐姐搬离这套他们刚住了一年多的新房。

七

真的要离开，阿珍是不甘心的。她始终无法相信人们关于阿贵的传言，虽然嘴上说放弃了寻找，但她依旧早出晚归地在街上晃荡，说是找出租房，可是，她多么希望某一个拐角，就突然撞见了阿贵。寻找多日，出租房找到了，而阿贵却仿佛人间蒸发，再也不见踪影。

就要搬离她们刚住了一年多的新房，阿珍抚摸着当初为节约钱与阿贵自己粉的墙。当时她说，没有什么装饰，就给墙壁添些色彩吧，然后妞妞的房间刷了粉色，他们的房间刷了蓝色，客厅刷了白色。那些家具，客厅的、卧室的、厨房的、卫生间的，充满了他们一家三口气息的家具，虽然质量不是很好，却是她精挑细选、讨价还价一件一件淘回来的。墙上挂的装饰是她费心费力，一针一线绣的数纱绣。阳台上的花草，是她和阿贵从云岭的山坡上挖来栽的，每一棵都有一个故事……

原本阿来要将房产证还给阿珍，可她没接，接了一是不知什么时候才能够还清这笔债，二是即便以后还了钱她心里也会永远带着亏欠。她不想对生活有所亏欠，亏欠了心里会不安稳，不安稳就睡不好觉，她已经被失眠折腾得够呛了，她不想永远生活在失眠的状态中。她要阿来重新装一下房子，添些家具，然后娶一房媳妇好好过日子。阿来毫无办法，只能看着固执的阿珍带着妞妞离开。

阿珍带着女儿搬进了别人楼脚下的一间简陋的柴棚。住在阴暗潮湿不透风的柴棚里，她仍然整夜整夜地失眠，就连妞妞也睡不好。妞妞老是问她，妈妈，为什么我们要住到这里来，为什么不住我们原来的房子？

我们的房子被偷了。阿珍敷衍着。

房子不是还在那里吗，谁能把它偷走呀？

被偷了就是被偷了！反正它已经不是我们的了！

妈妈，那爸爸是不是也被偷了？

阿珍本想冲着妞妞没完没了的问题发一通火，为自己的憋屈找个发泄的缺口，但听到妞妞这样问，她的心就疼了，她不知该如何跟妞妞解释家庭的这一切变故。她强忍了火气，强忍了悲痛，强忍了总想掉下来的眼泪，把妞妞揽入怀里，用脸摩挲着妞妞的头发，说，爸爸没有被偷，谁也偷不走你的爸爸，他去挣钱来给我们买大房子，他会回来的。

他会回来的。这是阿珍的期盼，也是阿珍给自己的憧憬。阿珍顾不了失眠的问题，因为生计这座大山正挡在她跟前，她做什么都得先翻越这座山，就像云岭人要出来必须得翻越月亮山一样。阿珍在大街小巷走了几天之后，为了时间相对自由，弄了一架手推车，每天半夜起来准备食物，然后用手推车一边装着卖卷粉的瓶瓶罐罐，一边载着妞妞，将妞妞送到学校后，就在一些人多的路口卖她的小吃，卖完了就到处捡一捡别人丢弃的饮料瓶子。开始几日，阿珍很不适应，她不好意思招徕顾客，又怕被城管撵赶，整日惶恐不安。每当这个时候，她就无比怀念那些在山间地头干活的日子。她想要是还有田地给她耕种该多好啊，虽然体力上累一点，但秋收一过，一年的收成都进了屋，就不用担心吃了上顿没下顿。现在想来，那样的日子多么自在舒坦啊。可是，再也回不去了。

回不去了。阿珍一直在想，当初她坚决要在城里买房是不是错了？她以为有了房子就有了落脚处，就有了安稳，就成为城里人，这些想法是不是都错了？可是，要怎样才是对的，要怎样才能在这个城市站稳脚跟？

阿珍已经没有退路，不管城里的生活多么艰难，她都必须硬着头皮撑着。回不去的还有她内心的那份安宁。阿珍不怕苦不怕累，但她却多么希望每天拖着疲惫的身躯回家后，能够与老公孩子享受一点属于他们一家人其乐融融的时光，她多么希望能够在心里重新捡回一份踏实与安宁，每天晚上睡上一个安稳的觉。可是，生活还能给她这份盼想，阿贵还能够成全她这份盼想吗？

阿珍不知道阿贵是否知晓她和孩子目前的状况，但他相信阿贵一定在看着，很多人在看着，尤其云岭人都在看着。阿珍却不太想看见云岭人。云岭人一直如井底之蛙般活得很谦卑。她也曾那么谦卑地活着，初到城市时处处露着胆怯。但后来有了房子，她的底气一点点增强，有时甚至感觉面对云岭人时，她已如城里人一般高高在上了。现在这份底气没有了，她成了云岭人一夜暴富又瞬间沦为穷光蛋的最大的笑话。

但云岭人却似乎出于善意，到了城里总要到她摊前买份吃的。他们说，反正要吃，跟谁买不是买，跟你买更好吃也更放心。而最常光顾她摊位的自然是阿来。不管阿珍在哪里摆摊，阿来总能找到她。阿珍先是求他不要出现在她面前，阿来不听，阿来再来阿珍便不再理睬，一句话也不跟他说。阿来就自己装卷粉，放调料，然后将钱丢在她的手推车上。

阿珍不知道这样的生活还要持续多久，她真怕有一天自己就坚持不下去了。可是，她想如果自己也妥协了，还有谁能够拯救阿贵？阿珍像害怕时光会擦掉记忆似的时刻想着阿贵，阿来来得越勤她便越发地想，想着阿贵曾经对她的爱，对她的好，她只当现在所受的一切煎熬都是老天对她的考验。她想，只要她一直坚持下去，一直等待下去，相信她的坚持和等待终究会感化那个躲在暗处里的阿贵。

阿珍还没将阿贵感化，却首先感化了阿香。某天，阿珍突然接到阿香的电话，说她想开家民族刺绣店，邀请阿珍加盟。

阿香是宝弟家的媳妇，他们得了八十多万元的征地补偿款，在县城买了一个门面。阿香说，新城区还不是很热闹，门面不好出租，我想着不如自己利用门面做点事。阿香观察了市场许久，又听说县里为打造民族文化旅游正在大力扶持民族产业，阿香想来想去便打算利用自己的门市成立一间民族刺绣工作室。说到刺绣，阿珍是云岭首屈一指，阿香自然想到了阿珍。

阿香的想法仿佛投入水塘的一块石子，一下激活了阿珍的梦想。阿珍喜欢刺绣，但经常被骂作是毫无用处的闲活，她做梦都希望刺绣能够被人重视起来，成为有价值的东西。如今，她的刺绣手艺真的能搬上台面，成为她对美好生活的新的期待吗？阿香说，这是肯定的，我们云岭的梭子瀑那么美，侗家的刺绣那么美，将来县里要打造旅游业，这两样都是宝。

阿香和阿珍说干就干。阿珍负责刺绣，画样品，带动云岭其他妇女闲暇时参与刺绣。阿香则负责门面装修、联络订单之类。她们给她们的店子取了个名字，叫作"侗家姐妹手工艺绣"。

开业典礼那天，阿珍第一次展露了许久以来难得一见的笑容，看着她为了开业紧赶慢赶的作品一件件摆出来，看到顾客欣赏时发出啧啧的赞叹，阿珍感觉似乎正在慢慢找回自己。她又想到了阿贵，她想阿贵应该也正在慢慢找回那个曾经迷失的自己吧。

活动结束，阿珍回到家，见女儿妞妞坐在家门口，怀里抱着几只空瓶子。妞妞看到她便把空瓶子举起来，说，妈妈，我捡了这么多瓶子，可以卖好多钱的。阿珍心里一阵堵，接着涌起一阵热浪，泪就出来了。妞妞说妈妈，你怎么哭了？阿珍走过去把妞妞抱起来，说是沙子掉进妈妈眼睛里了。

那天晚上，阿珍不再加班，早早地抱着妞妞上床睡觉。刺绣让阿珍感觉重新有了一点底气，也让她觉得与云岭的距离又拉近了。云岭近了，她便觉得阿贵似乎也在慢慢向她靠近。何况连妞妞都懂得跟她一起努力了，好日子还会远吗？她这般想着，心越来越暖了。她的嘴角不由得抽了一下，接着轻轻唱起摇篮曲。她发现自己好久没唱了，竟唱出了些许生疏。她唱着唱着，竟分不清是唱给妞妞听，还是唱给自己听。不知不觉中，她轻轻进入了梦乡，她梦见她和妞妞坐在一张地毯上，地毯绣着许多精美的图案，阿珍被吸引着，感觉那些图案有些眼熟，越看越像自己的刺绣。地毯忽然像哈利·波特的扫帚一样，渐渐飞了起来，阿珍搂紧了妞妞，感受着飞翔的喜悦，却不知地毯要将她们带向哪里。

原载《民族文学》2016 年第 12 期

夏春耕的自留地

一

夏先生曾经是我们学校的历史老师。在我的意念里，我们这个时代
称人先生，是有种别样的敬重在里边的。但人们嘴里的夏先生却没有这
种感觉，而是含着调侃、揶揄的味道。据说是他人比较古董，同事们就
给了他一个旧时的称谓，然而，学生们也跟着这样叫他，以至于"夏先
生"成了他的专属称号。人一旦有了专属的名号就很容易出名，几乎全
县人民都知道一中有位夏先生，哪怕夏先生退出了这座小城，他的名号
也依然响遍每个角落。

记得我第一天上班的时候，校办的一位同事将我领到一张空着的办
公桌前，说："喏，你就在这张桌上办公吧。"校办同事忙，随即走了。
我放下行李，开始收拾书桌，就有同事边望着我，边窃窃地笑。我有些
莫名其妙，给他们回了一些笑，算是打招呼。望着我窃笑的同事不好意
思起来，终于有一位男同事说："姑娘，别多心，我们不是笑你，是笑
那张桌子。"

笑桌子？我抬头环顾了一下，发现所有办公桌都是油光发亮的崭新

的电脑桌，唯有我这张是陈旧的、抽屉带扣的老式书桌。这种桌子在乡村还很普遍，我实习的时候也是用这样一张桌子。桌子虽然很旧，但肢体齐全，桌面也还平整，完全不影响办公。我想这有什么好笑的。我认真打量了一下这张桌子，发现桌面上刻着一行字："夏春耕的自留地"。"夏春耕"三个字是楷体，笔法隽永，刻度遒劲，而后面几个字刻度浅，不留意几乎看不出，显然是另外一个人加上去的。同事们笑的大概是这个吧。我在他们的窃笑里感觉到"自留地"似乎含着某种讥讽，不晓得这里边有什么不好的故事，心里觉得有些委屈。还好，这点委屈很快就在同事们的热情里荡然无存了。

还是刚才那位男同事，他击了几掌，示意大家静下来。他提议说新同志加入，为表示欢迎，下午聚餐，除新同志外，费用 AA 制，按惯例，同意去的交钱。我觉得这是很好的聚会方式，后来常常有聚会，我每每都踊跃参与，很快就和同事们打成了一片。那位男同事是我们这个年级组的组长，姓杨，我们都叫他杨组长。杨组长为人豪爽，颇具号召力，十分热衷组织各种聚会活动。他对我乐于参加集体活动的性格大加赞赏。

当晚聚会，杨组长在酒桌上向我表态，说是明天就找领导帮我将办公桌换掉，如果换不成就先跟他对调。那张桌子对着窗口，窗外是校园的溪流、柳树、花桥和足球场，一抬头便是满眼的风景，要换位置，我还舍不得呢。我说："换不换没关系，那桌子挺好的。"

杨组长说："有关系，关系大了，你一个漂亮的小姑娘，怎么能坐那样的桌子，太不匹配了。"

没等杨组长说完，同事们就大笑起来，又一次笑得我莫名其妙。我感觉这些都与那行字有关。我于是弱弱地问了一句："夏春耕的自留地是什么意思？"

"夏春耕就是我们著名的夏先生，至于自留地，呵呵，这个意思可就多了。"

同事们于是七嘴八舌聊起了夏先生。

二

据说夏先生有一副十分幽默的面孔：浓眉、大眼、大鼻头、厚嘴唇，天生一副憨粗样，却偏偏由于在煤油灯下看书看多了，学生时代就成了高度近视，长年架着一副近视眼镜。眼镜并没有让夏先生看上去斯文些，倒给人一种不伦不类的尴尬感。加上夏先生鼻梁不够挺拔，眼镜常常滑到鼻端处，他不得不经常用手扶住镜框，但许多时候还是扶不过来，使得夏先生养成了抬头低眼、用折射的目光看物的习惯，那样子既滑稽又可笑。夏先生身材高大，有点虎背熊腰，若在农村，是一副让人羡慕的好身板，这倒与他的名字夏春耕很相符。但是，作为一个文化人，一个人民教师，他的容貌和身板几乎完全掩盖了他肚子里的才学。

夏先生教授历史，人也很历史。一件衣服不穿个十年八载决不让它退出历史舞台，而且衣服也不多，就一两件轮来换去地穿，他不腻味，每天见他的人都觉得腻味。袖口、肩头、屁股、膝盖处磨破了，打个补丁，缝几针继续穿。人们就取笑他，说好歹你也是个有工作的体面人，怎么弄得比山上的老农还穷酸？他咧开厚厚的嘴唇对你笑笑，样子憨憨的，十足的农民。但说起话来就不农民了，他说："物者，稀以为贵，少则惜之。"或者说："衣乃外物，初买之不觉为己物，唯加诸身，沾汝气息，方成汝之专属品。"

老师们茶余饭后、课前课间喜欢聚在一起闲聊，聊完学生聊同事，夏先生就成了大家的笑谈，笑他的名字，笑他的相貌，笑他说话的腔调。可是，仔细咂摸，狗日的，你还别只顾着笑，夏先生的话挺有哲理的。但越是有哲理，越与他本人的形象形成反差，越让人忍不住笑。十几年之后，校园里流行起了乞丐装，同事们又笑，说"吾辈浅见薄识，竟不知夏先生引领时尚十余年矣"。

早些年，大家工资都还不高，也还没出现什么商品房，老师们都住在学校的教职工宿舍里，一户二十来平方米的套间，宿舍楼前围着一排单层简陋的木房，是教职工们的厨房，一家一间，或几个单身汉共用一间。这种生活方式，就相当于分了火炉的大家庭，十分热闹，又暗藏比斗。

那个时候有工作的女子很少，夏老师凭着他的工作，在小城里娶到了一个长相不错的姑娘，但又因为他生于农村，长于农村，以及农民一样的容貌，只娶到了一个家境不好又没有工作的女子。同是在一个屋檐下生活，同是在一排厨房里吃饭，夏先生家的窘迫很快就显露出来了。别人家的餐桌虽然也没有山珍海味，但至少肉是不缺的，而要想在夏先生家的餐桌上寻块肉片，就极其困难了。后来养了孩子，生活变得更加紧张，几十块钱的工资，连棵白菜、做饭的柴火也要靠钱买，一桶油得掂量着细细地用，倒不如在农村种地活得还洒脱些。

夏先生本来想从农村的老家搬运些东西，比如大米、菜油、柴火、土豆之类，那将为他们节省许多开支。但父母均已年迈，大哥和三弟又将原来的家分了，父母一个跟大哥，一个跟三弟，他不能接父母到城里生活，已属不孝，还从老家搬运东西，只怕大哥三弟会跟他开口要得更多。在农村，柴米蔬菜啥都不缺，唯独缺钱，而他是领工资的人，他的窘迫，在农村的兄弟是无法理解的。夏先生只好打消这个念头，很少跟老家联系。

夏先生的媳妇翠丫虽是城里人，但自幼生长于贫穷人家，很会料理家务。她让夏先生在自家厨房前用木板搭了个圈舍，又用几只烂桶到学生宿舍楼前去收集剩饭，养起了鸡，每逢节日或有客人来，杀一只鸡比到菜场买肉体面多了。其他单职工家庭也纷纷效仿，有人养鸡，有人养鸭，有人养狗，校园里便常常出现鸡飞狗跳的场面，时常引得学生们观瞻。那些不需要副业或者不屑养殖的双职工家庭对这一现象非常不满。校园本就该是个清清静静、教书育人的文明之地，养那么多鸡鸭狗，乌烟瘴气的，和乡下的农庄有什么区别？他们一次次以破坏环境、影响教学为由告到校长处，学校领导开始睁只眼闭只眼，毕竟是些鸡鸭，能有多坏的影响。但校园里的鸡事业壮大得太快了，又都是些调皮的、关不住的土鸡，鸡们在校园里肆无忌惮，飞到树梢上，跑到教室里，打断恹恹欲睡的课堂，或是无人时在课桌上、办公桌上留下一堆堆粪便。校领导终于再也不能坐视不管，在一次全校教职工大会上颁布了禁令，校园内禁养一切家禽牲畜，违者重罚。

断了一项经济来源不说，翠丫放在学校宿舍楼前的烂桶内容却越来越丰富。自从下了禁养令后，别人家都把桶撤了，唯有翠丫舍不下。看着一桶一桶的米饭馊掉、烂掉，夏先生感觉像割掉他身上的肉一样疼。夏先生说，这么多的剩饭剩菜，我们不如偷偷养头猪，就养一头，杀了再养。翠丫很支持，可是在哪养呢，厨房就那么大点地方，转个身都困难。夏先生于是将卧室里的板床垫高，四周围起来，买了两头小猪崽放进去。本来说好只买一头，但卖猪的人说两头一起养，长得快，就买了两头。一开始，谁也没察觉。但偶尔还是会有同事来家里串门或是拿一下东西什么的，就有人听到了床底下怪异的声音，这引起了人们的好奇。或许出于嫉妒，或许纯粹是恶作剧，有人开始对他家进行侦察。终于有一天，在翠丫给两头猪崽喂食时，几个同事与他们的家属一同闯进来撞了个正着，床脚底养猪的事件一下子成了校园里的趣闻。善意的，劝夏先生别养了，那样很不卫生，怕引发不可预知的疾病。关系疏远的，则话中带刺，说校园是人群聚集的地方，若引发什么疫情，他夏先生一定脱不了干系。夏先生只好将尚未长成的半大的猪崽杀掉，请学校里的同事们聚餐，事情才在大家的笑闹里过去了。

三

日子清静下来，工资涨到了几百块钱一个月，但物价也翻了几倍，孩子渐渐大了，上学又将增加一大笔开支，夏先生家的生活依旧窘迫而艰难。相传夏先生家偶尔煮一餐肉，不管多大的肉块，一律切成三份，用线绑着，就差刻上他们一家三口的名字了。如何节省开支，如何补贴家用成了夏先生业余最关心的事。他常常站在窗前——办公室、教室的窗外是一片荒坡，堆着厚厚的乱石和一些废弃物——他背着手，望着窗外凝思，面露忧色，学生们以为他在思索某个历史问题，无不心生敬佩。终于有一天，夏先生手舞足蹈地从办公室跑出去，买了镰刀、锄头和粪箕，他要将教学楼后的荒坡开垦成一片菜园子。

夏先生是个说干就干的实诚人，每个中午、傍晚，以及周末，他利用一切休息的时间，率领老婆孩子搬石头、挖山、挑土。工程量实在太大了，一开始人们根本看不出夏先生意欲何为，那个地方平也不平，土也没土，全是乱石堆，连草都不长，能够做什么？有人讥笑他吃饱了力气没处撒，有人挖苦说那片荒土以前是乱坟岗，也不怕刨着刨着，刨出些骷髅头来。翠丫犹豫过，夏先生却本着愚公移山的精神，先是清理上面的石堆和弃物，又将凸的地方挖掉，凹的地方填起来，然后用石头砌埂，再跑到几公里外的城郊挖土，用肩一挑一挑运来铺上，历时几个月，硬是将一片废弃的荒坡整成了菜畦。

平整好的菜畦交给了翠丫。翠丫成了勤劳的农妇，她把主要精力和时间都花在了菜畦里，翻土、播种、除草、施肥，很快，各种蔬菜瓜果就绿油油地长起来了，不但解决了菜篮子问题，有时还能够拿到市场上去卖，贴补家用。

夏先生家的菜园一年四季欣欣向荣，不仅贴补了家用，还成了学校一道亮丽的风景线。这在校园里起到了示范作用，几乎是掀起了一场关于绿色的革命。那些同样从农村而来，喜好种植的老师或家属，他们沿着夏先生的足迹，不断地拓宽菜园的领地，就连巴掌大的地方也被充分利用起来，栽上几棵葱或者几蓬永远割不绝的韭菜，荒芜的花坛也有人栽上了辣椒与青菜，低矮的厨房顶上爬满了南瓜、白瓜、冬瓜各种瓜的藤子，就连宣传栏的一面都挂着一排排的丝瓜与苦瓜。这些旺盛的生命让校园显得异常热闹，虽然有些不伦不类，但终究是朝气蓬勃，和校园里的孩子们一样。学生们大多来自农村，喜欢着这些绿色。而学校也省了种花种草的开支，老师、领导们也暗自欢欣。

唯一不如意的，是种地的农妇们喜欢就地取材，用学校粪池里的大粪给那些蔬菜瓜果施肥。每有人施肥，校园里便飘着一股刺鼻的气味。学生们捂着鼻子哇哇直叫。这个时候，夏先生就会对学生们说，"天然臭味，偶尔嗅之，能提神醒脑，令思维敏捷，有益无害也"。学生们就不再捂鼻子，而是捂着嘴笑。

夏先生却没有笑，他几乎是很少笑的。他喜欢凭栏锁眉，凝眸而思。每每站在窗前，看见满眼的绿色，夏先生心中便会涌起一股成就感。他每天都要去那片菜地劳作一番，走走看看，和一个农民无异。就有老师依着他的语气评价他，"望君之容，听君之言，识君之字，皆为史学大师；然观其行事，方知实乃一农民尔"。夏先生不管这些，他才不在乎别人当他是老师、学者，还是农民，十几年来，他以菜园为伴，只管活在自己的世界里，乏时去那劳作一番，舒活舒活筋骨，闲时到那散步阅读，神清气爽，怡然自得。

然而，随着城镇化的推进，这个曾经半农业化的小山城越来越多的耕地变成了道路、高楼和商城，人们的生活慢慢富足起来，小城里的人们也越来越热衷于各种聚会，喝酒、饮茶、K 歌、打麻将……当小城越来越像城市，小城里的居民也逐渐摆脱了原有的农民习气，越来越像城市里的人了。于是，学校里那些曾经热火朝天的自留地渐渐荒芜了，学校不得不重新规划，种上了花草。唯有夏先生的菜地，始终打理得整洁、美观，又因为在教学楼后面，不影响校容校貌而得以保存。

其实，夏先生家本也不再需要那片菜园子。首先是夏先生的工资养活一家三口已基本不成问题，菜园子贴补家用的功效已经很小，小得可以忽略不计了。更何况翠丫找了别的工作，没有精力再来打理菜园子。翠丫说连农民都进城了，她不想自己在城里却依然过得像农民一样。夏先生每天课务排得满满的，写教案、批改作业又挤占了他大部分业余时间，而每天读几页书，是夏先生多年来一直养成的习惯。夏先生可以帮忙挖挖地、摘摘菜之类，但要全盘接管却是没这个时间和精力的。翠丫建议将菜园交给学校去种树，夏先生却舍不得。他不敢想象每天吃从包装袋里解出来的蔬菜是什么滋味，不敢想象没有菜园子他将去哪里散步和劳作。在夏先生看来，这片菜园子其实是他与乡村的某种联系，他习惯每天站在窗前看那些蔬菜的生长，习惯每天到阡陌纵横的地埂上去走一走，这些让他感觉童年的生活历历在目，似乎只有这样，他才清楚地认识到自己来自哪里。

夏先生坚持把菜地种了下来，满满当当的，一个角落都不让荒芜。不单为吃菜，具体为什么，夏先生也说不清。当同事们聚会喝点小酒、打打麻将的时候，他就守着他的菜地，劳作、散步，或坐在地埂上看书。有人统计几年下来，夏先生一次集体活动都不参加，甚至有人担心他患了悠闲症。同事们劝他要多出来与人交流，不然，世界就越活越窄了。可夏先生说："吾每日阅读，书中贤德无数，佳言万千，尔等整日嬉笑怒骂，可有一语存于脑中而润泽心肺乎？"同事们听后哑口无言，再不敢当面劝说，只在背后悄悄议论他是这个城市不跟着进化的怪胎。

四

学校由城南搬迁到了城北，新校区宽敞、漂亮、整洁，完全是现代化的设施。搬到环境优美的新校园，师生们个个喜笑颜开，精神抖擞。仿佛开设一个有趣的课题，忽然有人提议，说我们大家都来猜一猜，失去菜园的夏先生将会是个什么样子。人们于是注意观察着夏先生的举动。最初几日，夏先生仿佛太阳底下晒蔫了的菜秧子，整日耷拉着脑袋。但没多久，夏先生又兴奋起来，整天精气神十足，每天走路都是跑来跑去地忙活。一打听，原来夏先生在城郊尚未修成的公路两旁种起了蔬菜。

这个消息让夏先生一下子又成了校园里的谈论热点。

有人说："这不是白费力气嘛，也许菜刚长出来就要被埋了。"

有人说："夏先生种菜种上了瘾，他一天不拿锄头就像爱麻将的人一天不摸下麻将手就痒一样。"

老师们见到夏先生总是笑嘻嘻的，时不时有人故意问他：

"夏先生，你的菜现在种在哪个地方？"

"夏先生，你的菜长出来了没？"

"夏先生，还是自家种的菜好吃，我们能不能去你地里摘一点来品尝？"

　　夏先生没有听出话里的揶揄，总是乐呵呵地答："快也，快也，天然物华，自是美味，欢迎尔等届时品尝。"

　　然而，如某些人预言的一样，夏先生的菜园长势正好的时候，被挖土机几铲子就给挖掉了。看着绿绿的菜地被瞬间吞没，老师们猜想，这挖土机也一定在夏先生的心口处掏了个洞。

　　出乎意料的是，夏先生这回倒挺释然，他表示种的时候其实就没想着收，他只是需要有块地方播种，就像需要有块地方存放灵魂一样。马上就有人抢白他："现在菜地被铲掉了，那你的灵魂岂不是没有地方存放了，没有地方存放灵魂，那你不就成了没有灵魂的人了？"

　　夏先生的脸涨得通红，但他没有争辩，甚至也不生气，他后来笑了笑就走开了，倒让掊他的那位老师愣了许久。

　　夏先生最大的一个优点是好脾气，你怎么说他他都不会跟你急，这也是同事们老爱拿他说笑的一个原因。夏先生并没有沉浸在菜地被铲除的失落里，他买的商品房交房了，正忙着装修。

　　其实那个时段，学校很多老师都忙于装修房子。大多数老师都在学校对面的小区里买房，房地产开发商还给了教师团购价。夏先生买的也是这个小区，只是别人都不挑顶楼，而夏先生专门挑了顶楼。小城一到夏天热得跟个烘烤机似的，而下起雨来又总是恨不能将楼顶压垮的气势，更别说排水的问题了。有人说："夏先生，你排队排那么早，干吗选顶楼啊，房子是住一辈子的事，再怎么节约也不该节约这两个钱吧？"夏先生当时贼笑贼笑的，似乎心里早有打算。

　　夏先生果真是早有算计的。装修的时候，屋子里尽量装得简单，却花了大价钱来打整屋顶。他请工人用砖头水泥堆砌了几个形状各异、错落有致的园子，鹅卵石辅成花园小径，还接了水管装了蓄水池，又找来一些怪石作为装点。看上去极为漂亮，让人生出许多遐想，人们似乎能够想象绿树长起来，各种鲜花盛开的景象，到那时，夏先生的屋顶又将成为这个小区一道亮丽的风景线了。甚至有人暗自后悔，怨自己当初没远见，花些钱和精力将屋顶装扮成花园，茶余饭后或朋友聚会有个美好的去处，也是值得的。

然而，夏先生花了这样的精力，还特意去郊外淘了最好的泥土，但却一棵花也没有栽，他又种上了萝卜和青菜。老师们大失所望，背地里笑他："农民就是农民，捡了钻石，也只会拿去换白菜。"

然而，就在老师们还在为夏先生的花费不值而深感遗憾的时候，夏先生的菜园就被物管下了封令，并被限期整改。原因是入夏后，小城下了几场大雨，不知是房子质量不过硬，还是夏先生的菜园不能及时排水，总之，住不到一年的新房子天花板就被雨水浸湿得像起了许多尿渍，夏先生于是被邻居们告了恶账。

菜园拆除那天，夏先生站在楼顶，俯身下看，忽觉得头晕目眩，房子倾斜，人就要脱离地心引力，飞出去一般。夏先生不知道自己有恐高症，小时候他站在山巅俯身下看，虽然深不见底，但层层叠叠全是绿树和杂草，有依有托，并不觉得害怕。在楼顶忙活的时候，他也只是远眺，进入眼帘的是密密麻麻森林一样的楼房，而山坡早已经被拉得很远很远，变成了淡淡的水墨画般的背景。这次，他也不知怎的，竟朝楼底望去。楼顶到地面，那么高，那么高，但他一眼就望穿了，无遮无拦，他看到地面上的人像蚂蚁一样渺小。夏先生心口一紧，忽然有种悬空的感觉，身体失重般向后倒去。

夏先生病了。但又没什么具体的病症，就是吃不香饭，浑身乏力，懒懒地提不起神。学生们正紧锣密鼓地忙于高考备战，而夏先生却总是不在状态，神情恍惚、问东答西。上课的时候明明分析的是某个近代史的案例，可讲着讲着却扯到魏晋南北朝去了。渐渐地，学生们发现夏先生动作越来越迟缓，思维也越来越混乱，经常将年代、人物搞混，手也开始发抖，有时连粉笔都捏不住。有人开玩笑，说夏先生是失魂了，因为他没地方种菜灵魂也就没地方存放了。但也有人疑心他患上了帕金森综合征。

起初，学校为缓解夏先生的心绪，帮助夏先生恢复健康，特意腾出一个花坛来给夏先生种菜。但夏先生却不愿意，他吃吃缓缓地说："此——园非彼、彼——园，彼能怡——情，此、此为笑——谈而、而已。"

带完这一届高三，夏先生本就可以功成身退，但夏先生的糊涂病越来越严重，学校为了不影响学生高考，经会议研究，最终给夏先生办了病退。夏先生在校园里的生涯就这样提前落幕，据说退休没多久就被送回老家养病去了。

五

故事听完，我倒觉得夏先生是个极可爱和可敬的人。我想，夏先生的不合群是他沦为谈资的一个重要原因。事实上，在参加了无数次的AA制聚会之后，我也越来越觉出了聚会的无聊。每次不是饭前打牌，就是饭后喝酒、闲聊，说长道短、笑闹一番。聚会时很是热闹，但回到宿舍，一个人面对自己，就会感觉心里空落落地发慌。然而不参加集体聚会，我又担心会受到大家的排挤，也变成一个不合群的人。你一旦不合群，你就会成为那个群体的谈资，就会成为大家排挤的对象而被边缘化。想想，像夏先生那样独来独往，像夏先生那样的坚守是需要勇气的。我还没有这样的勇气，因为我的内心还不够强大。虽然夏先生后来走到了一个比较可悲的境遇里，我却偶尔也有羡慕他的时候。在一次聚会中，有两位同事因打牌发生了争执，一个是输多了钱，一个是一边赢钱还一边拿人调侃，输钱的终于控制不住情绪，掀了麻将桌。从那以后，我就再也不想参与那些无聊的聚会了。

我深居简出，把所有精力都投入在教学上，暗自下定决心要成为一个博学多才、受人爱戴的人民教师。我认真备课，写教案，每一课都制作了课堂设计以及相应的 PPT，广读涉及的课外书，要求学生背诵的，自己先背下来，布置学生作文自己也一起写，做历届考题也试着自己出题……我想，教学的头三年是打基础的三年，也是确定自己能否成为一名优秀教师的三年，我必须为之而努力。

天道酬勤。第一个学期，我所教的两个班的语文成绩在全年级 18 个班中一个倒数第一、一个倒数第二，其他科成绩亦是如此。经过我提倡的兴趣教学、业余辅导、个别补课等一系列努力，第二个学期，这两个班的语文成绩除两个尖子班外，排到了普通班正数第一和第二。高二分文理科，重新教授两个参差不齐的班级，一个文科差班，一个理科尾数班。至高三，两个班分别有十来个拔尖的学生被调至尖子班。尾数班级又重新打散整合，再次接管一个没有人愿意任教的班级，最后一学期，又有三四个成绩拔尖起来的学生被调至尖子班。高考结束，我的两个班级意料之中地全军覆没。看到别人或多或少领到一些教学奖金，我又将希望寄托于下一个三年之后，希望下一届能教两个好一点的班级，或者说固定些的班级。

新学期开始，教务处的黄阿姨始见我，像要为她选儿媳似的前后左右地将我端详过遍，然后盯着我的肚子，又盯着我脚上的高跟鞋，拍了拍我的肩，说："姑娘，当心点哦，尤其是初期要特别小心注意。"

这话让我莫名其妙，难道我得罪谁了么？我思来想去也没想明白，决定再见黄阿姨时问个清楚。第二天，黄阿姨见我仍旧是高跟鞋"噔噔嗖"地走在校园里，又一脸关切地过来拉着我的手，说："阿姨是过来人，怀了孕真的不要穿高跟鞋了。"我和男朋友因为异地恋正面临着分手，校园怎么会传出我怀孕的消息呢？这不是毁我清誉吗？我感觉受到了极大的羞辱，便质问黄阿姨："你看我哪里像怀孕的了，你为我检查过表明我怀孕了？我还没结婚，为什么要无中生有地中伤我？"

黄阿姨错愕了，她没想到她的关切换来的却是我愤怒的质问，急忙说了一连串的对不起。然后跟我解释，说是应学生的要求，新学期本来是安排我上补习班的课，但有老师说我怀孕了，不宜带高三，才又调去上高一。还说不断有学生到教务处问为什么他们选了我却不是我上他们的课，教务处的领导都是这样跟学生解释的。

都说家丑不可外扬，学校假若真有老师未婚先孕，只怕有人知道了也要尽量藏着掩着吧，而我这没有谱的事却有意让它满天飞，这让我以后如何为人师表？我就这样被飞来的流言击伤了。曾有好一阵子，觉得人生的奋斗毫无意义。一直以来，当一名优秀的教师是我最大的梦想，为此，我放弃了回家乡的机会，男友也因为长期的分离而提出分手，我一个人只身在这座异乡的小城里教书，不怕苦，不怕累，是因为我相信，校园是片纯净的天空，是片只要自己努力就可以展现人生价值、获得爱戴与尊重的土地。原来，我的想法还是太过天真了。补习班是学校的一块肥肉，学校为激励教学，学生所缴纳的补习费用不缴学校统筹，而是作为任教老师的额外的绩效奖励。据个别老师透露，带一个补习班一年至少可以增加一万元的收入，相当于我们全年工资的三分之一，这还不算教学奖。有利益就会有争端。可我并不想争什么，却在这种争抢里受到了伤害。

让我释怀的，是某天偶然在办公桌的一个旮旯里翻到了一张纸片，上面写着：

种菜赋

手握书香足沾泥，桃李天下绿屋畦。

勤执笔来勤灌溉，心留岁序漫耕犁。

无须乱市论高价，盘中碧绿胜全席。

孤芳自赏又何妨，管他讥言与冷语。

莫让田园空荒芜，守住心中自留地。

夜读诗书心静幽，话酒桑麻最自娱。

　　　　　　　　　　——春耕留笔

　　这是夏先生端正的小楷。从这些诗句可以看出夏先生是个洒脱之人。同事们调侃的夏先生的故事，我总有些怀疑，这样洒脱的人，难道真的是因为没有了一块实实在在的土地供他种菜而导致精神崩溃的么？

　　夏先生一定是因为菜园子的一再失去感觉到了生活对自己生存空间的挤压，我也感觉到了这种挤压。我想，夏先生在楼顶摔倒的那一刻，一定是感觉无数的房子不断地向自己挤来，最后无法喘息才倒下去的。或许他站在黑板前，也总感觉无数的人和物挤向他，那种不断涌过来的感觉让他眩晕，以至于将眼前的物象都弄混了。我有过这种体验。小时候有次河里涨了大水，我和几个小伙伴到河对面去摘樱桃，去的时候是走大桥去的，回来时，大家都累了，实在不愿跑远路，就大着胆子过独木桥。一站到独木桥上，看到河水又浑又急，就感觉有些眼花，似乎水往下流，桥往上跑，越往前走，就越觉得水流得急，桥跑得快，而四周山、水、天空都在向自己挤压过来，来到桥中间，整个人似乎悬空了，脚不知落于何处，我只好闭上眼睛蹲下去抱住桥身大呼救命。

　　然而，我现在感觉到的挤压却是无法表述的，更不可能呼救，我只能继续埋头苦干，偶尔读一下夏先生的《种菜赋》，暗暗对自己说，豁达些、豁达些，淡泊名利，守住自己的内心就好。

六

我将夏先生的《种菜赋》和新课表一起贴在墙上。

《种菜赋》很快被同事们发现了。同事们似乎又遇着一个笑点，有人很快背下这首诗，有人将《种菜赋》抄写在黑板上，有人则反复模拟着夏先生的神态，夸张地朗诵这首诗。

"自留地、自留地、自留地，"杨组长说，"小石老师，夏先生的自留地现在快成你的自留地了。"

又一个老师说："那桌子好像真有魔力嘞。"

"是哦，是哦。"

"是吸心力。"

"大家别靠太近了。"

……

一些同事跟着附和，一些同事赔着笑。

看到同事们通过取笑他人而获得快感的陶醉的模样，我气不打一处来，猛地拍了一下桌子，几乎有点歇斯底里地吼道：你们真觉得那么可笑吗？

见我发怒，大家都安静下来，连小声的议论都没有。我的举动或许太出人意料了，我也立马意识到自己的反应太过激烈。这下，只怕同事们更加疏远我，也把我当作另类了吧？

回到宿舍，我很想哭，只觉四周黑压压的，仿佛天都要塌了一般。这时，手机跳出一条信息，打开看，是杨组长发来的。他跟我道歉，并建议明天帮我把办公桌换掉。其实想想，同事们大都是善良的，只不过人多聚在一起喜欢笑闹而已。而我在涉世之初，很多事情都不会逢迎与婉转，直突突的处世方式不经意间也会得罪别人。也许换种心态，一个微笑就能柳暗花明。这样想着，我感觉四周又渐渐光亮起来。只是，我真的该换掉那张办公桌吗？真的要在这个时候换掉吗？我忽然很想了解一下夏先生现在的状况，很想见一见真实的夏春耕老师。他的病是越来越严重了，还是每日上山下地地干活，已然变成一个健壮的农村老头了呢？我想象着夏先生在乡下的生活。我想，见了他，也许我心里就有了明确的答案。

终于，某个周末，我独自来到夏先生所在的村庄。我在公路边上下车，映入眼帘的是一个美丽的侗族村落。一百来栋木楼依山而建，错落有致，寨前是一片田坝，一条不宽但却平整的水泥路穿行其间。我步行了大约一公里，跨过一座翘角叠瓦的风雨桥，就进入了村庄。村庄很安静，许多人家都是铁将军把门。我也出生于一个侗族村庄，知道侗族人平日里是不锁门的，只有出了远门，长久不回家才会上一把小锁。看来，这个村庄也与别的村庄一样，绝大多数人都外出打工了。一路上没遇见一个人，村庄显示着荒芜的色彩，但我知道，不管怎样荒芜，它却是那些外出打工者在外拼搏的底气，是促使他们奋进的动力，也是他们退守的港湾。

在公路上就见到这个村庄有两座鼓楼，两座鼓楼表明这个寨子有两大家族。也许只有到了鼓楼脚下，才能遇见人以打听夏春耕老师的住所了。我向鼓楼的方向走去，终于在其中一座鼓楼脚下看见了一伙人，几乎都是老人和小孩，他们围作一团，专心致志地看着什么。我凑过去，正想向他们打听夏春耕老师。只见一个老头立在人群中间认真地写着毛笔字，像是教人书法，又像是给人题字。我正想开口，却见老人所写的楷体书法很是眼熟，我于是耐心地等了一下，果然见老人的落款是"春耕留笔"。

我认真打量眼前这位老人，只见他戴着一副眼镜，身着中山装，干净整洁，看上去精神矍铄，很有学究范。再看他的书法，笔劲苍道，庄重齐整，在这鼓楼下，在这人群中，一眼便让人觉得这老人定是位隐居于乡间的贤达。

我深感迷惑，怎么也无法将传闻中的夏先生与眼前这个老头合在一起。

原载《朔方》2015 年第 03 期

蚂 蟥

一

小说刚入局没多久就卡住了，我正冥思苦想一个合理的情节。燕子抖了一下我的窗口，我懒得理睬，隐身着呢，她怪不着我。可是，这丫头就是那么倔强，一副不到黄河心不死的态度。没一会儿，又抖了一下，又抖了一下，连着抖了十几下，简直不让人活。

"干吗呢，还让不让人活了？"我没好气地发过一句话，又在后面扔了颗炸弹。

"就知道你在，还跟我诈尸！"她发了一个伸舌头眨眼睛的笑脸符过来，一副扬扬得意的样子。

我发了一串敲打的图片。

她说："请我吃饭。"

"凭什么？"

"我心情不好！"

"你心情不好关我毛事？"

"你请我吃饭，我向你倾诉，我心情好了，你亦有所得，两全其美。"

"把我当垃圾桶，还两全其美，美你个头。"

"你可以变废为宝嘛！"

"那也要看有没有回收的价值，如果是臭气熏天的腐烂之物，我要有何用？"

"含金量绝对高，快拿你的垃圾桶过来接吧。"后面还跟了个勾手指的图片。

我请燕子到我家对面的简餐厅吃煲仔饭。这家简餐厅几乎成了我特定的请客地点，一是离家近，不用走远；二是环境好，一小间一小间的卡座，不完全封闭也不相互影响；三是简单，要吃什么，各点各的，经济，还很小资。我可不喜欢为吃一餐饭大费周章，耗时耗力。

燕子却丝毫没有为我着想的意思，她先是要了杯饮料，点了些小吃，说是主食晚点再考虑，然后拿了本杂志，一副慢慢消遣的姿态。

我说："你肚子饿就吃饭，有苦水就尽管往外喷，别整些没用的东西来浪费我时间。"

燕子笑了笑，一点也没有心情不好的样子。她说："慢慢来呀，氛围有了，话才出得来，心急吃不了热豆腐，一点生活情调都没有，我真不知道你那些文章是怎么写出来的。"

"我关注的可不是什么小情小调。"我没好气地回说。

"知道！知道！大作家自然是要关注民生，关注底层百姓的，要不然我才不会冒着挨领导批评、惹同事生气的风险跑来跟你透露消息。我们领导可是特意交代了这个事尽量不要外传。"

"除了报纸上登的，你们领导哪件事不交代不要外传？"

"这件事不单不宜外传，而且还不知道如何外传，你总得容我酝酿酝酿。"

看燕子不像故作神秘，我的兴趣就浓了。

燕子在一个机关部门当会计，整天与数字打交道，思想却远比我这个业余爱好写作的人民教师复杂。她总说："人在江湖混，必须小心又谨慎。"我便笑她活得累，比一个思想家都还累。她说："所以呀，我得比你会享受生活，不然太亏了。"我对她撇撇嘴，说："弄点小情调就是会享受生活了？你别看我有些时候似乎在吃亏受苦，其实那是在享受更宽广的人生。""理解，理解，我这不有事没事就来让你享受更宽广的人生了吗？"

我和燕子经常这样分享着彼此的人生。我猜她这次要告诉我的事与金钱有关。难道是她们单位有人挪用公款或是以权谋私、贪污？我说："如果是挪用公款贪污一类的素材我可消化不了，你应该找纪委或检察院。"她呸了我一声，说："你就不能盼我点好。"

我只好慢慢喝着咖啡，静等燕子酝酿。

二

终于，燕子说："还记得杨玉英吗？"

杨玉英？这个名字似乎有点耳熟。我想了想，拍了一下脑袋，哦，终于想起来了，是两年前燕子她们单位车祸事故的女主角嘛。我还记得，最初听到杨玉英这个名字，以为是个美女，想不是美女，也该是个既干练而又内敛的女子。但燕子当时立刻打击了我。她说："美女？内敛？真佩服你的想象力，人家是个五十多岁的农家妇女，个头不高，衣着土气，皮肤老糙，但又撅着嘴，眼睛贼圆贼圆的，显出一副农村妇女所没有的城里人的精明和不怕事的气度，你不知道那样子多让人讨厌。"

我不太认同燕子的描述，想带了情绪的描述，再美的人也会被说得丑陋不堪的。燕子说："是真的丑，不然你哪天自己见一见。"

　　我最终没有去见。我不是无聊的猎奇者，我只是个供朋友倾诉的垃圾桶。全国几乎每天都有那样的事件上演，报刊网络这类新闻多得都让人失去了阅读的兴趣，虽然那时我也曾费心地做过一些假设，但终究觉得没什么新意而不了了之。

　　当时我的论调是，没有谁天生下来就特别美或特别丑，遗传决定着我们容貌的轮廓，但长大后是讨喜还是讨厌却是在成长的过程中慢慢形成的。话说名如其人。名字一般是父母给我们取的，寄托着父母的愿望，父母也往往会朝着愿望努力培养着子女。这个叫杨玉英的女子，如果容貌完全没有名字留给人的那点美好想象，我想，她一定是在生活上遭遇了诸多变故，历经世事沧桑后，人逐渐给长偏了。

　　燕子说："你的奇言怪论还真是多。不过，你看她做的什么事，你就知道她是个什么人。"

　　事件的大致情况是这样的：两年前，燕子她们单位的驾驶员小刘在一个拐角的巷道里倒车，不小心把挑着担子的杨玉英给碰倒了。小刘怕得要命，赶紧下车扶起杨玉英，问她摔伤没有。杨玉英一边捡起掉落的东西，一边摆手说没事没事，好像嫌小刘碍着了她般，捡完东西挑起担子就准备离开。车上的领导不放心，说还是去医院检查一下，免得以后出了什么事说不清。就这样，杨玉英极不情愿地被送进了医院。但是到医院之后，情况就发生了180度的大转变。杨玉英先是走起路来一瘸一拐的，尽管拍片说没多大问题，但杨玉英老是哼哼唧唧地喊脚疼得厉害。她哼得太难听了，医生就给她涂外用药。没人知道她是过敏体质，涂了药后，她的两只脚肿得像吹了气的猪蹄，最终连下床走路都难了。杨玉英在医院住了好几个月，当然后面只是在医院挂着床号，人却跑到燕子她们单位向领导哭诉她家庭有多困难，说她爱人死得早，两个孩子都还未成家，她肩上的责任多么重大，万一留下后遗症如何是好。领导听了两回就不耐烦了，都躲着她，她也就由起初的哭转变为后来的破口大骂，每天一闹。最后，经单位多次找她亲戚帮助调解，除保险公司报销所有住院、护理、误工等费用外，燕子她们单位也同等报销这些费用，另加 1 万元补偿，合计是 25835 元。此外，驾驶员小刘个人又补她5000 元，她才肯在调解协议上签字。

我说："人家受了伤，担心以后会留后遗症，多要点钱也无可厚非。"

燕子说："你是站着说话不腰疼，那简直就是牛尾巴上的糯蚂蟥，凭你怎么甩也甩不掉，如果是你遇上，不觉得厌烦么？"

燕子这个比喻倒是蛮贴切。蚂蟥我是清楚的，小时候下田干活最怕遇到的就是蚂蟥了。俗话说"水里的蚂蟥，粘上就难脱"。被蚂蟥叮上，如果不懂得方法，无论你怎么抖，怎么甩，怎么用蛮力去扯，都是扯不掉的。它就像一条弹力极好的橡皮筋，你用多少力就能将它拉得有多长，而一松手，仍旧是因吸了你的血变得鼓胀的黑乎乎的虫子吸附在你的腿上，像吸管一样迅速吸着你的血。等它吸饱了掉落下来，看着流血不止的伤口，你气愤至极，想要置它于死地，你用刀将它砍成几截，它就变成几只，每一只都在蠕动。你用石头将它砸得稀烂，但等你转身，那稀烂之物又黏合成了一只完整的蚂蟥，仍旧活着。你拿到太阳底下暴晒，想它是生活在水里的生物，离了水自然会死掉，可是只要到了夜晚或早晨，有了一点点的露水，它又活了。这种难缠的虫子专爱吸人的血，样子又丑陋不堪，极为可怕。其实，对付它的方法很简单，被它叮住了，不要慌，吐一泡口水它自然就掉了，再把它丢到火灰里，或者洗衣粉、食盐等碱性物品之中，它挣扎几下，犹如水泡脱水一般，瞬间每一个细胞都死了。

我说："再厉害的蚂蟥也没什么好怕的，只要用对了方法，什么蚂蟥也糯不起来。"

见我不认同，燕子对我撇了撇嘴，说："如果是你摊上这样的事，你怎么办？"

我摊上这样的事？假如我是那个驾驶员小刘吗？还是假如我是燕子单位的领导？抑或假如我是杨玉英？我觉得不如都假设一番，这挺有意思。

我想，假如我是驾驶员小刘，自己有错在先，首先是要沉得住气，不管别人怎么恶语相加，都得听着忍着，然后不管人家要求合不合理，也都必须笑脸相迎，只要在自己能够承担得起的范围，尽量满足对方要求，积极应对处理，切不可将事情拖得太久。

燕子说："小刘就是这样做的呀，换作我，早跟那个人杠上了，即使一方有错在先，另一方也不能一味胡搅蛮缠吧。"

如果我是燕子单位领导，应该是最不乐意被纠缠的，最好是快刀斩乱麻。这就不能因为心烦就躲，也不能仅听小刘或办公室的单方面情况反映，要主动与对方面谈，了解对方诉求，如果要求不是太过分爽快答应，并督促下面的人将事情尽快处理，如果要求太过分则想办法从中调解。我想那一百多天的住院一定并非杨玉英的本意，而是你推我我推你，将球抛来抛去给抛出来的。

燕子说："你是不当领导不懂得当领导的难处，你以为当领导就可以翻手云覆手雨了？其实当了领导要顾虑的事情更多。答应干脆了，一是怕对方会得寸进尺，二是怕引起与受害方合谋套取公用资金之嫌。不管合不合理，也不管赔偿多少，这种事情都得拖一拖，磨一磨。只是杨玉英太难缠，事情磨得太久了而已。"

"这是什么逻辑？既怕纠缠，又有意让事情拖延？"

"说你也不懂。"燕子用眼睛白我。

"如果这样，还不如干脆交由法院处理。"

"你真是个单纯的理想主义者。"燕子经常这样讥嘲我，这次她又这样说。她说："你以为交给法院就可以摆脱纠缠摆脱烦恼了？这种事谁会交给法院处理？"

法院不就是处理各种协商不下的纷争的吗？我真不知道为什么不交给法院处理，但燕子的语气不容我多问。在燕子面前，许多时候我就像个住在象牙塔里不谙世事的学生一般。

这是我和燕子那个时候的对话。那次对话让我明白，有些事不能一蹴而就。这让我了联想到了恋爱，你不能因为爱人家爱得要死就立马要求与人家上床，那样只会把人给吓跑。不管你爱得有多深都要矜持地将时间拖一拖，让人家一点一点探究你的心意，有个水到渠成的过程。我还想到了卖东西讨价还价，得一点一点地退让，太爽快了反倒让人生疑心。也就是说，杨玉英事件，不管赔偿多少，燕子她们都必经过杨玉英的一阵纠缠与闹腾，而且必须闹腾到一定程度，这赔偿才显得合情合理。这样一联想，这事似乎还挺合逻辑的。可是，妈的，我真想偷偷骂一句，什么狗屁逻辑！

事后，回到自己住处一个人的时候，我悄悄地想，假若我是杨玉英，假若是我被公车撞了，我是否也会抓住机会狮子大开口？我从小就喜欢假设，或者说喜欢幻想。大概穷人弱者都是比较爱幻想的，比如人在渴极饿极的时候，会望梅止渴、画饼充饥，比如那个卖火柴的小女孩，寒冷的夜晚，她却在微弱的火柴光里看见了温暖的火炉、肥美的烤鹅、美丽的圣诞树和慈爱的奶奶。

我曾经假设过如果我突然中了500万元会怎么样。500万元，于我年薪还不到5万的人而言，那简直是个天文数字。我是这样想的，如果我中了500万元，我首先买栋豪宅，让父母兄妹都住到里面去，一家人其乐融融，然后再买栋酒楼，开一家高档酒店，日进斗金，从此不愁吃不愁喝，想干什么就干什么。可是有人提醒我，买豪宅或开酒店，500万元只做得了一样。如若买豪宅，兄弟姐妹都不在一个城市工作，不解决工作问题一家人住到一起是不切实际的，再说买了豪宅，说不定还会跟原来的朋友有所疏远，独自成了笼中鸟岂不得不偿失。若开酒店，那我将整日忙碌，既没有时间看书也没有时间写作，更少有时间与朋友闲聊，经营得当日进斗金，经营不当，嘿嘿，整个人生就陷到泥潭里面去了。阿Q式的想法让我感到意外之财的可怕，所以，对于是否能中500万元，我并不怎么渴望。事实上，我从来就不曾去买彩票。

那么，500万元我都不在乎，两三万元的赔偿款我又岂会放在眼里。然而，真的不放在眼里吗？我想到了一件事，学生时代，一次挤火车回家，由于时间紧，买了张一块钱的站台票就上车了。上车之后，许久也没有人来查票，看到火车上人挤人，我想列车员查票时往人堆里挤一下或者厕所里避一下也许就躲过去了，我于是萌生了逃票的念头。后来查票我果然就逃过了。可是下了车，出站时我却找不到别的出口，想沿着铁轨走远一点然后翻过围栏，但一个小姑娘在这人生地不熟的地方，感觉此举太危险，为逃一张几十块钱的票冒这样的风险不值得。我于是想人挤人的时候蒙混过去，但还是被拦下了。那一刻，我紧张得感觉仿佛整个世界的眼光都齐刷刷地盯着我，而我赤身裸体。我支支吾吾地解释说车上太挤票给弄丢了。大概因为我做贼心虚，工作人员一下就听出了我话语的虚假，他训斥我说年纪轻轻就不学好，几十块钱难道比你的诚实还可贵吗？我的脸"唰"的一下红到了耳朵根，羞得无地自容，一边乖乖地补票，一边对自己的逃票行为追悔莫及。我想如果我不是因为口袋里钱少得可怜，如果不是因为一张站台票就上得了车，如果不是车上人太拥挤给我提供了浑水摸鱼的机会，或者我身边有一个认识我的人，我一定不会想要逃票。在老师同学亲人们眼里，我向来是那么诚实乖巧

的孩子，谁能想到我心里也会生出逃票的念头呢。那一刻我意识到人性
的可怕，想一旦失了监督失了约束，人心的邪恶就会生长出来。

　　或许我们不会对那些遥不可及的钱财有过多的妄想，但面对迎面
撞来的机会，谁又愿意轻易地错失？我信用卡透支的几千块钱还等着还
呢；眼看冬天就要到了，如果能多些余钱买台空调该多好啊；除了些急
需的开销外，有一笔钱出去旅行一趟也很不错。这笔钱承载着我这么多
真实的需求，我会不去争取吗？听燕子描述，杨玉英的家境应该不比我
好，等着钱用的地方可能更多。而即便家境好，谁又会跟钱过不去，何
况这钱是用命换来的。这样一想，便觉得杨玉英即使过了分的要求也是
可以理解的，我们指责她其实就是在指责我们自己。而这个社会，我们
更多的应该是指责自己，却往往总是去指责别人。

　　燕子说："如果人人都能如你这般想，这个社会就不会存在纷争和
矛盾了。你总是把事情想得太简单太理想主义，而人心的矛盾与复杂，
又岂是你能够猜度得透的。"

　　猜度不透就不猜了，好在事情后来终究处理好了，了结了，我不
用再听燕子唠叨，燕子也不用再为我的假设而烦恼。只是一年时间过去
了，燕子为何又要重提此人？

　　燕子说："事件是过去一年多了，可是你想象得到吗，杨玉英再次
理直气壮、气势汹汹地卷土重来。"

三

　　接着，燕子讲述了她一天的所遇。

　　早上，燕子刚到办公室坐下没多久，就听到隔壁办公室喧嚷起来。
只听一个声音响亮地说道："你们怎么能这样欺负人呢！你们也太欺负

人了你们！你们看吧，协议上明明写的是 25835 块钱，可你们打的这两笔款加起来才多少，你们自己看，自己看吧……1.1 万元和 4835 元……嗯，两笔加起来才 15835 块钱，整整少了 1 万块钱，1 万块钱啊——当初你们说好多补我 1 万元，我才答应签这协议的，可是签了协议，你们又不补这个钱，堂堂机关党委部门，你们怎么能这样不讲信誉，坑蒙我一个老百姓呢。你们坑蒙我一个老婆子，你们的良心过得去吗？你们的良心被狗吃了吗？……"这个声音越说越亢奋，噼里啪啦，像放鞭炮一样，不容人插嘴，一听就是泼妇骂街的阵势，似乎有意要将整栋办公楼给引爆。

那人正是杨玉英，燕子第一眼也差点没认出来，她比一年多以前在医院住院时看上去还糟糕些。燕子看了杨玉英拿来的调解协议和银行清单，发现那两笔款后面均注明由平安保险公司转入，燕子想这不纯粹是胡搅蛮缠嘛。

燕子将当时的账单翻找出来，她们做的是现金账，有杨玉英签字摁手印的领款册子。驾驶员小刘那里也有杨玉英签字的领款收条。燕子将册子和收条给她看，跟她解释，说那两笔款不是他们单位打的，是保险公司打的，他们给的是现金。杨玉英不相信，说她没有得领现金，当时是留了卡号，因为小刘说让她签字摁手印后，才能报得出账来给她打款，后来她看到卡里确实有钱进账就没在意，现在才查到账上的款与协商的不一致，这才来要求燕子她们单位将所欠部分补给她。

大家好说歹劝，说时间久了，也许她给忘了，既然不相信那两笔款不是他们打的，不如由银行来证实。小刘带着她去银行查账，她终于相信那两笔钱是保险公司打给她的。

下午，杨玉英再次来到办公室。她一进门就大声大气地嚷嚷："那两笔钱不是你们转的，那你们一分钱也没有给我，我受伤住院，涂药过敏，你们这样对我，还有没有良心！"

驾驶员小刘一听她的声音，立马一副苦涩的表情，燕子及同事们也都纷纷摇头，说真是"蚂蟥无骨头——两头吸血"。大家只好再次拿出她签的收条和摁了手印的领款册子给她看，并软语相劝，说你老人家是不是因为时间久给忘记了，当时是付了现金给你的，有你的签字为证，你好好想一想。

"不用想，我就是没得拿过钱。我又还没老糊涂，也没有不清不楚，我可以对天发誓愿，我要是从你们这领了钱，天打五雷轰！"

"如果没有收到钱，怎么会写下已收到 25835 元的收条呢？"

"那收条看字就不是我写的。"

"那是你说不会写才由人代写，但是下面落款是你签的字。"

"字是你们诓我签的，手印也是你们诓我摁的，你们诓我签字摁手印，说过几天得了钱就给我转账，结果你们又没有给我转，你们这样欺负我一个老婆子，是要遭报应的。你们如果执意不肯拿给我，我也只有来拜天了，每天拿香拿纸来行政大院这里拜天！"

"你要觉得我们欺负你，你可以去信访局反映，可以去法院告状啊。"

"我不去信访局，也不去法院，我就老命一条，你们若不尽快给我处理，不补钱给我，我也只好拿命来跟你们菜了。"

办公室主任给她倒了杯水，说："你老消消气，钱也不多，才两三万元，哪用得着拿命来菜。"

"你们说钱已经提出来，他（驾驶员）又不拿钱给我，我就是要拿命跟他菜。"

驾驶员小刘在一旁嘀咕："钱我已经拿给你了，你不承认而已。"

"好，你说钱已经拿给我了，在哪里拿的，谁可以作证？"

大家望向小刘，想这么大笔钱，小刘总不会是悄悄地拿给杨玉英，总有人可以作证的。小刘沉默了一会儿后，说："在我办公室里拿的，当时就我们两个，拿完了才写的收条嘛。"

杨玉英再次咆哮起来，用手指着驾驶员说："我可以对天发誓，除了之前跟你得了 5000 块钱，真没跟你拿过一分钱。老弟，你也是上有老下有小，你敢拿你崽来跟我发誓愿么，你敢跟我到高盘的庙里去烧香发誓愿么？"

她声音极其洪亮，又放大了嗓门，一副有意要吵得整栋楼都沸腾的架势，只可惜这栋楼的人都练就了处变不惊的本领，并没有不相干的人来围观。

新来的小琴坐下来安慰她，说："有事好好商量，好好解决，你说你没收到钱肯定不甘心，但也不要说狠话，事情又不是没有商量的余地。他说他已经把钱给了你，那他也不甘心，时间久了，记忆都会模糊，不如我们去银行把所有清单都调出来看一看，如果没有这笔钱，我们也就更有理了不是？"

杨玉英之前没有见过小琴，大概以为小琴也是来办事的群众，又感觉小琴是站在她一边的，终于答应离开办公室，跟小琴和小刘去银行查账。据小琴说，他们去调了她几张卡的清单，她的一张农行卡去年 11 月 27 日和 28 日分别有 2 万元和 1 万元两笔钱存入。这个日期刚好比她签协议的日期晚了几天。小琴问起她这两笔钱，她顿了一下，然后解释说那钱是她妹以前跟她借去做生意还给她的。

"事情哪有这么凑巧，"燕子说，"你看这不显而易见么？得钱拿去存了还要来闹腾，简直是自己捆自己耳光。更可气的是，都已经查到这份上了，她居然仍旧扬言要在正月十五元宵节时到行政大院来拜天，你还见过比这更无耻的人吗？"

四

燕子讲述的时候，为了尽量还原故事的在场感，总是将人物原话搬出来，有时连声音腔调都一同模拟。对于燕子的这一才能，我特别佩服也特别羡慕，常由衷地感慨说她这样好的记性和表演才能，不去当演员真是可惜了。

燕子见我一副欣赏演讲般的表情，对我笑了笑说："如果你在，你一定能够连同她的表情、动作、神态都准确地描述出来，那才叫一个精彩。人生如戏，全靠演技。高手在民间。今天我算是见着真正的超实力派演员了。"

说完，燕子便埋头吃东西，似乎在等我发表看法。

我没说什么，也跟着吃东西。

燕子刚才说杨玉英比一年前住院时看上去还糟糕，这句话仿佛一根刺扎到了我。我在想这一年间这个女人究竟经历了些什么。燕子关于杨玉英的描述与表演让我想起了我的母亲，我觉得燕子描述的这个杨玉英事实上与我的母亲有几分相似。我母亲一连生了三个女儿，在村子里很不被看重，大凡小事，便总有人想要占几分便宜，而父亲在外地教书，性格温暾，不太管事，生活的担子便主要落在母亲身上。母亲没上过学，但能说会道，性格也泼辣，谁也别想从她身上哪怕嘴上占一丁点便宜。那么，杨玉英也承担着家庭的重担吗？她的生活又发生了怎样的变故，才将她一步步训练得这般刁缠，这般损毁着她的容颜？不管怎样，我的母亲本质是善良的，虽然有些时候也会为了一些芝麻小事与人相争时不惜撕破脸面，但真正是非面前却自知好丑。而且，我母亲也如杨玉英一般相信鬼神，相信天地，相信冥冥之中自有一双眼观照着这世间，因而，无论做什么事，闹归闹，却不敢太过出格。可是，我不能确信的是，杨玉英在经历了生活的种种磨砺之后，是否还保持着那份农民的质朴与善良，不知她对天地对自然存着的这份敬畏，是信仰，还是一种为达目的的手段？

屋子里之前一直扬着高调的说话声，现在突然安静下来，让人感觉有几分不自在。我倒没什么，我陷在自己的设想里，想假如我私底下去杨玉英家了解情况，我将会遇到一番什么景象。不自在的是燕子，她急切用声音打破这份安静，她问我："你说正月十五杨玉英会不会真的来拜天？"

"难说。如果她真的领了那笔钱应该不会来。如果她确实没领过那笔钱，是一定会来的。"

燕子喜欢听我分析，我虽然话不多，但一两句简单的话却往往能让她茅塞顿开。

燕子惊呼："你的意思是说她没有领到那笔钱？这——怎么可能！"

我不置可否。但我觉得杨玉英的话也有一定道理。关于县财政的报账制度我也略知一二，报现金账的话是必须各项手续齐全，有发票或是领款人签字的册子才能报账，报得账后才去付款，所以领款册子上有杨玉英签字摁手印也不能表示她当时就领到了钱。还有一种情况就是先写一张借条把现金借出来，等各种单据齐全了再去充借条。杨玉英事件显然不属于后者。走现金账本来就是不太符合财政制度的，但地方上为了简化程序，许多单位都是喜欢走的现金。

"她在领款册子上签字摁手印肯定是还没领到钱。"燕子说，"可是，收条呢？如果没有领到钱，她又怎么会单独给驾驶员小刘签了一张领款收条呢。再说，没签协议之前，杨玉英几乎每天都会来单位闹一场，让单位领导和同事们坐立不安，若是签协议当天没领到款，隔了一个多月她的卡才有进账，这一个多月，你说她能坐得住吗？从签订调解协议到现在，时间已过去一年多了，这一年以来，她竟然都不去关注她死皮赖脸才争来的赔偿款？你觉得这说得过去吗？"

我没有回答。燕子又说："幸好小刘机灵，让她又签了一份收条，不然还真的说不过去了。"

我说："就怕是小刘太过机灵了。"

燕子问："你这话什么意思？"

我没有任何证据，不好说得太白，便说："笨一点的人肯定会当着大家的面将钱交给杨玉英，或者让人将交钱的过程拍照下来。"

"谁会想到这人竟那么痞呢，人与人之间总该还存点信任吧，如果是你，没遇到这事之前，你会想到这么办吗？"

是啊，我只怕连收条都不好意思开口让人家写。可是，她不是留的有卡号吗？"若按照我的习惯，我会把钱存给她或转账给她，只要是存钱或转账，银行就会有记录，那么多钱，那么难数，我干吗要给她现金呢？"我说。

"这个，我也不知道。"燕子做了个鬼脸又去吃东西了，一副事不关己没心没肺的样子。

我问燕子："如果到那天杨玉英真来行政大院哭天拜地，你们打算怎么处理？"

燕子说："谁知道呢，办公室将资料提供给她所在的社区，现在正由社区同志去做她的工作。我只是祈祷她不要再来才好。"

作为局外人我不好作什么评说，我只是觉得这个事情不能简单粗暴地处理。我对杨玉英背后有着什么样的故事产生了兴趣，有点想要去见一见燕子嘴里那副让人生厌的面孔了。

五

要燕子问得了杨玉英家的地址，我决定去杨玉英家拜访一下。去杨玉英家之前，我先去了趟社区，想将杨玉英这个人了解得更丰满些。

我冒充燕子，说想来了解一下杨玉英的情况。社区里的几个年轻同志一听说杨玉英，话匣子就打开了，仿佛有万千故事急着往外喷似的。

"杨玉英啊，她可是我们社区明星级的人物了。"

"抱歉呀领导，你们单位的那个事我们实在无能为力，我们社区还有好多事都做不了她工作呢，你们还是自己想办法吧。"

"我觉得她当时肯定是碰瓷，她还真有眼光，专朝公车整。如果遇到私车，说不定人家宁愿将她撞死多赔些钱，也不想惹得满身骚。"

"杨玉英是谁，有名的钉子户啊。我听说当时修滨河路时有块地迟迟拿不下，就是她一哭二闹三上吊从中作梗。路修好了还不主要是方便她们这些河边户。"

"最让人啼笑皆非的是，头一天才为她死去的儿子来要抚恤金，第二天又说她儿子还没死应该给低保。"

几个年轻人越说越气愤，我了解了一些相关事件后就出来了。虽然我对他们的讲述并不完全认同，因为很多事他们也是道听途说加主观判断，但抚恤金这个事却是确有其事，而且刚刚发生。说是杨玉英有一个儿子年前在外地打工不知怎么突然死了，杨玉英先是跑到社区闹着要国家发给她抚恤金，后来见争抚恤金无望，便又说她儿子没死，要争低保的名额。

这是什么人嘛。如果说之前我对燕子的描述还持着怀疑的眼光，想为杨玉英争得几分让人同情的因素，从社区办公室出来，我对杨玉英也产生了极度的反感。亏我之前还将她与我母亲相比，现在想来那简直是对我母亲的亵渎。我母亲纵使有千般的不好，但她有一个最大的优点，那便是勤劳，她不仅一生操劳，还教育自己的子女要勤奋，要靠自己的双手创造美好的生活，单就这一个优点就足以让她获得子女的爱戴与世人的尊重。我的父母以超凡的辛劳将五个子女都培育成了大学生。而杨玉英这样的人，不靠自己的手脚好好过日子，却整天想着通过一些歪门邪道挣些意外之财，那不犹如一个寄生虫一样么，这样的人比那些纯粹的懒汉更让人厌恶。

有了这样的感观，想再去杨玉英家就有些犹豫了，我还有必要或者说我还有勇气去直面这样一个人吗？但是，不曾到一个人家里去，不曾亲自接触这个人，我不是也一切都成道听途说了吗，又怎么能轻易定性这个人留给我的印象呢。

我们住在城里，见面、吃饭、玩乐，都有商家为我们提供特定的场所，很少到人的家里去，加上城里高楼式的建筑模式，家变得越来越隐蔽，于是人与人之间的交往便总觉得多了层面纱般的生疏与隔阂，人也就有了多张面孔，在单位，在路上，在家里，面对熟人，面对陌生的人，不同的环境呈现出不同的面孔，让人很难辨清哪一张面孔是最真实的。但是农村，或者说农村式的居住模式就不一样，左邻右舍谁对谁不一清二楚，你只要到了一个人的家，你就了解了那个人的一切。我想，还是只有到杨玉英家里走一趟，才有可能对她这个人有个比较立体的认识。

我邀燕子一同前去。燕子撇撇嘴，说这不是她的任务，领导不去，小刘不去，她去做什么，以什么身份去，最主要的是她一刻也不想多见杨玉英的脸孔。我也不知道自己该以什么身份去，但是且去了再说吧。

杨玉英住的这个地方叫江边寨，旧时曾是小城最繁华的一带，靠近河边，建有好几座码头。小城以前陆路交通极不发达，与外界的联系主要依靠都柳江的水运，那个时候，各种船只在这片地区登陆，卸货的，出船的，交易的都挤在这里，好不热闹。但后来都柳江的水一年比一年清减，再也托不起吨位重的大船，小城又开通了高速公路与高铁等交通要道，城市建设的重心也移向了别处宽广的地带，江边寨便如同那些荒芜的码头一般，逐渐成了城市建设一个被遗忘的角落。

这片地区离城不远，但又自成一隅，没有商业开发的楼盘，也不是规范的居民小区。有的有钱人家修建了自带花园的豪宅，大多数人家建的是两三层独门独户的小洋楼，而豪宅、小洋楼间也偶尔夹杂着一两座老旧的木屋。居住在这个片区的有在机关部门工作的公务员，有经商做买卖的商贩，也有以耕田种地为主的农民。可以说，这个地方既是乡村的缩影，也是城市的一角，既有历史的痕迹，也不乏现代的元素。从这些混乱的建筑，我似乎能够感受到这里生活的混乱。而杨玉英，不过是这混乱生活里的一粒尘埃吧？我顺着门牌找去，可门牌也是乱的，找了许久没找到，我只好去问那些在屋门口闲坐着的老人。

一个老人将一栋砖木混合结构的老房子指给我说："喏，那就是杨玉英家。"看到大门开着，我准备过去。老人提高了嗓音在我身后追问："她出去了，你找她什么事？"我说我是居委会的，想过来了解些情况。老人便又问："是不是她儿子的抚恤金批下来了？"我转过身，觉得老人知道得挺多的，便过去跟她聊起来。

老人说："玉英是个苦命的女人，丈夫二十多年前就去世了，她没有再嫁，一个人拉扯两个孩子，不容易啊，又要干农活，又要做点小买卖，能将人养活、养大就不错啦。两个孩子也忒不争气，从小就不好好读书，总给母亲惹事。长大了也不安心找事做，一个说要去外地打工，去了两年，一分钱没寄回来，年前却忽然接到通知说死在了外地。玉英和小儿子去将骨灰领了回来，哭得那个伤心啊，真是够可怜的。你说，政府会给发抚恤金吗？"

"那要看是怎么死的，知道是怎么死的吗？"

"不清楚，玉英说是突然发病没人救死的，但也有人说是被人打死的，有的说是遭谋杀。"

"那可能得不了，哪有一死人政府就发抚恤金，你说是吧？何况人是在外地没的。"

"这些年国家政策好了，不是好多人在外头死了都能得国家赔偿的吗？"

"照你这样说，凡死人国家都要赔偿，国家哪有那么多钱？那些因公事、灾害之类的死亡才有可能得抚恤金的。"

"想想也是不可能。但是听说现在国家有的是钱，想着法子要送给我们这些农民，只可恨那些当官的大多贪到自己口袋里去了，有些钱我们自己不去争就不会得，还白白便宜了那些当官的。"

"这些你都听谁说的呀？"

"我儿子说什么网上都挂着呢。"

我终于明白了什么叫愚昧。没文化可怕，一知半解更可怕。可是，一时间我又能跟这个老人作何解释呢。我想了想说："贪污只是个别，你说国家有的是钱，可是你有没有想过那些钱是谁给国家的。以前我们还给国家上粮，现在粮也不上了，是哪些人给国家钱，国家又为什么要把钱白送给我们呢？"

老人捋了捋额前的头发，嘴角边露出一丝不好意思的憨笑。停了一会儿，说道："我就说嘛，大伙都劝她不要去讨什么抚恤金，她就不该把死讯报上去，那样说不定还能争点低保，现在不成了'杠子不上栅，担子两头滑'了嘛，唉！"

"你是她亲戚吧？"我问。

"也算不上是亲戚，邻里邻居的，相处几十年，为她不值罢了。"

老人顿了顿，压低了声音凑近我耳朵边说："还有她那个小儿子，说是留在家搞创业，捣腾过西瓜，摆过地摊，跟别人学过修理，一事无成，做什么都亏本，现成天跟一群不学好的东走西串，听说还吸毒……"

正在这时，一个女人走来。老人赶紧顿住，舒展了脸上的表情，咧嘴笑道："玉英回来了？有位社区的同志来找你。"

我望向那个女人。女人穿一身粗布衣服，完全农村妇女的打扮，个头一米五五左右，对于我们总穿高跟鞋的年轻人来说是矮了些，但对于南方总是干农活的我们父母一辈而言，也算不上矮小。女人的容貌第一眼有种让人不忍直视的感觉，细看每个部位，倒没有哪个部位长得特别不好，是那种人生的悲苦全都写在脸上，内心长期不得舒展所产生的怨气也全都堆积在脸上而形成的扭曲感。乍一看，眼睛有如烟熏般难受，我强忍了就要掉下来的眼泪。

我望着女人，女人也望着我，用一种警惕的目光。我对她笑了笑，喊了声："姨妈，你好啊！"

女人将我带去她家，找了个小凳子给我，说："妹，家里乱得很，随便坐。"说完，她一屁股坐在大门的方楞上。她的家倒也并不怎么破败，冰箱、电视虽然样式有些老旧，但也都齐全。只是脏衣服、农耕用具之类撒得到处都是，乱糟糟的景象。这让我想起了母亲的一句话。当我们将家里弄得脏乱的时候，母亲就说"不收不拣不成家，一个人要是让家门口长了草，那这个人的心里也长满了草"。女人家里的这份乱，让我觉得这女人的生活乱了，心也乱了。

我开门见山，我说我是记者，想来了解一下车祸赔偿的事。一说到这个事，女人情绪就激动起来，噼里啪啦将整个事件又说了一通。不管她怎么说，抱怨、指责、哭诉，我只认真听着，并用笔在本子上做着记录。或许是她从我的沉默中感觉到了一丝诚意，末了，女人拉着我的手说:"姑娘,你一定要帮我,一定要帮我们这些穷人好好写一写,我真的没有得领过那笔钱,让我对谁发誓,发什么誓愿都可以,我就是没领过那笔钱,那笔钱说不定被谁私底下吞了,却非赖给了我,你一定要帮我说话,帮我们穷人申冤。"

看到女人可怜的样子,我很想相信她说的话,但综合我所得到的见闻,却又有些迟疑。我弄不清眼前这个女人到底是可怜之人还是可恨之人,抑或可怜之人必有可恨之处?看她的言语情态不像在演戏,但也许像燕子说的那样,她的苦情表演已成为她生活的惯常,所以我未能察觉得出也未可知。我没有解决的办法,只好温言细语地劝道:"姨妈,你不要急,也许是哪个环节出了问题,等我一一做了调查,细细理下来总会理清楚的。"

"哪会理得清楚,他们人多势众,官官相护,认定我拿了这笔钱,我又没个说话的人,我要不去闹一闹,谁会理我?"

我有些想笑,一点小事,怎么还扯上了官官相护?但我又不敢笑,我想,对于他们这些完全不了解机关工作的人而言,行政大楼本身就是一种威严与震慑,而在里面工作的人不就都是干部与领导么。我说:"闹事也不一定能解决问题,如果闹大了吃亏的还是我们自己。"

"亏就亏,亏了也得让大家都晓得,现在这些上班的,不就怕我们百姓闹事吗,不闹一闹,就不会有人来处理我们的事。"

杨玉英一副将事闹定了的样子,我也没有更好的理由劝慰。正想转移话题去问她儿子的情况,她儿子却顶着个光头从后门闪了进来,穿着皮衣皮鞋,乍一看上去挺时髦的。但身材偏瘦,显得衣服又空又大,仿佛衣服不是他的。细看,衣服易磨处都起了斑点,正哗哗地要往下掉皮。

他一进门就欲开口说什么,见到我赶紧闭了嘴巴,一双眼睛滴溜溜地在我身上转,然后又看了看他母亲。他母亲别过脸去什么也没说,而我也没有起身离开的意思，他就不管不顾地喊起来："妈，你拿到钱了没有？你要再拿不到钱，我就只有死路一条了。"

我本想弄清是怎么回事，杨玉英却对我和他儿子摆了摆手，示意谁都别说话，然后对我说道："姑娘，我家里还有事，你先回去吧。"而她儿子在一旁摆出一副我不走就要揍人的样子，我只好抽身出来。杨玉英却不放心似的在门口盯着，我走了好远，就要转角了，回头去看，她还在那盯着。我只好拐过转角，消失在她的视线里。

虽然我不清楚她儿子究竟有什么事，但看来燕子说的是对的，那些传言都是对的，我觉得很难过。我想这还是我纯朴善良的乡亲吗？是我熟悉的社会吗？到底是哪里出了问题，为什么出了事情机关部门不愿上法院，一般百姓也不愿上法院，大家都喜欢用一种非常的手段来解决呢？为什么出了一点事，目光就只盯着赔偿款、抚恤金、低保之类的国家补助？我不禁对我所惯常持有的同情产生了怀疑。

我将我的所见所闻说给燕子。燕子说："如此家庭，也就无怪她会有那么些无赖的举动了。这下更显而易见了吧，杨玉英定是因为生活陷入困顿，才会想着在一年多之后，重又翻出这个事来诈取些钱用。"

我说："她肯定是还要来闹事的，你赶紧跟你们领导汇报下，尽早想些对策。"

"还能想什么对策，她爱闹就闹呗，我倒要看她最后怎么收场。"

六

正月十五元宵节，杨玉英果真到行政大院去拜天了。让人措手不及的是，她并不是一个人去，而是带了二十几个人。大清早，上班之前，他们拉着一条"交通肇事伤人，赔钱天经地义"的横幅堵在大院门口，杨玉英在中心花坛四周插满了香烛，然后披散着头发，挎着一篮纸钱，抓一把抛向天空，就大喊一声"天啊！""地啊！""请为我们百姓主持公道啊！"，引得进出上班的人和过往群众纷纷围观。虽然燕子她们单位领导召开了紧急会议，立刻制定了解决方案，但由于人越聚越多，场面变得异常混乱。

我是接到燕子电话后赶过去的。

电话里，燕子说："你不知道，那些人就像恶棍一般，个个凶神恶煞的，根本就不听你讲道理。"

"干吗不报警啊！"

"报警？事情岂不是要闹得更大。"

"还能大到什么程度？难道为这一点钱真要弄死人？"听了燕子的描述，我心里涌着一股莫名的火气，已经很难平心静气地说话了。

燕子说："你还是太天真。这种时候已经不是多少钱的问题，新闻里关于因为一两块钱或一两句话就打死人的报道还少吗？"

"那你们就不怕这个事情被人拍摄放到网上去？"

"最怕的就是这个啊。部里已经在进行舆情监控了，若有舆情还想邀你当网评员呢。"

我赶到的时候，公安干警也正在入场维持秩序，这应该有别于报警，而是政府直接派过来平息事态的。我想我毕竟到过杨玉英家，与她有过交流，想过去劝说几句。还没靠近杨玉英，不料背后忽然飞来一根木棒，打在我的后脑勺上，我只觉得头部仿佛被什么东西强烈地震了一下，嘤嘤嗡嗡的，一会儿便什么都不知道了。

我醒来时，已躺在医院的病床上，燕子正守在一旁。见我睁开眼睛，燕子埋怨我道："我是叫你来看热闹的，又不关你的事，你掺和进去干什么呀！"

我起身，摸了摸后脑勺，没有出血，只是肿了一个包，应该没什么大碍。我说："我没事了，走吧，去看看事情怎么样了。"

燕子将我按下去，说："走什么走啊，你还没做检查呢，万一得了脑震荡呢，就是没得也要做个全面的检查，将检查出来的所有毛病统统算在这次事故上，也叫杨玉英来赔偿你的损失。"

我笑她："这不说气话嘛，做人怎么能这样呢。"

燕子说："别人不都那样吗？"

"别人那样，自己就要那样？"我不理燕子，强行起来走了。

去的路上，听到有人谈论这件事。一个说："听说今天一大清早有人在行政大院闹事，知道么？"另一个说："是嘞，好像还打死了个不相干的人。""那闹事的有没有被抓起来？""肯定被抓呀，来了好多警察。""死了人肯定要赔钱，谁来赔呀？""那些人本来就是去要赔偿款，他们哪有钱，肯定是政府赔嘛。"

我听着既生气又觉得好笑，可是却堵不了他们的嘴。如果我告诉他们我就是那个被打的人，谁会信呢。不过，我也用不着太较真，流言传一段时间之后自然会消失，让我觉得悲哀的是，他们不为死者（传言的）感到遗憾和惋惜，不为这样的流血事件感到愤恨和不齿，最关心的却是赔偿问题，而一切的赔偿还想当然地全推给了政府。

我急切地想要知道事件的结局。当我再来到行政大院，一切已经风平浪静，整个院落都已被重新打扫，一点痕迹都不见，仿佛什么事都不曾发生过一样。

事情处理得还真是神速。我想，那么问题一定是得到解决了，我特别想知道这件事最后是怎样解决的。

"怎样解决，那还用问，肯定是涉事单位立马出钱了事呗。钱又不多，权当折财消灾。"行政大院我另一部门的朋友如是说。

"这样的话，群体闹事又一次胜利，这不是助长歪风邪气吗？"

"早就成惯性了，还在乎助长不助长。'人活一张脸，树活一张皮'，只要你丢得下脸面，你有什么诉求也可以采取这种方式，没有不达成的。"

我叹气出来，仍心有不甘，这毕竟是朋友的猜测，不能代表事件真实的结局。我直接去了燕子她们单位。

事件的结局有些意外。杨玉英当场就一分不少地拿到了那笔赔偿款，但这笔钱却是由驾驶员小刘个人出的。办公室主任说，经报账员详细查阅报账记录，报账单上的日期是 11 月 25 日，领导签批是 26 日，29 日才从县财政局报到账，并于当日由经办人驾驶员小刘签字领取，然后由他转给杨玉英。但小刘让杨玉英签的收条却是 25 日。虽然小刘解释说当时是没注意而签错了日期，为了息事宁人，他也只好花钱买教训。

事态终于平息，谁也不再谈论这个事。但我却总是想起母亲常说的一句俗语来。小时候，当母亲揭开锅盖，食物的香味飘出来时，我们迅速地围拢过去，母亲就会笑着说："真是蚂蟥听不得水响。"当有人想强占我家山林临界的那棵大杉树时，母亲也骂那些人："你们就是蚂蟥听不得水响！"现在，我似乎对这句俗语有了更深的体悟。

有了这样的感悟，我便想跟燕子分享，还想问她，这个事件存在这样的日期差，作为会计经手这些单据的她，难道之前就没有发现吗？可是，燕子不见了。我假设过我是驾驶员小刘，假设过我是单位领导，假设过我是杨玉英，却唯独没有假设我是燕子。有人说那是因为我本身就是燕子，燕子就是我，我们是生活在这个尘世里最好的朋友，也是生活在这个尘世里的矛盾体。

原载《民族文学》2018 年第 02 期

清莲浊染

一

所有东西都装上车之后，满弟拍了张照，发了条朋友圈：孔子搬家——尽是书！后面还附了个大汗淋漓的表情符。那几袋书装得有点大有点满，着实让几个来帮忙的兄弟受了些罪。你一样家具都没要，尽管那些家具全都是你亲手置办的。你想，房子都不要了，要家具做什么。当初他要把房子给你，你也是这样想，家都没了，要房子做什么。

你母亲恨铁不成钢，最常骂你的一句话就是："你呀，什么时候才能学会务实！"

你总是轻描淡写地笑着，好像母亲的话从未落进你心里。

这一次，母亲又狠狠数落你："你呀，脑子是不是进水了，什么时候才能务实些，都三十好几的人了，日子越过越糊涂！"

母亲说完，眼圈就红了。

你不想母亲难过，扮了个鬼脸，说："这次我不就务实了一回嘛，把工作都调回来了，今后就守在你和我爸身边，再也不分开。"

你知道母亲的观念和你完全不同，她不可能理解你，所以任她怎么数落，你也没生气。

"不要你走的时候拼死要走，不想你回来的时候偏又回来，你这是务的哪门子实！"

母亲说完才意识到话有些重，怕你多心，捏了捏你的手，声音哽咽起来："你们闹腾的那些日子，我肠子都想烂完……"

"嘿，嘿，"你及时制止母亲，"是我要离的，我都不难过，你难过啥子嘛！"

你搂住母亲，将脸靠着她，亲昵地搓了搓，一副终获自由心情好极的样子。这是你的撒手锏。每次只要你一撒娇，母亲就会败下阵来。

其实，只要你一撒娇，业楠也会败下阵来。女人一撒娇，男人就哈腰，这点你很清楚。何况你都不用撒娇，你只要对他放下姿态，就如同给他扔下了救命的绳索，而把你当成手心里的宝。可你不愿再做他的宝，你想再美的东西，摔碎了，粘起来也是丑的，你总是故意用客气拉远着你们的距离。

母亲再开口，语气果然缓和了许多。她推开你，一边帮你整理物件，一边悄声问业楠拿了多少钱给你。你笑笑说，没、没多少。

"没多少是多少吗？"

这个问题真不好回答。结婚这七八年，买房、还贷，生养孩子，生活刚好能勉强过得下来，哪有什么积蓄。最初，徐业楠为牵制你，把你们婚前"谁提离婚谁净身出户"的口约抬出来。你忍气吞声，不争不闹，只加紧跑着工作调动。工作调成后，你只要孩子抚养权。徐业楠说：谁要孩子谁自己养，你养，我不会出一分抚养费，我养，也不要你出抚养费。你依旧坚持只要孩子抚养权。孩子从生下来就没离开过你，在最伤心最难过最绝望的日子，你都没让孩子受过半点委屈。徐业楠也清楚，孩子是你的命，他争抢不得。当离婚已成定局，徐业楠倒是要把房子给你的，他说租也好卖也好，由你处置。可你嫌麻烦，没要。

"你就那么着急地想撇清一切吗？"

他本打算净身出户，你却偏不成全他，要让他遭受世人戳脊梁骨，他不由得发起怒来。你不想吵架，你想和和气气地走。你笑着，放了根手指在嘴边嘘了下，说轻点，孩子刚睡着。然后，你没了话，忙着自己的事，连多一句解释或者唠叨都不肯。

他两手揪着头发，痛苦地往后撸，又不甘心地说了句，就不能看在孩子的分上重新开始吗？这句话他说过很多次，你都当没听见。见你许久没有回话，他又恨恨地丢出一句：是你自己硬要走的，你不要房子，那我也没什么能给你的，你可别怨我。

所有的积蓄不到两万块钱，刚好够这边一年的房租。实情相告，母亲肯定会骂你，甚至是打你，然后再去找徐业楠大闹一通。报虚的吧，又怕母亲有什么打算，问你要钱，你拿不出来，到时反觉得是你不肯给。其实，你早就料到母亲会有此一问，你也事先想了很多对策，可一到嘴边又总觉得不妥。

见你欲说不说的样子，母亲有些不高兴了。母亲说，我是个直人，我们又是母女，没什么好拐弯抹角的。我的意思是，不管他给了你多少，先借二十万元给你满弟装修房子，房子装好了，在你买房之前，你就跟满弟他们住着，也可免了房租。

你也觉得母亲这打算是极好的。只要满弟和弟媳能容得下，你没什么可说的，你本就是个极随和易相处的人，除个别事爱钻牛角尖外，很少计较。你打算去贷款给满弟装修房子，你想，利息就当是付的房租。

二

你在学校附近租了房子，又在租屋附近找了家幼儿园，中餐在学校吃，晚餐下班后接上女儿奔父母兄弟那吃，有早课或晚自习时，孩子就直接扔给外公外婆管看。孩子有了着落，你便少了份焦虑。

终于远离了所有的烦心事。终于又是一个人了。从围城里出来，尤其是在围城里苦闷挣扎之后重新走出来，你感觉到了一个人的天空格外地纯净与自由。

换上搁置已久的裙装，你有种回归少女时代的惬意感。甚至，下了课，拿着书本走在校园里，看那些蓬勃的草木，看学生们三三两两结伴而行，你就有些恍惚，好像那些不堪的记忆全都不存在了，你忘了你已结过婚又离了婚，觉得自己仿佛是刚大学毕业就来到这所学校教书的女子，既"灿如春华，皎若秋月"，又"豁达通透，成熟知性"。

走过那一排水渠边上的柳树时，你觉得自己是"袅娜少女羞，岁月无忧愁"；在荷花亭上倚栏朗读时，你觉得自己"灼灼荷花瑞，亭亭出水中"；就连在办公室里静静地备课，你也让自己尽量显得温润如玉、气若兰芷。课堂上的你激情飞扬，才华尽显，学生们的目光很是热切，仿佛你把他们内心某种沉寂的东西给点燃了。你很享受那样的目光。你在那些目光里每天都把自己打扮得很精致。当然，这份精致与画妆无关，与姹紫嫣红无关，而是心情，是状态。讲诗词，你或旗袍或长裙，婉约飘逸；讲现代文，你或衬衫或套裙，知性优雅；你自塑形象，营造氛围，多变而美。

在这环境优美的校园里，你觉得自己始终是"关关雎鸠，在河之洲"的情态，你渴望着"窈窕淑女，君子好逑"。其实，你并不希望追求你的男士排成长队，那多俗气。就是在教书这件事上，你也不想去讨好谁，只要有那么三五个学生着迷，你便觉得是成功的。而在情爱上，你更不想被多数人喜欢，你不想做薛宝钗，更不想做袭人，就连林徽因也不是你羡慕的。你喜欢徐志摩对林徽因的感情，尊重梁思成与林徽因的相持相偕，也敬佩金岳霖对林徽因的默默守护。但徐志摩的死，你又恨着林徽因。你觉得，纵然她才情万端，却不够敢爱敢恨，不够干脆利落，那样的爱，未必不是对人对己的一种折磨。

你想要的，是那种轰轰烈烈，"就算全世界都背叛了你，我也会背叛全世界来爱你"的彼此都是唯一的爱恋。你也知道这太理想主义，太脱离现实，是琼瑶式的，是金庸、古龙式的，是宁为玉碎不为瓦全的。

"这个年代，女人又不是非得依靠男人才能存活，做做梦，有何不可呢。"这是你的处世哲学。你在新的环境里，认真地生活，努力地工作，并摆出超然的耐心，怀着少女般的憧憬，期待着一个懂你的人出现。

可是，还会有那样的人出现吗？这世上真的有那样的人存在吗？当往事的阴影像云一样浮上心头，你又忍不住消极地想。一个朋友说，爱情就像彩虹，美丽而又短暂。你很赞同。可是，他也说，爱情还可以像彩虹，消逝又重现，只要再次出现阳光、雨滴和恰当的角度。你想，你的人生，一次又一次与彩虹失之交臂的人生，还会再次出现阳光、雨滴和恰当的角度吗？你总这样，老喜欢在这些虚缈的语言里患得患失，对生活怀抱着一份天真的浪漫。

直到有一天，母亲托人给你介绍了个对象，逼着你去相亲，你才逐渐窥见了生活本来的面目。其实在这之前，你就受到了一些小小的打击。

那天，你到教务处去问些事情，见一个胖胖的女人坐在电脑桌前，你问："大姐，我们自己出的考卷是在这里签字付印吗？"

女人没回答，抬头看了你一眼，说："我1989年的，你是哪一年呢？"

语气里有一种受伤的敌意。

气氛立刻尴尬了，你的脸红起来。你本来没想这样称呼，在称呼人上你向来是谨慎的。学校里，大家都互称老师，但那是在知道姓氏的前提下。没有姓氏单喊一句老师，有点像学生的喊法。你担心这位女同志是个勤杂工，你喊她老师，她不高兴地回一句，我哪敢当呀，你才是老师！你看她个不高，又肥胖，皮肤也黑黑的，脸上满是斑点，完全的中年妇女的神态，你就喊了声大姐，没承想还是喊错了。

你细细看了看她，发现她的脖颈和眼角果然显着年龄的稚嫩，尤其那声音，嫩得如孩童一般，简直让人不敢相信是从那肥胖的身体里发出来的。你只好一个劲地抱歉，说自己眼拙，没留意看，一听声音可不就听出来了么，完全是年轻姑娘的声音，你肯定是小妹妹，我八十年代初，你八十年代尾，差不多大你一圈呢，你以后就叫我大姐姐，要不喊我阿姨也成。

这一番说道，胖姑娘笑了。她说不怨你，你也不是第一个喊错，她说她以前也不这样，完全是刚生完孩子的缘故，也不知将来还能不能恢复。你于是安慰她，说生孩子、奶孩子是女人的炼狱，蹚过了那个过程，女人就会越来越好。你说你刚生完孩子那会儿，比她还胖还糟糕，怀孕五个月挤公交没人让座，请完产假去上班，刚一上车就有人给你让座了，后来也没刻意做什么，断了奶就自然而然地瘦下来了。胖姑娘很开心，把你的事办得妥妥的，还把你当作了朋友。

回到家，你在镜子前仔细端详自己。你想的是你把胖姑娘年龄弄错情有可原，而她凭什么一眼就断定你比她大呢？单就形象上看，你比她不知要青春靓丽多少倍的，那些跟你搭讪的男人，哪个不说你看上去也就二十几岁，人家都不相信你是结过婚有孩子的人。

你审视着镜子里的自己。身材也还是苗条的，但是那种熟透了的丰满的苗条。脸部没有了以前的婴儿肥，显得更精致了。皮肤光滑，眼角、额头也还没什么皱纹。衣着应该是比以往更得体的，那时穿的都是地摊上的便宜货，遇着什么穿什么，虽然现在你也没条件穿名牌，但至少可以按照自己的喜好来穿。应该说你整个人看上去比十几二十几岁的时候更美了，是那种盛放的美。你望着镜子里盛放的自己，忽然想到那些盛放的花，花一旦开盛就会显出颓势来。你比人家大着七八岁，人家初看老态，那只是她目前的生活状态，细看却还是稚嫩的，而你虽打扮得年轻，容颜却在不可救药地老去。

你曾在学校门口遇到几个搞推销的大学见习生，你以为她们会叫你老师或者姐姐，可是，她们偏偏喊你阿姨，喊得极为热情，热情得你差点以为她们是故意来气你的。叫你阿姨，说明你在她们心里和她们的母亲是一辈的。可不是么，若在农村，十五六岁的年纪嫁人，十七八岁的时候生娃，孩子到现在不也大学毕业了么。而你却一直在别人的语言里活得飘飘然，以为自己始终是那个驻在心里的少女呢。

三

来相亲的，是一个在政府部门工作的男人，初见你的那一刻，你看到他眼里放出一道光。不过，男人似乎习惯了内敛，坐下来后，聊得并不多，你还看到他不时地看着腕上的表，不知是习惯，还是他确实很忙。

你对男人没兴趣。倒不是因为男人挺着个大肚子，而是他一开口而出的官腔。

"你好，是小杨吧？"

他说。然后伸出手来，好像是要跟你握手，但那手又不太靠近你，更靠近座位，似乎仅是在示意你坐。你不自觉地拘谨起来。

"小杨是今年才调过来的吧？"

　　你有些不习惯，许久都没能确定他口中的小杨是向着你来的。这之前，从来没人这样称呼你，三十几岁了，倒被人小杨小杨地叫起来。你有些想笑，却又是不敢笑的。你好奇地想，人这一生会有多少个称谓呢。你一般被人叫作杨老师，相熟的不相熟的，几乎都那样叫你，因为你的职业是教师。亲昵些的，喊你名字。而徐业楠，从恋爱到婚后，一直喊你丫头，丫头，丫头。起初，这称谓总叫得你心里甜滋滋的，不知后来怎么一争吵竟变成了，"你这丫——"多恶毒呀，你不敢往深里想。你觉得还是在村子里，那些和善的老人的称呼暖心。带着孩子时，他们叫你妹子，你一个人时，他们叫你姑娘，干净、明朗而又温暖。

　　他说："年初常委会讨论跨县调动名单，对你名字有几分印象。"

　　你回了些感谢的话。

　　你原本设想，你们的交谈应该会从你的名字说开去，剧里、书里不往往那样的么，何况你有一个极好的名字，清莲。是的，清莲，农村父母给起的，若在乡里人口里叫着，或许有几分土气，但你是语文老师，很文艺的形象，稍稍联想一下"明月松间照，清泉石上流。竹喧归浣女，莲动下渔舟"的意境，岂不就美得不可方物了么。

　　你期待他说到你名字后，会讲些诗词歌赋方面的话。可是没有。你的希望便落了空，失了约会的热情。

　　你们调查户口般互相了解彼此的情况后，空气就凝住了。不熟悉的人之间，哪怕一分钟的静默也让你觉得难堪。你见他频频看表，便说，李主任一定很忙，我也还有事，不如哪时得闲了再聊。李主任站起来，说抱歉，确实有点急事。你们于是散了。从进去到喝完一杯饮料出来，十来分钟的样子，你却觉得仿佛走过了人生中一段漫长而又尴尬的旅程。走到一个无人的地方，你长舒了一口气。

　　回到正常生活，你很快就把什么主任给抛诸脑后了。当时他匆匆离席，你以为他没有买单，要去付款，才得知你到之前他就已买过单了。你想这是什么人，哪有头一次约会就这样吝啬时间的，如果是真的忙，又何必选在这个时候约。你心里很不痛快，本想将他电话、微信悉数拉黑。但你终究抱着几分好奇，想看他对第一次约会的怠慢作何解释。你甚至考虑过，他若日后联系你，你如何与他周旋，如何措辞回绝，如何在他面前表现得既清高又优雅，你想你得用你的傲慢好好杀一杀他的官气。可是，他连这样的机会都不给你，一连十几天，既没来过电话也没任何信息，你所有的准备都派不上用场。你于是把他拉黑了，也很快忘了这茬事。你想，本就不喜欢的人，相安无事，最好。可你母亲，不时打听你们的进展，说那个人境况如何如何好，让你莫挑剔。你才又想起那回事来。想起来之后，心绪又有些不平了。你明明看到他初见你时，眼里放出光芒，却不明白为何匆匆一瞥就没了音讯。你回想着你们见面的整个过程，想难道是哪里招惹了他？还是他自恃是个领导而不把你个无名小辈放在眼里？不想则已，一想，你便感觉无端地受了伤害。

　　就在快淡忘了那份伤害的时候，你接到一条陌生的短消息，短信上说他很满意你的情况，他有个刚上初中的儿子，你有个快读小学的女儿，若两个家庭组合，孩子们的学业有你辅导，而经济方面有他支撑，只是他工作比较忙，希望能把关系尽快确定下来，感情可以入住他家后慢慢培养。

　　收到这信息，你先是感到莫名其妙，过滤了一遍可能发这信息的人，确定是李主任后，你有些哭笑不得，权当笑话讲给亲戚朋友们听。母亲批评你不识好歹，闺蜜也觉得你不尊重人。母亲说人家那么实诚，说的全是实在话，过日子不就是要找这样的人吗？闺蜜说，不管你接不接受，起码人家是真诚的，这年头谁会轻易让你住到家里去，玩死你你还不知道人家到底几个窟。你想，这哪跟哪啊，他尊重过我吗，不见面不打电话，一条信息决定终身大事，他是有多忙，还是没勇气，或是婚姻在他心里不过是场合作，我不过是件工具？如果仅为了解决生活问题，当初我又何苦离婚？你感到悲哀，也有些激愤，不顾母亲的苦口婆心，断然回绝了他，还特意发了一长段信息将他嘲讽一番。你想，总算有机会出了当初那口恶气。

四

你调离榕城的第二年，徐业楠又结婚了。对象不是当初跟他闹出绯闻的那个女人，而是一个刚参加工作的女大学生，比徐业楠小了整整十二岁。

其实，不管人家传言新娘如何年轻貌美，你想，那都不关你的事。你好奇的是，他们是如何跨越代沟，有勇气步入婚姻殿堂的。但好奇归好奇，你不可能真跑去问他们。可是，徐业楠偏偏给你发来了请柬。请柬也不是发给你的，是发给你们女儿的。他附言说，希望女儿能够见证她父亲的重生。

呵，重生！这话似乎有些故意气你的意思。这让你很为难。女儿总是问，妈妈，为什么我们要离开爸爸来跟外公外婆一起生活？你不知如何解释，只说，因为外公外婆越来越老了，我们能陪伴的时间不多了，所以我们要先过来陪外公外婆。女儿很高兴，说那是不是陪外公外婆一阵子后，又可以回去陪爸爸。你说，妈妈工作忙，爸爸工作也忙，难得聚在一起，等你长大了就自己去看爸爸，好吗？女儿于是急切地盼着长大，每隔一段时间就会问，妈妈我是不是又长大一点了，得到肯定答复后就会雀跃般开心。

他当初出轨，最主要的原因是你生了个女儿。那时国家还没开放二孩政策，几代单传到他这里却生了个女儿，若一时难以接受你也是理解的，可他万不该做出对不起你和孩子的事。虽然后来他也懊悔不已，百般讨好你们以弥补过错，可这样的事又岂是说原谅就能原谅的？得知他背叛你的那一刻，你觉得所有关于美好的想象全都破碎了，当他解释是因为迫于你们生了个女儿的压力时，你更加瞧他如污秽，身子再也不肯让他碰一下，跟他越过越疏远，越过越陌生。在那地狱一般的日子里，唯有女儿是你的天使，你把所有的爱都给了女儿。然而女儿不知世事，她很喜欢爸爸，你也不希望她将来活在仇恨之中，从未在她面前念叨过他爸爸的不好，总是尽可能让她们父女愉快地相处。每当看她与她爸爸相处甚欢的样子，你也曾犹豫，也曾想为了她，就那样痛苦地活着。但最终你逃离了，与他冷战了几年之后，你带女儿离开了生养她的胞衣之地，将她与她父亲强行剥离。你觉得你不顾女儿的感受于她是残忍的，是有愧的，你想你无权再剥夺他们父女间难得的相处，你也不想女儿长大后恨你。然而现在，女儿还没有长大，还不能自己去看爸爸，而她从小就没离开过你，你也不忍心把她单独扔在一个陌生的环境里。

于是，你出现在你前夫的婚礼上，成为别人议论的焦点。

闺蜜心疼你，说你该找个比徐业楠更优秀的男人陪着去。你笑笑，说放下了，他便只是孩子她爸，是孩子的亲人，与自己无关。争斗，较劲，只能证明还在乎。闺蜜说你这样想，别人可不这样想，别人把你当笑话。笑话就笑话呗，别人不理解，何苦费唇舌。你这样不怨不争的态度，闺蜜气，母亲急。

母亲一着急的后果，就是不断在你耳旁念叨，不断托人给你物色对象。事实上，这一年多来，你身边并不热闹，与你最初的料想大不相同。母亲和朋友们为你物色的那些对象，多半是还未见面便已流产。原因是在见面之前，双方联络员都是反复打听对方情况，先是打听为何离婚，然后打听双方家庭情况，身体情况，前夫前妻情况，子女情况，诸如此类，正面侧面多方面地问来问去。在两人见面有感觉之前，你不想透露太多个人信息，可是离婚后重组家庭，却总是先凭着别人口传的信息去琢磨适不适合在一起，好像两个人的感情成了最不紧要的东西。你对这样的相亲深恶痛绝，自然便没了见面的欲望。

偶尔也有人跟你聊微信，但都止于打打招呼，占些口头上的便宜，陌生感退去后，你便觉出那些人的无趣。其实你这个年龄段单身的男女并不少，或许是因为受过伤害，大家似乎都更加敏感、谨慎，谁都不容易敞开心门。自然也有一些放得开的，三天两头约着聚会、出游，莺歌燕舞，把酒言欢，醉生梦死。你受邀参加过那样的聚会，聚会中的男女似乎谁跟谁都可以亲近，他们互相倾诉苦难，互相拥抱安慰，看似抱团取暖，实则混乱不堪。你参加过一次活动，便赶紧退出了那些群。

你想，只要自己把日子过好了，就不愁遇不上真正爱自己的人。不是有心灵鸡汤说："活得漂亮的女人，从不会把一个人的幸福与快乐，押在两个人才能拥有的爱情上，她们会先经营好自己。你来，自是锦上添花，你走，也绝非山穷水尽。"你已经有了女儿，你所求的，不过是那锦上添花之人。

五

你好好经营着自己，认真工作，用心带女儿，闲时看书写文，你自我感觉舒爽惬意。可周围的人不那样看你，小城里的人们追求的是一种面上的圆满，你一个人带着孩子生活，到了哪，人们都用同情的目光打量你。母亲也总是逢人就说："唉，可怜她，一个人要工作又要带娃，才调过来，也还没个住处，我不帮她谁帮？只是我也帮不了一辈子，不晓得哪时才又能得个人来跟她做伴，我也好落心。"母亲的忧心让你在别人眼里瞬时就矮了下去，你的光鲜，你的自信不过是你孤单落魄的掩饰。

房子租期满后，你搬到了满弟的新居。满弟的房子在城南，大兄弟家的房子在城北。为方便接送孩子，父母周一至周五住满弟家，周末和节假日住大兄弟家。满弟家的儿子比你女儿仅小几个月，两个孩子在一起成长，相互搭伴，本是件难得的美事。只是五六岁的孩子正是憨皮的时候，凑一起又格外吵闹，只要有孩子在，整个家便处于喧闹不堪的状态。大概是人多心易烦吧，弟媳与满弟间不断产生矛盾，三天两头斗气甩脸子，常为一些鸡毛蒜皮的小事争吵不休。虽然这些矛盾看似与你毫不相干，他们对你也依旧客气，但你却越来越不想回那个家，越来越觉得无处可去，无处可逃。

你的身边其实不缺献殷勤的男人，但都是些吃着碗里看着锅里的花男，没有人愿意耐心地深入你的内心。在中学的校园里，你不想闹出什么绯闻来损害你为人师表的形象，对那些人自是敬而远之。每有男人背了家室讨你欢心，你便想起徐业楠来。想到徐业楠，你心里就布满了嫌恶与仇恨，逮着机会你总是要让这些人陷入尴尬或吃吃苦头。久而久之，男人们对你也就望而生畏了，你也便如同那清池里的莲，给人一种只可远观不可亵玩的高冷感觉。

靠近你的男人更少了，连朋友同事都淡了搭桥牵线的热心，只有母亲的担心日复一日地浓烈，唠叨也日复一日地繁盛。有时，你的身体也会提出抗议。肥沃的土地，你硬让她空无一物，她自是有所不甘。杂草不断疯长，你需要费很大的气力才能除去。这些压力逼得你日渐焦躁，你感觉日子过得越来越艰涩了。你想，难道过了恋爱的少女时光，真的就只剩下赤裸裸的生活了吗？你的要求并不高，你所求的也不多，你只不过是想"愿得一人心，白首不相离"，怎么就那么难呢？

你的心有些急切了。你想，已经不是那个矜持的少女时代，或许有些事，你自己该主动一些。你们学校有个未婚的老男人，他是家中满仔，人也高大俊朗，却不知为何年过四十迟迟未婚。据说他的家人为他的婚事着急得不得了，到处托人给他物色对象，只有他始终沉稳如泰山，不急不躁。有人说他是太挑剔，挑着挑着就过了时光。有人说他年轻时遭过打击，对婚姻怀有恐惧。也有传言说他那方面有问题，只想谈恋爱不敢论婚嫁，所以谈了很多个最终都没成，最后干脆恋爱也懒得谈了。你想，那些都不过是传言，谁也不知真假，也许他与你一样，宁缺毋滥，在等一份至情至性的真爱呢。

这样想之后，你对他的好感莫名加深了，你开始动起一些小心思。他教体育，户外的时间多，你便有意无意地在他能看得见的地方读诗看书。你的第一招，是要把自己变成他眼里的一道风景线。在经过他身旁时，你故意若无其事地走过去，然后假装错过，再回眸嫣然一笑，补上一声招呼。你想，在成为他眼里惯常的风景后，再安排这样的邂逅，他不可能一点不动心。有他在的场合，你假装与同事欢快地聊天，并有意无意透露你的个人信息和想法。你总是让自己美美地出现在他身边，并想当然他会被你的举止所吸引。"坐久不知香在室，推窗时有蝶飞来。"多好。你想。你安心地等着那一刻。终于，在你制造了无数次巧合之后，你们加了微信，成为可以私聊的朋友。

让你想不到的是，第一次私聊，他便向你介绍他女朋友。他发她的照片过来，说是让你帮忙参考参考。女孩也是学体育的，相貌看上去有些生硬，是另一所学校的体育老师。他说前不久刚经人介绍认识的，人不算漂亮，不过人家年轻，最主要的是还是个黄花姑娘。

你顿时无话可说，感觉自己就像那开屏的孔雀，本以为风情万种，人家却只瞧见了屁股。以为自己做得水波不兴，其实心思早就被人看穿。你感觉如同被扒光衣服的小丑，满世界都是羞辱的目光，灼得你浑身疼痛，你却不敢有半点呻吟。

唉，本该是"花开堪折直须折"，却奈何"原来姹紫嫣红开遍，似这般都付与断井颓垣"。

六

难道真印证了那句俗语："男人二婚仍是宝，女人离婚败如草"？你有时也想，管它呢，什么爱情，什么贞洁，通通见鬼去吧，俗世如此，我又何须较劲？再有男人打情骂俏，只管跟他上床便是，若有男人愿意结婚，管他高矮美丑，只管结了再说。

那样的念头闪过，你又恨起自己来。你想，这和破罐子破摔有什么两样。如果选择这样的生活，如何对得起女儿，如果选择这样的生活，当初又何苦离婚？当初你若肯睁只眼闭只眼，你若权当意外吞下只恶心的苍蝇，漱漱口便没事，一桌的美食不都还是你的么，幸福的日子不还是可以继续的么。因而，当真有这样的事情临近，你又矜持起来。

回黎城的第四个年头，恰逢你们初中同学二十年聚会。相识二十年，保持联系的其实很少。调回黎城后，你参加过几次高中同学聚会，却很少与初中同学联系，因为当时玩得好的几个都不在黎城。初中毕业，大多数同学都选择读中专中师，考不上中专中师的也多回家务农或外出打工，读高中上大学的很少。你想，都是许久未曾联系，大家都不熟悉各自的生活圈，能聊些什么呢。可时下流行同学聚会，话说"一辈子同学三辈子亲""同学友谊最是割不断的情"，何况这是你们分别十七年后第一次大聚会，有人从州府赶来，有人从省城赶来，更多从乡镇赶来，你就在黎城，不参加说不过去。

二十几人围了一张大圆桌，你到的时候，能来的老师同学差不多齐了。与你要好的伍小梅旁边有张空位，你想定是她留给你的，便想也没想坐了过去。远来的专程赶聚会，都早早到了，他们已经PK过其他项目，已相互熟悉。你刚到，他们便起哄让你辨认满桌的同学，说是要考考当年的学习委员还能报出几个人名字，还说认错几人罚酒几杯。你说甘愿自罚三杯，大家还是各自介绍下自己的情况。同学们却不肯饶你，你只好硬着头皮，从女同学开始。还好，女同学基本上都能叫出名字来。认完女同学，你扫了一下在座的男士，除当年的班干和后来还有过联系的几个男同学有点儿印象外，好几人你觉得像从未见过面般陌生。你便笑说，男同学认不出来也怪不着我，谁让那时大家都还是蒙昧未开化的孩子，不懂得异性相吸。

坐你右边的小梅说："其他男同学不认不打紧，你左边那位必须认一认。"

你于是打量你左边的男同学，个头不高，圆滚滚的大肚子，头几乎直接连着肩膀，鼻梁高挺，双眉浓密，眼睛却被挤成了一条线。你把所有能想起来的男同学的名字都滤了一遍，实在看不出此人是何方神圣。

你笑着问："你们确定他是我们班同学？"

同学们也都笑起来。

伍小梅说："自然是，不仅是，还是与你有瓜葛的人。"

你的心"嗵"的一下，脸顿时红起来。你再看他眉眼，果真有几分熟悉。

"呵呵，有故事有故事！"

同学们边吃喝边撺掇伍小梅摆一摆你们之间的故事。

其实，当年的事大多数同学都是知晓的，只不过非当事人，大概年长月久就给忘了。你来之前，就想探听他是否也来参加聚会，扫视满桌同学，不见他的身影，你有几分失落。但你真不敢相信坐你旁边的这个人竟然是他。曾经那么迷恋的人，有一天怎么会变得让你找不到一点印象？

他端起酒杯，弥勒佛般乐呵呵地说："这酒该罚我，我认罚，都是我的错，大家越长越正，谁叫我越长越歪呢哈。"说完一饮而尽，放杯之前，还不忘打趣："岁月这把杀猪刀，怎么刀刀都捅我身上，对你们女生咋就那么怜香惜玉嘞？"说完，目光不自觉地往你身上瞟。

你想，他一定是有些讶异于你的美的，谁能想到当年土里土气的灰姑娘女大十八变，竟也出落得落落大方。

当时你们班是全县唯一一个免学费有补助的民族班，招收的是各乡镇考第一、二名的学生。全县三十几个乡镇，交通、经济、文化发展极不均衡，这样的不均衡造就了你们班同学从家庭条件到成绩到年龄都参差不齐。他是休学复学后插班到你们班来的城关生。那时，大多数同学都还是毛没长开的雏鸟，他在你们中间有如鹤立鸡群，不仅玉树临风，且多才多艺。他长着一张国字脸，高挺的鼻梁，浓密的眉毛，如炬的大眼，脸上浅浅的酒窝正好消解了国字脸的板正，透着一股子艺术气息。尤其冬天喜欢穿一袭黑色长款风衣，仿佛天王黎明来到了你们中间。他嗓音极好，获得过校园十佳歌手称号，下晚自习后，你们组团跟他学歌。他有一台单反相机，并掌握了当时黎城没几人了解的多重投影技术，给班上好多同学拍过这种多重投影的照片。他最有才的是能画一手好画和写得一手好字，他答应过要送你一幅画的，不过后来不了了之。他的不足之处，是他文化课成绩不好，又不老实学，经常旷课，不受管束，老师们都不太喜欢他，常遭到班主任的打击。

不过这一点也不影响女生们对他的好感。你觉得你从小就一直被家庭、被经济条件、被种种的观念束缚，未能活成你喜欢的样子，而他的存在，无疑是给你情窦初开的少女心提供了一个真实、鲜活的形象。大概是初二第二个学期，你开始写双份日记，一份是交给语文老师检查的练习册，一份则偷偷记录着你的心事，到了初三已是厚厚的一本。那本日记有一天被伍小梅翻到了，她是个大咧咧的人，想也没想就拿着你的日记到讲台上去大声宣读，班上的同学于是都知道了你暗恋着他。这本来也没什么，暗恋他的女生应该也不止你一个。要命的是事情曝光后，他不愿再教你们唱歌，也不再给你们画画，见了你的面绕路走，你便陷入了巨大的痛苦之中。你鼓起勇气给他写过几封信，表白你并无什么想法，更不会有任何要求，只不过是默默喜欢，希望他不要当回事。他没作任何回应，你却更加不可自拔，深陷了好多年。后来你读高中上大学，据说他初中毕业就跑深圳打工去了，你们再无联系。

渴望借同学聚会能再次见他，你也说不清到底出于何种心理。近年人们热衷同学聚会，并戏言"同学聚会，拆散一对是一对"，你发誓你绝无这样的心思，只是有些东西，始终像谜一样诱惑着你。

七

然而，当谜一样的诱惑变成赤裸裸的欲望，你有一种说不出的失望与落寞，好像又一种理想式的东西给摧毁了。

聚会回来，你的老同学何子琪对你展开了狂热的追求。那天他得知你单身，就对你频献殷勤，而同学们也都帮着他，好像你若不跟他在一起，将是多么遗憾的事。整个聚会几乎是他唱着主角。从大家的言语中，你得知他在深圳打拼多年，混得很不错，在那里有自己的公司。最近又响应县里招商引资的号召，回家乡来创业，正打算投标一个小区的房地产开发。

即便这样又如何。你想。你都不清楚他的个人情况，是一直单身？不太可能。还是已经离婚？或是有着家室只想玩玩而已？这样一想，你又觉得想得远了些，似乎有些自作多情，脸红起来。你脸一红，同学们起哄得更加起劲了，好像你们已经默认了某种关系似的。

他先是三天两头找机会约你们老同学吃饭，每次都是不同的同学约的你，回回有着让你不容拒绝的理由，而每次聚，同学们都心照不宣地把你们当作一对儿。这有点被绑架的感觉，你很不喜欢，后来任谁约你，你都不再露面。

约不到你，他就隔三岔五将一大束鲜花或礼物送到你的学校或住宅小区。你拒绝，他并不气馁，他关注了你的 QQ 说说和朋友圈，并不时给你留言。他说以前是他不懂爱情，所以老天惩罚他，换他尝一尝暗恋的痛苦。

你笑，说，你哪懂什么是暗恋。

他说，你可以嘲笑我，但你不能嘲笑我重新燃起的爱的感觉。这么多年，我感觉自己就像一台只会工作的机器，再次见到你，回想那些年少的时光，我才仿佛又逐渐感受到我血肉之躯的回归。

他的话给了你触动，只是你不能确定，你的血肉之躯是否在他的热情里正逐渐回归。这些年胡碰乱撞，你也觉得似乎渐渐失去了爱的能力，越来越弄不懂什么是爱的感觉了。重新跟何子琪熟悉之后，你觉得他似乎又高了些，胖得也不是那般离谱，仿佛又找回了些当年的俊朗帅气，何况人到中年，容貌已不那般重要，跟他相处，也没有厌恶的感觉。可是，真要跟他在一起，不弄清他的个人状况，你心里又有一道跨不过去的坎。你向同学们打听他的家庭情况，却没人能将信息透露给你，也不知是真没人知道，还是不愿意说。

"事都还没成，考虑那么多干吗？"伍小梅说。

在他们眼里，好像这些并不重要。可这对你来说，却是至关重要的。你受过伤害，又单身了这么多年，你不想再盲目地投入，你已经输不起了。你忽然发觉，不知从什么时候开始，你已经不是那个敢爱敢恨的人了。也许是确实过了那个敢爱敢恨的年纪，你也有了种种顾虑，像个标准的二婚女相亲前的户口调查。

他似乎觉察了你的顾虑，主动约你的家人吃饭，耐心地跟你女儿建立良好的关系，也将你介绍给他的朋友，把你带在他身边，不避讳任何场合，哪怕是跟他的一双儿女视频。他做这一切的时候，你是有些感动的，你知道他是在用行动表明他想跟你建立的是一种长期的关系，而不只是暂时玩玩。

要命的是，在你还没能判定他的单身是真是假时，你已经渐渐习惯了他的存在。"曾经沧海难为水，除却巫山不是云"，兜兜转转，居然能与年少时的初恋再相逢、相知，再续未了情缘，你觉得这是上天对你这么多年坚守的垂怜与眷顾。你想你顾不了那么多了，你相信情到深处，他自然会为你铺平一切道路。你向他完全敞开了心扉。你们相处得特别好，经历过一次失败的婚姻，经历了这些年择偶的磨砺，再与男人相处，你少了年轻时的刁钻与执拗，变得更加温柔，大度。

满弟和弟媳的矛盾闹到了越来越不可开交的地步。那天俩孩子一起做作业，为一块橡皮擦推搡起来。你正要询问怎么回事，弟媳一把抢过那枚橡皮擦扔进垃圾桶里，俩孩子愣了一下，你女儿就"哇"地哭起来。弟媳气急败坏地抓过她儿子，朝着屁股就是几大板，边打孩子边吼道："我让你皮，我让你闹，做个作业都不老实，还让不让人活了！"孩子不知道为什么会惹妈妈发这样大的火，也委屈地哇哇大哭。满弟拉过孩子，吼她："你发什么癫，又拿孩子撒什么气。""好，我教育孩子，你说我是撒气，这日子没法过了！"于是，孩子之间的小打闹迅速转为一场大人之间的战争。

这是你这两年的生活常态。你知道，她这样闹，都是闹给你看呢，你早就想从那个家搬出来，去租房子住，提了几次，满弟不让，说你非要搬出去就是在逼着他还钱。本来你用住房公积金按揭一套小户型房是不成问题的，但贷款没还清，住房公积金就用不了，你也只好一天天忍着。

就在你越来越觉得无法忍受的时候，何子琪把一套新房子钥匙交到你手上。握着钥匙，你却犹豫起来，好几天都心神不宁。新居的装饰都是他自己设计的，卧室里挂着一幅画，画上是十五六岁的你扎着马尾坐在教室里回眸而笑的青涩模样。这幅画太让你惊异了，你不知道是他新近画的，还是他以前画的。那画看上去旧旧的，但你记得你没有女孩身上的着装，女孩脸上的气质也与现在的你更接近些。你问他，是以前画的，还是才画的。他诡秘地笑着，说，你猜。就像每当你问起他的个人情况，他也总是那样诡秘地笑。

你觉得，他先给你的，不该是一串钥匙，而应当是一枚婚戒。然而是留是退，你却捉摸不定。你感觉你似乎正在滑向你曾经所不齿的角色，而要抽身，却如陷在沼泽地里一般，越用力，越深陷。

终于有一天，你在大街上走着，先是感到有人在你后边指指点点，你回过头去，忽然一股东西泼向你，你本能地用包包挡住，但还是感觉手上、头上一阵烈火灼烧般疼痛，你哇哇大叫起来。看不清是些什么人，你只感觉一些人跑远了，一些人又拥围过来，在嘈杂的人声里，你仿佛听到徐业楠的声音穿越时空而来："你以为你离了，还能找着更如意的吗？我怎么这么倒霉，娶了你这么个有洁癖的女人……"

原载《延河》下半月刊 2020 年第 04 期

等待山花烂漫

一

又破又脏的中巴车在崎岖的山间公路上颠来簸去，清蔓被摇晃得晕晕乎乎，五脏六腑似乎都在翻腾。她只得迎着凛冽的风，尽量探身窗外，窗外的山还是一层层枯枯的黄和深深沉沉的墨色，与梦里的情景差别太大。

清蔓是在一片瑰丽的梦境里坚持要回到家乡的。清蔓梦见家乡山上的花次第盛开，先是洁白如雪的樱桃花、酸梅花、李子花，然后是鹅黄色的木姜花、蚂蚁花，再上去是粉色的旦旦花、桃花，最后是映山蓝、映山红。这些山花一层层、一片片，开得气势磅礴，将整片连绵起伏的群山映染得五彩斑斓。清蔓一路走着，山花越开越艳，尤其山顶上的映山红，一团团、一簇簇，火焰一般，让人血脉偾张。清蔓在这些花团间流连，感觉无数思潮翻涌，有对家乡的热爱、对亲人的思念，似乎还有一种隐隐约约的、令人心潮激荡的甜美的情感。清蔓欢喜地看着那些花，火焰般的花朵忽然变成一张张洋溢着青春朝气的笑脸，清蔓的思路清晰起来，于是决定趁寒假时光回趟家。

车子摇摇摆摆终于来到了云岭。清蔓挤下车，妈妈道一声"来啦"，就抢过她的行囊。看得出，妈妈是早就在这里等着的。每天经过村庄的班车就这一趟，早晨去傍晚回。每当班车的鸣笛一响，周边的人们就会探出身来，看这一天谁离开了村庄谁又回到了村庄，因而每天班车的经过成了村庄里一个十分重要的时刻。清蔓好几年没回家了，乡亲们都热情地拢来打招呼，问这问那。清蔓在一片热情的目光中穿过，她知道她的到来会像一桩重大新闻迅速在村庄里传播，自会传到某个人的耳朵里。

进了家，家里还是母亲陪嫁时的旧式柜子，还是那台黑白电视机，还是那只火盆。这一切是那么陈旧，与霓虹闪烁的现代化都市，与干净明亮的校园没有一点可比性。清蔓有种穿越的感觉。这里曾是她身处都市时记忆里最温暖的地方。但再次回来，现实中的差距让她吃惊，似乎她此刻才第一次感觉到她的家如此破败。再看母亲，母亲又比先前老了许多，头发也花白了。想到母亲平日里的艰辛，清蔓禁不住鼻子酸酸的。

"我那边火大，去我那边坐。"

大嫂似乎有所察觉，拉着清蔓去了她的屋子。没多久，大伯二伯五叔大娘二娘三娘五妈还有哥嫂们都陆续过来看清蔓，一家人嘘寒问暖，清蔓又感觉到了家庭的温馨。她拿出在学校超市买的糖果分发给大家，那不是什么名贵的东西，只是包装略为精致些。家里人一面心疼地叹息说这不知要花多少钱，一面又怀着掩饰不住的喜悦啧啧地赞个不停。

临近新年，不断归来的游子是这个山村热闹的前奏。

吃过晚饭，雪勤、石清、杨山、杨楠等几个儿时玩伴不经邀约前来看望清蔓。大伙说要出去玩，但天气有些冷，也不知去哪里好，而清蔓家连张给大伙座谈的沙发都没有，唯有的家具是妈妈陪嫁时的旧式柜子、火盆和已缺胳膊少腿的桌凳。好在大嫂听到声响就出来招呼大伙上她屋去烤火。大嫂屋里有电视和沙发，最主要的是大嫂是个热情好客的人，思想又很开明，可以随年轻人怎么玩。家里的几个小侄儿也好新奇凑热闹地紧跟着清蔓。每逢节假日，大嫂的屋子总是嘈杂拥挤而又温馨热闹的。清蔓妈妈也过来招呼，炒瓜子，削苹果，这一回可是因为她女儿才有的热闹，妈妈似乎比谁都更快活。

雪勤一见清蔓，就大大咧咧地说："清蔓，你越来越好看了，真不愧是我们村的盖篮菜。是吧，杨山？"

清蔓转头，恰好触碰到杨山闪躲的目光。那瞬间的碰撞，仿佛一个强劲的电流，清蔓的身子不禁微微颤抖了一下，脸忽地上去一股灼烫。幸好屋里人多，又有炭火映着，哪个的脸都是红扑扑的。

清蔓有些尴尬，上去捶了雪勤一拳，说："你这死鬼，取笑我？被石清宠着也不要这样得意忘形吧，看你这两年长了多少肉啊。"

年轻人的谈笑就这样开场了，他们毫无顾忌地谈天说地。先是侃些久别重逢的话，然后说起将要举办的晚会。其实举办晚会的构想是大家还在学校时就通过网络商讨过的。云岭是个四百来户两千多人的村庄，青壮年平日里都外出求学和打工，村子里只剩老人和小孩，许多传统的节日都荒废了，唯有春节因为外出人员的归来而变得比以往更加热闹。沉寂的村庄好不容易喧闹了，若没有些集体活动是缺憾的。所以，这些堪为村庄骄子的大学生早就想有些作为了。

大伙要杨山和清蔓搞主持，清蔓既担心又兴奋。清蔓是个不太善于表演的人，她怕主持得不好，可是想到她将和杨山一起站在舞台上，她又暗暗欣喜。他们又商量了一会儿，落实了一些具体任务，比如清蔓负责写台词，并和雪勤在近两天内构架一个小品内容；杨山他们则负责与村委联系款项、扎台子和舞台布置等事宜。任务分派完了，大伙又调侃一番，十一点过方散了。

好久没有过这样的聚会了，今夜，清蔓有种从未有过的幸福感觉，她甜甜地回味着今晚所谈的话，但由于太困太累，没有回想多少事就带着笑意进入了梦乡。

二

接下来的几天，清蔓晚上与杨山他们到村委去排练节目，白天就跟着妈妈走亲戚。

按说这走亲戚应该安排在年后才是，杀了猪的年后，主人家也好招待客人。可妈妈说，大年初一不串门，初二初三开往浙江广东的车就排队进村了，等你初四初五有空时，还能见着谁啊。也是，这些年各村到外面打工的人越来越多，虽然回一趟家不容易，但不赶早出去就难以保住原有的工作，就难以找到好一点的工作。所以初一一过，成批的青年男女就往外赶，好像城里满地宝物，急哄哄赶早去抢一样。

清蔓首先跟妈妈去了邻村的舅舅家。舅舅有半个月的假，除路上耽搁，又为了能挤上回家的车早回来了几天，初三就得赶回去。舅舅打工的厂子效益不错，这些年，舅舅挣回了两个儿子的奶粉和玩具，挣回了不少的家具和舅妈身上光鲜的衣服。

舅舅是妈妈的小堂弟，外公兄弟三人，只有满外公晚年得一子。如今老人全过世了，众多的姨妈也都花籽一样散落各处。清蔓想起小时候追着姨妈们在敞楼上刺绣的情景，几个待嫁的姨妈以及她们的女伴，农闲的时候总是聚在外婆家的敞楼上刺绣、织毛线，每人带一张草席铺在楼板上，不做活时，大家滚成一排，把乌黑的头发散开傍在楼方上，有的一直垂到一楼的窗棂上，远看就像一个蔚然壮观的黑瀑布。时常便有山歌从楼下的晒谷场上或别家的院子里向这黑瀑布飘来。

男：坡上木叶青幽幽
　　妹妹青丝如水流
　　流进哥眼眼睛亮
　　流进哥心心里痒

女：江边河水清又清
　　哥哥眼睛亮晶晶
　　哥哥若是心里痒
　　拿把钉耙抓抓听

姑娘们嘻嘻哈哈，你唱我答，好不生动快活。

来到晒谷场，外婆家的敞楼就清晰可见了。如今敞楼上空空荡荡，凌乱地堆着些留之无用弃之可惜的杂物，似乎很少有人到那上面去，木屋越显旧了，仿佛残喘的老人，清蔓感觉有种人去楼空的冷清与凄凉。好在传来了小孩子的吵闹，仿佛一棵老树苑长出了几棵新枝，让人看到了生命的延续与活力。

进门时，舅妈正一边拾掇小儿子，一边数落丈夫："你也莫怪勇崽不喊你，一年到头你在家待过几天，孩子还小不长记性，自然和你生分了。"

听舅妈这样说，清蔓心头一颤，忽然惊觉什么似的。清蔓想起在一本书上看到鱼的记忆只有三秒的说法，那是一个关于爱情的故事。清蔓当时想若人的记忆也那么短暂，就不会陷在过去的纠结里，就不会有那么多痛苦和烦恼，那该多好。可现在想想，短暂的记忆于亲情而言是件多么可怕的事。记忆短暂，亲人一分离便成陌路，没有关于亲情的记忆，人的内心会是怎样的孤独凄苦？

　　和舅舅、舅妈话了些家常，清蔓看着比自己大不了多少却已然一个干练农妇的舅妈，想了想，说道："要我舅别出去了，打工虽然挣几个钱，却弄得家不像家的，现在山坡上到处荒田荒土，不如承包下来种点什么。"

　　舅舅说："能种什么？种树种谷子又不值钱，我只会在地头上使点笨力气，除了进城卖苦力还能干什么？"

　　清蔓是临时想到的点子，被舅舅一问，也不知道怎么回答，却觉得这个想法未必不行。清蔓觉得舅舅在这个问题上肯定是做过思考的，想得远比她深透，她不再说什么，但这个念头却仿佛一个着火点，燃起了她的勃勃雄心。

<h2 style="text-align:center">三</h2>

　　清蔓去走访的第二个亲戚是姑婆。本来不是这样安排的，但姑婆的孙女儿被火烧伤了脚，清蔓就先跑去帮忙了。

　　都说姑婆命好，生了五个儿子。父母爱幺儿，姑婆的满仔从小被惯着，养成了不愿干农活的懒散习性，却练就了一张油滑的嘴。清蔓小时候倒是挺喜欢这个表耶的，觉得他机敏，总能给人逗笑。但村里人却不喜欢，村里人喊他叫大脸，一是因为他脸盘确实有点大，二是也有人懒脸皮厚的意思。大脸是村里最早外出打工的人员之一，当初他为终于能离开大山而乐得屁颠屁颠的，还在姑婆跟前发了一通誓愿，留下一堆能让姑婆做着美梦的话。几年后，大脸西装革履地回来了，一起来的还有个如花似玉的姑娘。他们走下班车的那天成了村庄谈论的焦点，也加深了更多年轻后生对山外世界的向往。然而没多久，大脸媳妇生了个女儿，要为孩子办满月酒的时候，大脸媳妇却不见了。大脸说出去找人也一去不回，从此杳无音信。只丢了襁褓中的婴儿给姑婆。

三四年后，大脸又领了一个媳妇回来，仍是个时髦漂亮的年轻女子，这女子生了个女儿后不到一年又走了。像上次一样，村里人谁也不知道这女子从哪里来，又去了哪里。大脸在家是待不住的，将两个女儿丢给姑婆不管不问又跑出去了。

没多久，大脸又领了一媳妇回来，是个大肚子女人。女人相貌蛮实诚的，像个踏实过日子的人。姑婆也没多问，只希望有人能管住大脸。这些年，姑婆吃的苦太多了，姑公随着年龄的增长身体越来越差，状况好能帮忙做顿饭，状况不好还得姑婆端茶倒水。

女人生了个男孩，一满月就带着大脸下地干活。他们到各村张贴广告收集兰花，把从山上挖来的兰花移栽到了田里，据说是有外地老板下了订金的。

兰花在山里不稀奇，尽管山里人也听到过谁谁卖一株兰花几万几十万元的传闻，可是山里人不知道什么兰花值钱，更不知道把兰花卖给谁。那些传闻对于山里人来说也就如同在电视上看到谁中了大奖、谁捡了金子一样偶然而又遥远。现有老板下订金，大脸遇到了那样的老板，不是捡到金子了吗？姑婆抱着孙儿，牵着孙女站在田埂上看一地青青的兰草，想大脸和他媳妇终于要在这个山村里扎根了，露出了多年以来久违的笑容。

大脸的老板第二年春天来视察大脸的兰花基地，他们在基地上工作了一整天，在姑婆家吃了两餐饭，留下一点饭钱就走人了，一株兰花也没带走。栽了那些兰草后，姑婆以为自己可以像一个奶奶一样，只在家带带孙子，却没想她的愿望又成了泡影。老板走后，大脸和媳妇也走了。走之前，媳妇说，妈，你放心，我不会扔下孩子不管的，我们得去挣钱回来养孩子。姑婆挥挥手，说走吧走吧，我上辈子欠你们的。六十多岁的姑婆一边种田种地，喂养三个孩子，一边还要照顾生病的姑公，倒比年轻做母亲时更加辛劳。

这次被烧伤的是第二个孙女二丫。二丫拿个火斗，与伙伴们在荒田里玩，比赛谁甩火斗甩得好。这样的游戏，清蔓小时候也玩过。冬天天冷，父母会用几根铁丝套一个锑钵做成火斗装上炭火给孩子们出门时取暖。甩甩火斗，火就越燃越旺。甩得好的，火斗就是高过头顶，里边的炭火也不会掉下来，而是红红的，冒点儿火星，一圈一圈划着圆弧，像美丽的花环。但甩得不好，或是火斗的铁丝突然脱了断了，炭火就会撒出来，到处乱飞。这是很危险的事，可孩子们意识不到。二丫的火斗刚扬上去，炭火就连同钵钵里的灰全撒下来了，有些火子落进她的筒靴里，将棉裤烧了起来。

二丫的脚踝处大颗大颗的水疱，有些破了露出鲜红的肉。姑婆拿了些醋依子敷在伤口上，二丫哭声小了些，但一直在抽咽。清蔓说伤得这样重，送医院吧。姑婆说："送什么医院，去一趟医院要坐一天的车，还有两个怎么办？"在一旁收拾脏衣服的大丫说："奶，送二丫去医院吧，家里不还有我吗？"姑婆犹豫了片刻，咬咬牙说："不去，医院的那一套还不如我的土法子管用呢。"

清蔓替姑婆抱着二丫，这个不足五岁的小女孩，正是最可爱的时候，脸蛋、手因为玩乐，弄得花花的，有些开皲，却遮掩不了属于年龄的粉嫩，清蔓怀抱着她，握着她的小手，爱怜地亲了亲那些未干的泪痕。这个小姑娘受了惊吓，又大哭了一场，在清蔓温柔的抚慰下，寻向清蔓怀抱深处，慢慢瞌睡去了。

清蔓抬头，环顾姑婆的屋子，房屋黯淡，家具陈旧，唯有门后的藤篮里装着的几对红烛、几封炮和几捆香纸显出一点新年的迹象。清蔓忍不住问："姑婆，大脸表耶不给家里寄钱吗？"姑婆只说不提那没良心的崽，就沉默了。大丫说："寄了，我奶没要，没有去领。"清蔓惊讶："为什么呀？"大丫什么都懂似的说："我奶是想逼我爸我妈回家，他们以为只要往家里寄钱就是负了责任尽了孝心，有谁想过我奶的难处？何况他们也没多少钱寄来。"

大丫的话，姑婆处境的艰难刺痛了清蔓的心思。清蔓想，当初大脸表耶满怀雄心而去，为何打工多年依然还是这个样子？其实清蔓也有许多打工的经历，这么些年不回家，都是为了利用假期打工挣学费、生活费。她懂得打工的艰辛，勤奋、踏实、能吃苦还好些，像大脸表耶那样，清蔓虽不清楚这些年他都遭遇了什么，但猜也能猜出一二。外面的世界于山里人而言就像一片大海，鱼多虾多，风浪暗礁也多。

四

清蔓是村子里第一个考上大学的女生，在村子里开了先河也起着模范作用。离开村庄去上学的那天，许多乡亲都到街上来送别，还三五十元地给她凑学费。走在马路上，清蔓总是想起那天的情形。三年多的时间，清蔓在外面长了许多见识，而她的村庄却还是原来的老样子。这些年，乡村生活因为记忆的过滤、思念的淘洗在她心底已凝成了一份对质朴的执着和对田园的向往。一回到家迎面而来的又是过年的热闹与亲人团聚的温馨，清蔓以为她的乡村已经发生了前所未有的变化，以为像电视报道的新农村一样正在迈向一条欣欣向荣的大道。经过这些天的走访，清蔓才觉得又回到了农村生活的内部，触到了隐藏在肌理深处感知疼痛的神经。但毕竟是过年，喜庆的气氛随时间的逼近慢慢浓稠了，清蔓也不自觉地沉浸其中。

腊月二十五，村里各户多半在这一天打年粑。清蔓起床的时候，妈妈的糯米饭都快蒸好了。清蔓家的年粑是一大家子在一起共一个粑槽打。哥哥们将糯米饭打烂后，清蔓就与同妈妈们、嫂子们从粑槽里掏出来，捏成一个个圆圆的，这便是年粑了。糯米饭一定要蒸熟得很透才能入槽，入槽后要打得又快又烂，这样的糍粑以后烤来吃才足够软糯。掏粑粑也很有讲究，要及时，动作要快，这样捏出来的粑粑才光滑，而且大小要均匀。

清蔓用蜡油抹了手，这样可以使粑粑不粘手，也不至于太烫手。清蔓捏的年粑光滑溜圆，并且个个一样大。嫂子们夸清蔓手巧，又取笑她被烫得通红的嫩嫩的手。清蔓手上忙着，嘴上笑着，开心地享受着过年的每一项乐趣。

中午，有个小孩给清蔓送来了六个糍粑，小孩说是杨山哥哥的妈妈叫他送来的。清蔓拿着糍粑不知道如何是好，送来的东西是不能贸然退回的，自己也陪些礼过去吧，又怕别人说一个姑娘家太有主见。清蔓问那小孩，送粑粑来的时候，杨山哥哥晓不晓得，小孩说不知道。清蔓只好抓了几颗糖打发小孩，然后进去告诉母亲。母亲脸上掠过笑意，但随即又收敛了，露出满怀心事的样子。她叫清蔓先收着，不可张扬。

杨山妈妈为什么会送粑粑来呢？在云岭，打年粑的时候，邻里亲戚朋友之间会相互赠送年粑，为着相互品尝以及表示两家交好之意。男女相好，男方家也会给女方家挑送年粑，这是一种仪式，会在粑粑上盖上喜庆的红花印。杨山妈妈送来的糍粑是净色的，清蔓不敢多想，但杨山家与清蔓家隔得较远，也非亲戚，之前从来没有相赠过。难道是在投石问路？清蔓不解。她和杨山之间的感情朦胧得她自己都看不到什么，他妈妈应该什么都不知道啊。难道是杨山的意思？这就更不可能了，杨山即使有意也绝不会来这一套。到底是怎么回事呢？清蔓的心绪很乱，难道是自己太明显了？若是两家有意，杨山无意，将来不知要弄得多尴尬，村子那么小，每天低头不见抬头见的。

腊月二十六，镇上赶集日，又是年末最后一场。这一天，可以说是小镇最拥挤最热闹的日子了，四面八方各村各寨的老老少少不辞辛劳地赶来，或为购买年货，或为办事，但更多人只是凑热闹，去玩儿。

云岭村距小镇约有七公里，靠一条蜿蜒于半山腰上的乡村公路连接。乡村公路近年来已被货车、塌方糟蹋得不成样子，已经没有人敢在上面骑自行车了。有一趟班车从地里村出来，经云岭，过小镇，开往县城。平日里，班车到达云岭时，一般都没有座位了，只能站在过道上。这种日子，只怕到达村里时，车门都无法打开了。坐货车去吧，危险和颠簸都且不说，只是村里的几辆货车一大清早早走光了。所以，杨山他们决定步行而去，一是购买晚会所需材料，二是借机重温一下年少时光。

因为是徒步，天气又好，青年们一路欢声笑语。这条路是他们再熟悉不过的路了，初中三年里的每一个周末，他们都是徒步走来又走去，路上的每一处风景，每一棵杨梅，甚至哪里有颗奇特一点的石头，哪个季节路旁会开些什么野花，都能闭着眼睛回想起来。每次放学回家，他们都会走得很急，但不管怎样，他们回到家里时，手里总少不了一捆蕨菜或是一把笋子，或者折耳根、野芹菜等。而从家里到学校去的途中，就十分悠闲了，他们会去采樱桃、杨梅、毛栗、野柿子……山上有采不尽的宝藏，这一路上也就有说不完的快乐与回忆。在路上你追我赶的身影，到水井边抢水喝的情景，忽然看到一簇山花、一种野果时的激动，男生帮女生背包包的幸福……这些都依旧历历在目。而所有的这些印象在清蔓脑里都有一个焦点，那就是杨山。已经无法记起杨山都说了哪些话，讲了些什么故事，可他谈笑自若的神情却总也挥之不去，这让清蔓感觉安定，但有时也被搅得心绪不宁。

雪勤挽着清蔓，杨山在人群中依旧有说有笑，仿佛是个永远生活在阳光里的大男孩。

赶集回来的路上，杨山走在清蔓身边。杨山问清蔓毕业后有什么打算。这是清蔓最想与杨山谈及的话题。清蔓说她打算回本县工作，这样可以照顾母亲和弟弟。其实她有更深远的想法，只是觉得还不是说的时候。清蔓想反问杨山，但又担心是她不愿意听到的答案。

好一会儿，清蔓才问："你会回来吗？"

杨山看着清蔓，脸上扬着笑说道："以前没想过要回，但是你若回来，那就说不定了。"

满嘴调侃的意味，不知有几分认真。清蔓涩涩地笑了一下，说："外面天地广阔，创业机会多嘛。"

"不是连广告都说了吗，'城市套路深，不如回农村'！"杨山说完就跑开去，预知会挨清蔓打一样。

清蔓扬起手，追上去拍了杨山几板，嗔怒道："我认真的，你就只晓得嬉皮！"

"清蔓，打他，杨山最该打了。"伙伴们起哄。

像以前一样，原本期待的一场严肃的谈话，又变成了你追我赶的闹热。

吃过晚饭，母亲碗筷都不让清蔓收捡，说你回来的时日短，要忙什么尽管去忙吧。清蔓换上棉衣，围上围巾，早早地来到村委会活动室。清蔓的小品已拟出初稿，今晚的主要任务便是小品的排演。男主由杨楠担任。杨楠平日少言寡语，却极具表演天赋，几个动作就让大家笑得前仰后合的。女主开始是雪勤，试了几次效果不好，清蔓决定一改形象，自己尝试。

又是一个开心热闹的晚上。散场时，杨楠要送清蔓，杨山一把搂过清蔓的肩，嬉笑着说："我女朋友还是我自己送。"

杨山突然的举动，清蔓一时不知所措，但她内心却是甜蜜无比的，带着几分矜持乖乖地跟着杨山走，仿佛默认了他们的关系。还好雪勤和石清先走了，不然这个消息肯定要像火炮一样炸开。

没有月光，却有星星点点的萤火虫亮着微弱的绿光，仿佛在为这两个年轻人营造浪漫的意境。杨山贴着清蔓的耳朵说："我们去起凤山那走走，怎样？"

两个人静静地朝起凤山走去，空气似乎在起着微妙的变化，好像打开了人的心却封闭了他们的嘴，一路上无语。

起凤山距离村子不过一里地。山不高，是起伏的群山的第一层，那里参天古木成群，树林下光洁如公园。山林深处有些廊檐楼阁，似乎在昭示着某个时代的繁华，只是木质的楼宇朽的朽、掉的掉，已经很破败了，唯有古木不分年月的苍劲拔翠，涛声阵阵。古木参天的林子绵延了几公里，从远山观望，其形状像一只起飞的凤凰，因而得名起凤山，也寄托着山里人盼望这山窝窝里能够飞出金凤凰的美好寓意。

山脚下有一座花桥，名为腾龙桥，修建在由地里蜿蜒而来的小河之上，一头搭在一棵高大的木荷树下，一头通向对面的田坝。这是一座简易而古老的侗族风雨桥，没有古楼式的尖顶，只是盖了瓦片、搭了披厦遮风挡雨，桥的两头有凳子供劳作而归的农人歇息。特别的是这座花桥全是用上百年的古木制成，但它似乎也历经了上百年的历史，已经破败不堪、摇摇晃晃的了。尤其是在经历了1998年的那场特大洪水之后，这座风雨桥就无可挽回地破败下去。

那一年，清蔓他们还在上小学，学校还因此被迫停了几天课。五岁的清河说："哇，我长这么大，第一次见这样大的洪水。"弄得在一旁的白胡子爷爷哭笑不得，说："我活了八十多岁了，也才是第一次见这样大的洪水呢。"山洪汹涌，学校下的石桥被冲垮了一个桥墩，这座风雨桥若不是村里的汉子们冒着生命危险用粗粗的钢索将它牢牢拴住，怕是早就不知去向了。也就是那场洪水，将借着洪水放木排的清蔓的父亲冲走了，给清蔓一家烙上了不可磨灭的伤痛。

来到花桥，清蔓说："今晚没有月光，我们还是别进林子里去了，就在这桥上坐坐吧。"

两人于是在桥上的美人靠上并排而坐。杨山看着清蔓，没有开口，清蔓则看着远处村里的灯火，亦不作声。清蔓盼着杨山说点什么，又害怕他一开口便搅扰了这一刻的相处。山里的夜晚很宁静，宁静得有些冷清，整个世界只有树叶沙沙水声淙淙。

还是杨山最先打破了沉默，说道："白天人多，我当玩笑说给你听，其实我是认真的。"

看不清杨山的表情，但能够感觉他的目光正盯在自己脸上，而且听他的口气挺认真的。清蔓抬起头，终于大胆地迎着杨山的目光说："我真的很希望你能回来，我想，我想——你是明白我的心意的……"

尽管后面一句话声音很小，但还是让空气僵住了。清蔓别过头去，不敢再看杨山，两手插在棉衣袋里不停地扭动，似乎是自顾自地说："可我又不能太自私，毕竟你所学的专业回来发展空间太小了。"

杨山说："其实我是认真想过的，不管你回不回来，我都想过要回到我们这座小县城来，甚至回到我们这个小村庄来。"

清蔓脸上掠过一丝惊讶，但随即笑开了，说："回到我们这个小村庄？你学的是土木工程，回到这里来能做什么，修建吊脚楼吗？"

杨山说："我就是有这个想法呢。在山顶上，在百花深处修建一座美丽的侗族楼阁群。"

清蔓看杨山说得挺认真的，不像开玩笑，可说出来的话又偏偏是个天大的玩笑，一时不知如何搭话，干脆闭上嘴巴沉默起来。

杨山说："你别不信啊，我确实有这样的想法，只是可能还不太成熟，我需要有人跟我共同谋划，你说你会回来，我的想法就更加确定了。"

杨山见清蔓不语，又说："清蔓，我们的家乡现在看上去是还很贫穷、很落后，也很闭塞，可你放眼我们的山坡，哪一片不是青郁郁的树林？黎城现在虽然还是一个小小的山城，但随着西部大开发的浪潮，要不了多久，这座小小的山城就会腾飞起来，而旅游、木材、房地产将会成为最热门的产业，就看谁是那个敢于第一个吃螃蟹的人。"

"你是要做那个第一个吃螃蟹的人吗？"

"我是怕螃蟹已经被人分得差不多了。"杨山笑起来，又是他一贯的调侃的语调。

清蔓知道杨山是个表面嬉皮内里却展暗劲的人，就跟他当年高考一样。清蔓于是跟杨山讲了这些天的见闻和感受，讲了她对乡村发展的一些思考。我们追逐着城市文明，我们的物质生活相对以前好了一些，可是我们的村庄空了，只剩老人和小孩，我们的村庄老了，越来越多地荒芜，鼓楼花桥因为电视网络的普及也渐渐失去了它往日的风华以及存在的意义……

杨山握住清蔓的手，说："不是的，清蔓，你多愁善感，喜欢思考，我不多愁，想的却是一样的事。时代在变，社会在变，有变化说明在进步。我想的是顺应时代的潮流，如何以个人的发展带动乡村的发展。"

清蔓说："我没说变化有什么不好，我只是为我们在这些变化里无知无觉而感到担忧。"

"虽然我现在的想法也还不怎么清晰，但我想要为村庄做些事的决心却在慢慢坚定。"杨山说完不自觉地拥住了清蔓，然后贴着清蔓的耳朵悄声说道，"而且，是因为你，我才慢慢变得坚定。"

　　清蔓感觉身体有些颤抖，仿佛一股电流穿过。这股电流让她恐慌、紧张而又惊喜，杨山这是在表白吗？清蔓倚进杨山的怀里，大胆地迎向杨山，她想记住杨山脸上此刻的表情。清蔓抬起头，杨山趁势吻了下来，他们就这样沦陷在一场克制已久的爱里，久久地感受着对方。

　　吻过之后，清蔓感觉世界仿佛全都变了，杨山不再是以往的杨山，清蔓也不再是以往的清蔓，仿佛世界从此在两个人心里融为一体。

　　杨山拥着清蔓喁喁而谈，在杨山温软的话语里，清蔓似乎看到眼前破败的花桥变成了古色古香而又宏伟的风雨桥；似乎看到起凤山上冒出了高高的古楼塔顶；似乎看到了起伏的群山间百花盛开、游人如织；似乎听到了踩歌堂里飞跃的歌声和清脆的银铃声……这次交谈让清蔓这些天纷乱的思绪清晰起来，感觉一个伟大的理想似乎正在心里慢慢成形，就像胎儿的孕育，她感觉自己还不确定的某些想法此刻获得了应和与鼓励，变成了一个坚定的信念。

五

　　村里的气氛随着春节的临近一日比一日热闹。

　　今天是村里杀年猪的日子。清晨，天刚蒙蒙亮，气温很低，村巷里早早传来了猪的阵阵嚎叫，没有人觉得那是凄厉的哀鸣，大街小巷里传出的猪儿的嚎叫声越多、越响亮，则表明这个新年越富足，越喜庆，越热闹。清蔓起床后，家人们侍弄的猪已经开始刮烫，妈妈嫂子们也在忙着灌血豆腐、血肠粑了。清蔓的任务是去择菜洗菜。她提着竹篮到地头去的一路上，都能看到冷空气在刮洗得雪白的猪皮上面冒着腾腾的热气，清蔓觉得那腾腾的热气便是乡亲们快乐的气息。

　　清蔓家没有杀猪，但大伯、三伯、五叔家都各杀一头猪，而且清蔓家每年一到二十八杀猪这天，便开始一大家子在一起吃转转饭。所谓转转饭就是一房一房地轮流吃，大年三十那晚则是每房弄几个菜大家合在一起吃团圆宴。劳动分工也很默契，有的负责挑水，有人负责淘菜洗菜，有人负责烧饭，有人负责做菜，小孩子则负责搬桌凳。村里很多大家庭皆如此，因而人们的生活虽然不是很富足，但过年的氛围却浓稠得很。

这一天，杨山叫清蔓去他家吃饭，雪勤、石清、杨楠等都去。一帮年轻人一桌，杨山家人和几个亲戚一桌。席间，杨山妈妈时不时地来给他们加菜，叫他们放开地吃放开地喝，每次总不忘带一句：清蔓，没什么吃的，自家养的猪，你们多吃点肉啊。雪勤悄声对清蔓说："杨山妈妈怕是把你当作未过门的儿媳妇了吧，你可真好福气。"清蔓不由得想起前夜与杨山的约会，脸顿时涨得通红。

杨山听不到她们耳语，见状，笑着说："雪勤，怎么又欺负我们清蔓了？"

雪勤故意误解杨山，说："改口改得可真快啊，清蔓什么时候变成你的了？大家以后可得注意了，欺负了杨山的清蔓可是要吃不了兜着走哦。"

杨山满脸笑意，没有一丝生气的迹象。

清蔓想，他们的关系算是公开了吗，杨山似乎已在大伙面前承认了对她的爱意。清蔓心里充满了甜蜜，脸上不自觉地荡开了春花般的笑容。

大伙在快乐的氛围里你谈我笑，竟没有一个人留意到沉默的杨楠已独自灌了好几杯酒下肚。

酒席撤去，清蔓帮着收拾，杨山妈妈一个劲地阻拦，让清蔓不知如何是好。杨山说："去帮我洗几个水果来吧。"清蔓便约雪勤一起去洗水果。

水果端出来时，杨楠竟然醉得一塌糊涂。大家都感到很奇怪，只有清蔓甜蜜幸福的心里隐隐地有些不安。

天气越来越冷，清蔓的心里却越来越温暖。他们白天忙家务，吃过晚饭就到村委会去排练节目，散会后，石清护送雪勤回家，杨山则护送清蔓回家。村委会在寨子中心，其实他们的家离村委会都不远，但他们常常将回家的路走得很长很长。

这些日子，要算清蔓长久以来最快乐的时光了。家庭的贫穷，父亲的惨死，因为读书所背负的沉重的债务，这些难以承担的生活重负常常压得她喘不过气来，而她又必须在妈妈和清河面前装出快乐和无畏的样子，拧紧发条，不停转动。现在好了，偎在杨山怀里，清蔓感觉有了依靠，有了支撑的力量。

除夕夜，清蔓家热闹又温馨。一家三十几口人全聚在老屋吃团圆饭。

老屋是爷爷奶奶留下来的，现在是清蔓一家三口和大哥一家三口合住。大哥是大伯的大儿子，也是所有清蔓一辈的大哥。在这个大家庭里没有谁特别富裕，现在是三伯和大哥家负担要轻一些，清蔓家和五叔家负担最重，因为子女都还没成家，还在读书花钱。但哪家有困难，大伙都是相互帮扶的，所以这个家没有跨不过去的坎。这个家，给了清蔓许多，也教会了清蔓许多，比如善良、爱、宽容、韧性以及团结协作等良好的修养。

清蔓很感激上苍让她生长在这样的家庭里，每当看到一大家子纷纷扰扰地为吃饭忙活的时候，每当听到锅碗瓢盆丁零当啷忙碌碰撞的时候，清蔓都感到了一种来自内心的幸福。

清蔓家有一张超大的圆桌，是三伯亲手打制的，可以坐下二十多人。清蔓家每年都用这张桌子来摆团圆饭，按照辈分和年龄依次坐下来，坐不下的小孩子就另摆一桌简单的或是干脆站着吃。今年还有几个哥嫂去外地打工没有回家，所以清河、清柳都能上桌吃饭了，只有侄儿侄女们还是拈菜到桌外吃。清河、清柳玩笑似的说："喏，我们终于也能坐这张桌子了，以后哪个可别再说我们是孩子，我们也是堂堂正正的大人了。"

吃罢晚饭，天还没黑，几个小孩就吵着要放花炮，嫂子们只有哄了又哄，清蔓也跟着哄，说花炮是开在夜空里的花朵，天越黑开得越漂亮，如果在天没黑之前放，就好比强行剥开的花苞，那多可惜呀。也不知道侄子们听懂了没有，但都很乖地盼着天黑。

看孩子们放完花炮后，清蔓就和妈妈、清河到大嫂屋里去看春晚，一边看，一边谈论他们自己即将开展的春节活动。明天，也就是大年初一，按照习俗，这一天是不能串门的，所以各组选派队员到大街上参与拔河、打篮球比赛。云岭村共有六个村民小组，拔河每组又分男队女队，每队设三个奖。打篮球则有工作人员队（由本村有工作的人组成的一个队）、社青队（社会青年队）、大学生队、中学生队和邻村组建的一个队，也设三个奖。比赛完后，就扎台子，为初二晚上的晚会做准备；大年初三则是中老年人喜爱的山歌对唱。

大嫂说："今年春节真是热闹，亏得有你们这些大学生来主持。"

大哥说："这不仅是娱乐，也是凝聚力量的一种方式。以后我们村的发展，就靠你们这些大学生来带动了。"

大哥的话触动了清蔓的心，她想到杨山所给的那个梦想。她想，杨山的那个设想，若能发动他们这一批人共同努力，并不是没有实现的可能。清蔓的信心更足了，心也更甜蜜了，整个晚上都沉浸在幸福的幻想里，甚至觉得从来没有哪一年的春晚有今年的精彩。主持人的风姿、变换的舞台设计、小品、相声、歌曲、舞蹈，一切都是那么完美。她想，全国春节联欢晚会也不仅仅是娱乐，而是一个国家、一个民族文化与精神的体现。

晚会快结束的时候，新年的钟声即将敲响的时候，村里的鞭炮声就此起彼伏地响了起来，脆亮的声音仿佛是人们在快乐地互道新年的祝福，新的一年在热烈的气氛里幸福地降临了。这个时候，清蔓满心里想的都是杨山。这新年的第一声祝福真想送给他啊，可是家里都还没有装电话，整个村子只有街上小卖部里的那一部话机。清蔓忽然对家乡的落后深感不满起来，不知道杨山此时是否也如此想念着她，是否也有与她一样的感慨？

与家人互道新年的祝福之后，清蔓准备回房休息。出得门来，屋外已纷纷扬扬地飘起了雪花。清蔓故意到雪中站了一会儿，她并不觉得寒冷，因为没有雪花的冬天是缺憾的，这雪飘洒得多么让人兴奋呢，那优美的姿态，仿佛片片都轻盈地落在自己心上，冰冰凉凉的，那么温柔、甜蜜而又清爽，就像此时自己思念的心。

清蔓枕着雪花轻盈的舞步悄然入梦，带着幸福的微笑到梦里约会去了。

六

第二天醒来，清蔓感觉窗外明晃晃地刺眼，以为是出了大太阳呢，但空气出奇地冷，一呼气，便是一片白白的雾。清蔓忽然想起昨晚所下的雪，便骨碌爬起来兴奋地冲到窗前，窗外果然是一片银装素裹的世界。她激动地冲下楼，时间还比较早，雪还没怎么被破坏，到处干干净净的。她到各处望了一会儿，屋顶上的雪被、树枝上的冰花、田坝变成的雪原，她贪婪地扫视着，像是要把这难得的雪景用她的眼睛全拍摄下来，以便在以后的日子里在脑子里一一回放。

渐渐地，村巷里开始传来兴奋的呼声，清蔓也觉得这份激动必须找人诉说，便跑到雪勤楼下大声喊叫。清蔓向来是个文静的人，但偶尔也会做些忘情的事。

雪勤下楼来后，被眼前的雪景震惊了一下，然后说："拐了，今天的拔河、打球比赛无法进行了。"于是便拉着清蔓往街上跑去。

原以为人们看到下这样大的雪，都会以为活动取消而躲在家里，没想到雪让大家更加兴奋，不等广播号召就都来了，还有许多没参赛的年轻男子妇女也都来了。瑞雪兆丰年！今年这样好的雪，明年庄稼肯定能有好收成。大家都显得特别开心，有几个人正拿着铁锹在村委前的大坪子上堆雪人呢。

有人提议按上下寨分帮打雪仗，哪帮最先逃跑就算输，输了的在初四的时候出饭菜请赢的一帮去野炊。大家雀跃起来，来不及考虑规则，大团大团的雪球就已在空中飞旋。下寨有几个妇女抓住了上寨的一个男青年，拼命地往他裤头里灌雪，弄得那男子大叫救命。上寨的也齐心，立刻派出几名妇女上前营救。

清蔓几个哪是他们的对手，只得悄悄退出来与几个高中生形成另外一个阵营。杨山也在，他很护着清蔓，但又趁清蔓不注意的时候故意撒些雪花给她。清蔓也毫不客气地回赠。一会儿内战，一会儿又一致对外，欢声笑语响彻云霄。

古老的山村仿佛一下子变年轻了，就连那些爱骂伤风败俗的老人也站在家门口捋着胡子笑。只有小孩子们因为等着父母回家要压岁钱而显得有些焦急。雪仗打到最后也分不清谁胜谁负，人们的衣服几乎全湿透了，他们瑟缩着，却又满心欢快地回家去。

清蔓回到家里，妈妈早已把火添得旺旺的。妈妈一边叨咕："这样不要命地玩，生了病可怎么好？"，一边给清蔓拿衣服来换。

清蔓只是笑，说："哪里就那样娇弱。"

清蔓换了衣服出来，妈妈说："我和你娘仍旧吃斋，你和清河是跟我们一起吃斋呢，还是自己煮吃，或是跟你大嫂吃？"

清蔓说："你吃什么，我就吃什么。至于清河，吃饭的时候要大嫂喊他一声就行了。"

妈妈又说："吃饭后，你跟我一起去讨桥饭吧。"

所谓讨桥饭，就是拿着粑粑、糖果、香纸到所供奉的"保爷"那里祭拜，祭拜完后，将粑粑、糖果带回来给孩子吃。据说大年初一孩子吃了这祭拜"保爷"的东西后，来年里便能摆脱各种灾星，健康成长。在云岭，几乎每个孩子都有自己的保爷，这保爷就是孩子的保护神，不一定是人，更多的是大树、泉水、石头或者小木桥等。清蔓的保爷是西山上的一眼泉水，清河的则是起凤山上最大的那棵桂花树。

清蔓说："妈，路这么滑，我的就别去讨了，再说我已长大成人了嘛。下午我们可能要去起凤山玩，我去帮清河讨好了。"

清河也刚换了衣服出来，正好听到清蔓说讨桥饭的事，便接过话说："我的也别讨了，讨什么桥饭嘛，那本来就是迷信。"

妈妈满脸不高兴，辩解道："这哪里就迷信了，古老古代都这样沿袭下来，求神灵保佑有什么不好？"又对着清河说："你在家里说说就算了，到外面可不要大声嚷嚷，那是要触犯神灵的。"

清河无辜地望向清蔓，吐了吐舌头，似乎等着清蔓为他说话。但清蔓并不认同清河。清蔓在大学学过哲学和社会学，她联系生活思考过这个问题。在山村，孩子出生要排八字，因为山里人认为每个孩子在将来的人生中都会遇到各种各样的关煞，而要改关只有在小河小溪上架桥，在岔道口立指路碑，多做善事，总之对他人的帮助越大，才越有可能改掉关煞。读过书的年轻人认为这些是山里人的迷信，其实联系哲学，山里人所说的关煞不就是人生的苦难么，每个人的人生都会经历苦难，而唯有通过救赎，对别人的救赎，也是对自我的救赎，才能战胜苦难，这多具有哲学意味啊。虽说讨桥饭没有什么直接明了的效用，但这何尝不是山里人对自然表达敬畏的一种方式。山里人信奉神灵，相信因果报应，相信冥冥之中有一双眼观照着世界。这双眼像一种看不见的规章约束着人们的行为，因而牛羊可以养在山上，鸡鸭可以关在屋外，谷仓可以建在寨子边上，家家户户可以不用上锁而一切秩序井然。

清蔓瞪了清河一眼。她不想再拂母亲的意，最后决定托五叔去帮清蔓讨，妈妈去帮清河讨。因为讨桥饭，讨的是母亲的一份安心。

到了下午，天边亮起了薄薄的太阳，绵绵的雪渐渐融化，家家的屋檐便如断了线的珍珠似的洒下一面面雨帘子。

雪勤说："我们仿佛从水帘洞里钻出来。"

"水帘洞里钻出来的孙猴子吗？"杨山嬉皮笑脸地抢过话头。

"这是太阳雨呢，真正的太阳雨，出太阳才会下的雨。"清蔓心情极好的样子。

"才女就是才女，一开口就诗情画意的。"是石清的声音。

雪勤故作生气道："哎，你是我男朋友嘞，少在我面前拍别的姑娘马屁。"

"她哪是别的姑娘啊，她不是你最好的朋友吗？夸她就是在夸你嘛。"

……

几个青年男女一路说说笑笑向起凤山走去。山上很热闹，成群的小孩、讨桥饭的老人，还有邻近村寨的青年男女。山上的雪仍旧很厚实，他们堆了个雪人，又打了一会儿雪仗。

有人说，看我们家乡的山水多美啊，若能开发出来定是个旅游胜地，就可惜那通往山外的路太差了。有人附和说，是啊，待到暮春时节，漫山遍野的花开放，这景要是都市人见了不知多惊艳呢。

杨山见大伙都有这样的感慨，向大伙招招手，仿佛策划家似的说："你们就等着吧，我们这里迟早会打造成旅游胜地的，关键是我们不能徒发感慨，而应该想一想在这个等待的过程中，我们能够做些什么。"

听杨山这么一问，伙伴们沉默起来。看得出极少有人想过这个问题。清蔓虽然有许多想法，但却十分模糊，她现在唯一能够确定的，就是毕业后回家乡工作，但具体会做什么工作在哪个乡镇工作这不是她能够决定的，得看县里的安排。而其他的人毕业后要不要回来还不知道呢。像她这样做什么工作在哪个地方工作都不能决定的穷学生能够为家乡做些什么呢？清蔓才这样想，就有人提出了这个疑问。大家都望着杨山。

杨山说："怎么不能，我们可以做宣传、做策划、搞提案啊。只要你有想法，相信以后总有机会。"

听杨山这一说，大家的想法就多起来，七嘴八舌地描画着未来的宏伟蓝图，侃得十分兴奋，仿佛那些美好的景象已然历历在目。

七

第二天天气极好，太阳早早地就升起来了，照得小山村暖融融的，像春姑娘早起时的好心情。中午过后，路面上的雪已经全部融化，只有一些阴暗的角落和屋顶还残留些白雪，有的像不小心撒的盐，有的像偷偷开放的小白花，有的像人家晾晒的白色衣物。村委们已组织人在村委会办公室前的大坪子上扎起晚会的台子，清蔓的五哥也从学校搬来了音响设备。负责舞台设计的杨楠早晨就叫人砍了四棵楠竹来，又自己上山采了一些鱼草之类的藤条。

一直忙到吃晚饭的时候，一切才准备妥当。舞台布置得很有特色，充满了农村生活气息。石三公的车篷成了背景布，上面镶着几个醒目的大字："云岭村 2004 年春节晚会"。布景上还用彩纸贴了一些山石水鱼的图案。四棵楠竹当作台柱，又在上面网了些鱼草，挂上了飘带，系上了气球和彩灯。人们的晒席成了地毯，犁耙、镰刀、辣椒、苞谷等成了舞台上的装饰。这一切有些杂但并不乱，每件物品都摆放得恰到好处，明眼人一看就知道是精心设计的，就是不识字的爷爷奶奶们看了也应该觉得很有趣吧。

第一次主持这样的晚会，清蔓有些紧张，有些担心。不知道灯光、音响效果会怎么样；不知道会不会有人来观看；拿不定主持的时候说普通话好还是说方言好。杨山握了握清蔓的手，说："用不着担心，质量差一点没关系的，不就是为了热闹嘛。这样吧，主持的时候说普通话，节目中就说方言。"

杨山这么一说，清蔓心里瞬间坦然了许多。正在这时，小卖部里有人通知杨山去接电话，周围的人都投来羡慕的目光，因为那一定是来自山外的远方的祝福。

接电话回来，晚会马上开始了，杨山收起自己的表情，清蔓也没去注意。

晚会在村主任致辞之后的阵阵鞭炮声中，以一首大合唱《欢乐中国年》撩开了序幕，孩子们拼命地喊着，有点地动山摇之感，那气势仿佛把整个村庄都裹进了一片欢乐的海洋里。清蔓与杨山手拿话筒，引吭高歌，满怀激情，脸蛋因为兴奋而微微发红。

站在台上扫视台下，黑压压的一片人影，似乎全村人都聚拢到这里了。有的自带了凳子坐在前面，有的让小孩骑在肩上，有的伸长脖子，有的踮着脚尖，各种各样的姿势，却都在聚精会神地朝着台上张望。

　　清蔓被感动了，她想起小时候村里放电影的情景。那时村子里还没有一部电视机，偶尔才会有人带着手摇的放映机走村串寨。要放电影了，村里比过节还要热闹，一整天村庄都笼罩在一种不动声色的喜庆里，人人笑逐颜开，见面时打的招呼不再是"吃了没"，而是"嘿嘿，今晚放电影""是呢，有电影"。大街上老早就横着一条条占位子的长凳，晚归的农人常常得绕道而行。电影开始放映，除了走不动的老人，几乎家家倾巢出动，黑压压的一片守在幕布前。

　　这些记忆犹如泛黄的图片令人感动。渐渐地，许多年轻人到外面读高中上大学，更多的年轻人到外面打工谋生，村子里只剩下老弱病残，少了许多牲口，荒了许多田地，这个靠农业为生的偏僻的小山村就仿佛一个逝去的年代般逐渐沉寂下来。这个寂寥的村庄已经很久没有这种聚会场景，没有这样的喧响和欢乐了吧？

　　音响效果不是太好，从话筒里出来的声音有时尖得刺耳，有时又瓮声瓮气地分辨不清；灯光一直是明晃晃地照着，无法根据情景变换；有些节目的光碟很花，时不时地卡碟；有时到了这个节目，但歌曲找不对而又不得不退下来上下一个……

　　诸多的不如意，但清蔓知道这些很快就会在人们的记忆里淡漠，人们会永远记得这是一个无比美好的夜晚；记住这个夜晚人山人海很热闹；记住孩子们可爱的舞蹈与甜美的歌声；也会记得石清杨山让人笑得肚子疼的相声；会记得有个叫《傻蛋回乡》的让人笑又让人哭的小品；也永远不会忘记杨楠那个独特的用花草和农家生活用品打造的时装表演；不会忘记几个高中生吉他弹唱的年轻帅气……

　　晚会结束的时候已经十一点多，但就连小孩子也似乎毫无睡意，仍旧沉浸在兴奋与欢乐之中。有个小女孩遗憾没有上台表演，特意等到全部散场后跑来问清蔓："主持人姑姑，我们明年还开晚会吗？"

"开，当然开了，以后每年都会开，所以一放寒假就要早点准备节目哦。"清蔓捏了捏小姑娘红扑扑的脸蛋笑着说。

小姑娘于是开心地跟着妈妈回家去。望着她们离去的背影，清蔓忽然觉得自己许下了一个多么沉重的承诺。

几个高中生在收拾东西，台子仍旧保持原样，因为明天还有山歌大赛。石清一伙还在商讨明天的活动，天气好的话是不是组织大伙去野炊，野炊是每年过年年轻人都少不了的节目。杨山说他明天得进城去一趟，还有几个说初三要走亲戚，所以野炊的事便定在了后天。

山歌大赛一开始报名的人很少，但很多人跃跃欲试，主要是些已婚妇女。她们平日都是干农活粗活，山歌只在无人的时候才敢悄悄哼一哼，真正要上台唱害羞得很，得有人出来推一把，给她们一个恰当的理由。经过年轻人的一番鼓动，报名的人就多起来，有的还生怕报晚了轮不到自己唱。清蔓家有两个嫂子报了名。清蔓很想鼓励妈妈也去，这几天清蔓常常听到妈妈哼唱山歌来着。妈妈是兴奋的，但最终还是没有去。妈妈年轻的时候是唱山歌的好手，曾有许多后生迷恋过她，但那些甜美的记忆尘封太久了，也被生活蒙上了太多的阴影。

山歌大赛进行得很激烈，笑声满天。

有人唱：出门三脚唱山歌，老人骂我风流多。先前老的也唱过，如今少的才来学……

有人唱：一碗面条多又多，筷子夹来两头嗦。今天姊妹同凳坐，明天姊妹隔山坡。又隔山坡又隔岭，好似燕子隔黄河……

有人唱：思想良，思想你哥病在床。丢了三天没吃饭，睡了九天没起床。爷娘无计去看卦，弟妹无计去看香。看香打卦都没好，请个医生来医良。医生走进家门口，细布手巾递一张。双手端凳医生坐，医生开口就问良。你在哪里得的病，我花园结伴没成双。当面人多没好讲，哪个好讲思想良……

有人唱：各位观众老少们，听我来唱劝世文：一劝天下的父母，对待儿女要公平。对待儿女要一样，莫重男孩把女轻。对待儿媳儿孙要一样，哪个都是你的人。二劝世间哥嫂们，互相和气莫相争。……十劝世间众人们，烧杀赌抢莫去行。吸毒盗窃拈花惹草也莫去做，这样社会永远和谐，国家才永远得太平……

年轻的嫂子叔妈们像是重温旧梦，但又比少女时期多了几分干练与泼辣。年轻人很少到场，清蔓因仍旧是主持人而参与了进来。她用心聆听，竟发觉山歌原是那样的美好，有的唱出了山里姑娘羞答答的爱恋，有的唱出了日常生活的哲理，有的甚至用山歌表达了对国家对社会的理解。有些歌词是广为流传的，但大多是他们临时编唱的。清蔓不禁对这些没有进过校门、大字不识一个的粗糙的农妇感到惊讶。清蔓想，原来智慧并不等于学历。清蔓想，倘若我们这里真的开发成旅游景区，那么山歌便是一笔不菲的财富，也或许只有这样，山歌才能得到更好的传承。

八

傍晚，杨山回来了，从班车上一同下来的还有一个身材高挑的穿着雪白羽绒服的漂亮女孩。女孩拉着杨山的衣角，用好奇的眼光打量着这里陌生的一切，就像刚刚上演过的小品《傻蛋回乡》里的小媳妇。

议论一下子就在小村里炸开了锅。杨山与清蔓的关系刚被大家默认，现在又领回一个城里女孩，这算什么一回事嘛。雪勤尤为气愤，立刻跑去向清蔓报告自己的所见所闻，甚至不惜出言中伤那个不曾接触过的女子。清蔓一句话也没说，像是事不关己，其实一股悲凉的感觉早已从脚尖蹿了上来，像要将自己淹没，紧闷地压住胸口，让人难以喘息。

雪勤说："杨山也太欺负人了，我去帮你问个清楚。"说完拉着清蔓要去质问杨山。清蔓摆了摆手，仍旧默不作声。

雪勤说："姊妹，你哭吧，痛快地哭一场。"

清蔓吸了吸气，然后对雪勤苦涩地笑了笑，说："有什么好哭的，他若有更好的去处那是他的福气，我祝福他。"

一夜无眠。清蔓第一次在农村安静的夜里失去睡眠。杨山从来没有向她提起他身边有一个会千里迢迢跑到这山旮旯里来看他的女孩。清蔓想，他们早就是男女朋友了吧？既然有了女朋友又为何来对自己动情？为何还要给大家构筑那样一个瑰丽的梦？清蔓回想着她和杨山过往的所有细节。从小学到初中，他们几乎每天朝夕相处，两个人在学习上你追我赶，既是对手又是朋友，两人的优秀也早已让村里人默认他们为青梅竹马的一对。后来高中分了文理，上大学后又分别在不同的城市，虽然距离越走越远，但思念让清蔓在心里觉得情感更近了。进入大学，放下升学的重担，情感的需求忽然睡醒一般，杨山一下子就闯到了她的心里。她给他写信，他也认真地回信，由家乡谈及人生，由往事谈及理想，有时相互抬杠，有时也互相鼓励，虽然未明确表白，但彼此都感知着那份独特的情意。是杨山不真实，还是这么多年蓄积起来的情感也那么脆弱？清蔓忽然觉得她对杨山的认识其实很浮泛，就像他们构筑的关于家乡的梦一样浮泛。

第二天，天气好得就像个有了高兴事便无法相信天底下还有悲伤的孩子一样，老早就明晃晃地照进人家院子里来。清蔓慵懒地拖着步子，憔悴得像是哭了一夜似的，和这明媚的春光形成鲜明对比。

清河说："姐，今天去野炊，你还去不？"

状态不好，本来不想去的，但越是这种情况越不能逃避，杨山他们两个一定会去，我怎么能赔人口实呢？清蔓这样想着，便对清河展开了笑脸："难得的机会，怎么不去呢，你们也是和我们一起去吧？"

"是的，可能有二十多人呢。"

"那你叫妈给我们多打理些东西，能多带的就尽量多带些。"

清蔓认真地梳洗了一下，又给脸部做了按摩，然后对着镜子练习微笑，渐渐地，情况看上去不那么糟了。

大伙沿着小河蜿蜒而下，来到了一处宽阔的芦苇滩，芦苇历经了秋冬的磨砺后坦然地枯败着，露出许多光洁的鹅卵石。河水清清浅浅地潺潺流淌，河滩舒缓的曲线犹如山里的一枚弯弯的月牙。这里离公路稍有些远，三面傍山，只有一面连接着田坝，十分幽静。平日似乎很少有人到这里来，河水河滩都干净得很。

就是这里了，大伙放下行李。饭菜都是各人随意带去的，无非是年粑、腊肉、白菜之类，大伙都带得很多，只有锅碗、盐巴、酒等是指定某个人带。由于杨山要招呼客人，便由石清担任总管。石清给大伙分工，有的捡干柴，有的垒灶，有的洗菜，有的切肉，有的烤粑粑，做完分内之事后便可以自由活动。

当洗完所有该洗的东西后，清蔓扫视了整个河滩，干柴已捡了一大堆，但早已不见杨山他们两个的踪影。她悻悻地对雪勤说："我们去帮帮石清他们吧。"

雪勤笑着说："姑娘，你天生劳碌命吗？刚才来的路上我看到有木姜花开了，我们上山去采花吧？说不定还能遇到奇异的兰花呢。"

清蔓知道，在这美好的春光里，有些山花已经迫不及待地开放了，只要再耐心等些时日，那漫山遍野的春花就会开成谁也阻挡不了的气势。清蔓想，他们也上山采花去了吧？清蔓似乎看到杨山捧着一把鲜嫩的木姜花送到了那个女孩的怀里，心里一阵刺痛，几乎又要被那种悲凉的感觉淹没。

雪勤故意爽朗地笑着，说："天气多好啊，木姜花、山樱桃花赶着开呢，当你采到一把鲜花时，你的心情就会和鲜花一样灿烂。"

想到梦里山花烂漫的景象，清蔓也有些兴奋起来。春天到了，任何事都阻止不了花草的好心情，那就去为自己采一把春天的山花吧。

当清蔓捧着一把木姜花从山上下来的时候，看到那个女孩正一脸幸福地嗅着怀里的一大束木姜花。雪白的毛衣，鹅黄的花束，灿烂的笑脸，多美啊，她一定嗅到了淡淡的清香的味道吧？杨山是不是也为她编织了一个美丽的梦？

一直想找机会和杨山单独说会儿话，可女孩寸步不离地跟着他。几人初见时，雪勤鼓了个大眼睛瞪着杨山。杨山依旧大大方方笑着，还给他们介绍说女孩叫文霞，是听了他的鼓吹之后第一个到村里来旅游的游客。清蔓本想问真的只是游客吗，文霞却举了拳头暧昧地捶打杨山，清蔓就不好开口了。清蔓想，如果杨山当她是女朋友，那他就会把她介绍给文霞。可是杨山没有，杨山只做了笼统的介绍，还似乎怕文霞误会似的，故意与她保持着距离。清蔓不相信，或者说不愿意相信杨山是个如此不负责任的人，怎么说他们也算得上青梅竹马，就算撇开他这段时间对她逐渐明朗起来的情意，两家人同在这个寨子里，知根知底，抬头不见低头见，他总要顾及下两家大人的颜面吧，怎么能够一天一个想法呢？清蔓想从杨山眼里读到一点什么，哪怕是无奈和悲伤也好。可杨山像一点愧疚都没有似的依旧说说笑笑，却又不给清蔓任何解释，这让清蔓内心越发地受着煎熬。

又过了两日，杨山和文霞一起离开了村子。杨山走之后，杨山的母亲找到清蔓，说是杨山让她向清蔓转达，要清蔓不要误会，不要多心，文霞只是他同学，只是好奇乡间的生活特意跑来体验一下的。清蔓稍稍平静的心又有了起伏，但她却不太能确定这话是杨山的意思，还是杨山母亲的意思。她想如果不是杨山授意，杨山母亲必定说不出体验生活之类的话，但如果是杨山的意思，为什么杨山自己不对她说呢。

接下来，许多青年大批大批地外出打工去了，村子慢慢空荡下来，有点盛极而衰的凄凉。清蔓想，山里人多半没有见过海，不懂得潮涨潮退的概念，但如果打个比方，说春节前，人们涨潮一样涌入山村，回到生养自己的家乡，山村热闹了，喧腾了，但短短的几天，人们又退潮一样奔向各个城市，淹没在广阔的城市海洋里，不见了痕迹，那么，山里人关于潮涨潮退的体验说不定比长住海边的人还深刻。

清蔓的一大家子也散得差不多了。初六的时候，有几个哥嫂和姐姐就去打工了，到初八的时候，该上班的也走了，清河和清柳要补课也是初八走，都走了，只剩下老人和小孩。清蔓开学迟些，本想在家多待几天，可妈妈对她说："清蔓，你也走吧，都走了，你一个人也没伴啊。"

"你不也没伴吗？"清蔓觉得在家也帮不到什么忙，是想离开的，可她又不忍丢下妈妈，想着能多陪一日好一日。这热闹后的孤寂，留守的妈妈们每年是怎样忍受下来的呢？

"日子都是这样过的，习惯了就没什么。"

是啊。清蔓想，妈妈们是柔弱而韧性的，大概是因为已经习惯。

习惯贫穷？

习惯苦难？

一股悲凉蹿上来，清蔓几乎又被呛到。

清蔓最终也没有等到映山红那火焰般的山花的开放而离开了村庄。清蔓离开的时候，山樱桃花开了，漫山遍野的雪白，有种无法阻挡的气势，只是色调单一，不够烂漫。风刮进窗来，还有些冷，清蔓不禁打了个寒战。关上窗子，窗外掠过的山樱桃花变模糊了，犹如点点积雪，寒意未退，散发着凄冷的色调。大山一重一重地退去，回家的镜头一幕一幕地闪过，最后定格在那个关于家乡建设的瑰丽的梦上。

清蔓想，虽然现在还有些寒冷，但春花终究会满山烂漫起来，或许村庄的未来，她和杨山的梦想也只是遭遇了这春天来临之前的倒春寒吧？这样想着，那个朦胧的梦又一点一点清晰起来，像一缕阳光，越过杨山，越过儿女私情，照进清蔓心里某个没有杨山的地方，慢慢温暖起来。

原载《民族文学》2020 年第 3 期

图书在版编目（CIP）数据

女人树 / 石庆慧著 . -- 北京：作家出版社，2024.11.（中国少数民族文学之星丛书）. -- ISBN 978 - 7 - 5212 - 3021 - 5

Ⅰ. Ⅰ247.7

中国国家版本馆 CIP 数据核字第 20246AM403 号

女人树

作　　者：石庆慧
责任编辑：李亚梓
特约编辑：赵兴红
装帧设计：琥珀视觉
出版发行：作家出版社有限公司
社　　址：北京农展馆南里 10 号　　　邮　　编：100125
电话传真：86 - 10 - 65067186（发行中心）
　　　　　86 - 10 - 65004079（总编室）
E - mail: zuojia@zuojia.net.cn
http: // www.zuojiachubanshe.com
印　　刷：唐山玺诚印务有限公司
成品尺寸：152 × 230
字　　数：203 千
印　　张：17
版　　次：2024 年 11 月第 1 版
印　　次：2024 年 11 月第 1 次印刷
ISBN 978 - 7 - 5212 - 3021 - 5
定　　价：52.00 元